目次

ラスト・レース

1986冬物語

第一章　陽の当たらない部屋

1

不運だった。

秋穂《あきほ》は情けない思いで、その重なり合ったまま離れようとしない二つの茶碗《ちゃわん》を見つめていた。

どうしてよりにもよって、昨日買って来たばかりのあたしの大好きな萩焼でなければならなかったのだろう……あんな、サイテー男の安物とくっついてしまった茶碗が。

西島は本当に最低の男だった。

だが、それに気付くのが少しばかり遅すぎた。

社内恋愛というシチュエーションに対して憧《あこが》れがなかったと言えば嘘《うそ》になる。同僚にも嘘をつき、秘密めいた暗号を交わしてデートの約束を取り付けるといった子供じみた小さな冒険がしたかっただけかも知れない。

要するに、あたしだって退屈だったのだ。

だが、あたしには少なくとも、仁義ぐらいはある。

西島があたしに飽きたとしても、それは仕方ないことだ。男なんて所詮《しょせん》、その程度の動物なのだ。誠実さなんてものを求める方が間違っている。

だが……だからといって、どうして秋穂との情事の一切合切を、他人にしゃべってしまうなんてことをするのだ？　何のために？

ただ口が軽いというのとは違う、そこには何か、秋穂には理解の出来ない、極めておぞましい品性の下劣さがある。

そして多分、多くの男達がそうした下劣な品性の持ち主なのだ。

自分が抱いた女のからだやアノ時の声の大きさを自慢し合ってそれで酒が飲める、そういった汚らしさが、男の本質の中にある。

人生勉強だと割り切ることにしたが、腹の虫が収まったわけでは勿論《もちろん》なかった。

今でも、西島の顔を見ると、ムラムラと殺意に似た苛立《いらだ》たしさが湧いて来て、落ち着かない。

それでも、西島が期待していたように、秋穂の方から退社する気などはなかった。とんでもない、誰が辞めてなんかやるものか。

それなのに、間の悪い人事異動で、西島は一週間ほど前に秋穂と同じ部署に来た。幸い秋穂の直接の上司というわけではなかったが、同じフロアで一日中、あのいまいましい顔を見たり声を聞いたりしなければならないのだから、まったく災難である。

だがそれにしたところで、このタチの悪い災難に比べたら、どうってことはない。

秋穂は十分近くも、二つの茶碗を引き剝《は》がそうと苦労した。だが、洗い桶《おけ》の中ですっぽりとはまってしまった西島の細身の茶碗は、秋穂の萩焼からどうしてもはずれようとしない。

「海道《かいどう》さん」

背後の声に、秋穂はびくりとした。

独特のしわがれた声は、何度聞いても、酒と煙草《たばこ》で喉《のど》をダメにしたバーのホステスを連想させる。

「何やってるのよ」

刺《とげ》のある言い方は、彼女のいつもの癖だ。

「お茶いれに行ったまままいつまでも戻って来ないから、どうしたのかと思ったじゃない。もう三時過ぎちゃったのよ、みんなお茶を待ってるわよ」

みんな……主として女子社員……が待っているのはお茶ではなく、お茶菓子の方だった。午前中の来客が、トップスのチョコレートケーキを二箱も置いて行ったのを知らない者はいない。

「主任、これ、どうしましょう」

秋穂は香川教子《のりこ》の前に、重なり合った茶碗を突き出した。

「はずれないんですよ、どうしても」

教子はその茶碗を見つめた。そして即答した。

「割るしかないわよ。流しの下に金槌《かなづち》が入ってるでしょ」

そんなことは秋穂だって知っていた。そうしたくないから、こんなに苦労していたんじゃないか。

だが教子は、秋穂のからだをどけるようにして流しの下を開け、見事な金槌を取り出した。

どうしてそんなものがそこに入っているのか、想像は簡単についた。多分、こんなことは、教子の長いOL生活の中では、よくあることなのだ。

「誰と誰の茶碗？」

役付きになってお茶汲み労働から解放されて久しい教子には、二つの見慣れない茶碗の持ち主がわからないらしい。

「あの……西島課長と……わたしのです」

教子はふん、と鼻を鳴らした。

「そう、それなら良かった」

何が良かったのだ。

「玉置部長と新藤部長補佐の、だったりしたらやっかいだものね。で、あなたのはどっち？」

「……外側の方です」

「あら、だったら簡単ね」

教子は無造作に茶碗を秋穂の手からひったくり、流しの中に置いた。そして、金槌を躊躇《ためら》いもなく、外側に当てた。

コン。

教子の仕草は繊細だった。うまく外側だけ割ろうと苦労している。

コン、コンコンコン。

音もたてずに、萩焼は割れた。

秋穂は思わず、涙ぐんだ。

いったい、どうして、こんな目に遭わなければならないのだろう。

西島とあたしとでは、人間の価値が違うとでも言うのだろうか？

大体、なぜ、同じ労働者なのに、彼らのお茶など汲《く》んでやらなくてはならないのだ。

あたしにだって割り当てられた仕事がある。期日だってノルマだってある。それなのにどうして、彼らに無料奉仕させられることが「当たり前」なのだ。

男がそんなに偉いか。

ただ男に生まれただけで、そんなに偉いのかよ、畜生！


「海道さん」

教子は秋穂の心中の慟哭《どうこく》などおかまいなしに、割れた茶碗を手早くビニール袋に入れてごみ箱に放り込んだ。

「いいこと教えておいてあげるわね。もしこれが玉置部長と新藤部長補佐の茶碗だったりした場合にはね、両方割っておくのよ。いい？ どちらか一方が無傷で残っても、わざと割ってしまうの。そうしないと、あとで絶対、割れた方の茶碗の持ち主にネチネチ虐《いじ》められるわよ」

「たかが茶碗でですか」

「そう、たかが茶碗で、よ」

教子は腰に手を当ててニヤリとした。

「男ってバカなのよ」

秋穂は教子の顔を見つめた。教子は頷《うなず》いた。

「それを忘れないでいないと、酷《ひど》い目に遭うのは自分よ」

教子も知っていたのだ。自分と西島とのことを。

「あたしが西島課長に言っておくわ。あなたに新しい茶碗、買ってあげて下さいってね。あなたが割ったことにするのよ、いい？」

「でも……別にいいです、茶碗ぐらい」

「良くない」

教子は笑った。

「良くないんでしょ？　あなた涙ぐんでたじゃないの。腹の中でどんなに吼《ほ》えたって、実際に行動しなければ泣き寝入りと同じなのよ。でもね、だからといって、もしここであなたが課長の茶碗を割っていたら、あなたの負けよ」

教子は盆の上に並べられた茶碗を顎《あご》で示した。

「さ、早くして。みんな待ってるのよ」

秋穂は慌てて、茶筒を手に取った。


ごみ箱の中のかけらには可哀想だと思うけれど、なるほど、教子は伊達《だて》に十五年もOLをやってるわけではないらしい。

それにしてもやっぱり……腹が立つ。

秋穂は、湯気を立てている西島の茶碗の上で、流し台を拭《ふ》いた雑巾《ぞうきん》を絞った。

濁った水がぽとぽとと茶碗に落ちる。

コレラにでもなって、死んじまえ！　最低男。

ついていない時は、とことんついていない。

2

時には自分の為に少しぐらい贅沢《ぜいたく》したい、と買った萩焼の茶碗を情け容赦なく割られてから、その日の退社時刻までろくなことがなかった。会議資料だからと急ぎで頼まれた大量コピーの最中にコピー機が壊れ、電話の取り次ぎで相手の名前を聞き間違えて怒鳴られ（墓村、という名前だった。だけど、ハカムラ、なんているとは思わないじゃないか。誰だってナカムラ、と間違わないか？）、同じ課の三歳も年下の女子社員が結婚退職すると聞かされ、ついでに祝い金まで徴収された。たまにやって来る支店の営業社員には、肩凝ってるんじゃない？　とブラジャーの紐《ひも》を引っ張られる。股間《こかん》を蹴《け》り上げてやれたらどんなに気持ちいいだろう。

そしてようやく五時半の退社時刻間際になって、ワープロの打てない部長から、明日の会議の原稿を清書してくれと頼まれた。

秋穂のいるフロアには、まだワープロ専用機が二台しかない。二台とも使用中。個人用の卓上ワープロを持っている男性社員も二人ほどはいたが、見回すとまだ外回りから戻っていない。仕方なく、たった一台、この春に試験的に設置されたパソコンの前に座ったが、ＭＳ－ＤＯＳとかいう英語よりやっかいな言葉を使えないと動かないこのパソコンが、秋穂は大嫌いだった。顧客データを打ち込む為《ため》のオフコンの端末なら、何も考えなくてもいいのに、どうしてこのパソコンというヤツは、ただワープロを使う為だけにやたらといろんなことを打ち込まなくては動かないのだ？　しかも、パソコン導入と同時に新設されたシステム部のたったひとりのプログラマー伊藤は、覚えの悪い女子社員を完全に馬鹿にしていてろくに教えてくれようともしない。そして自分は一日中、パソコンを占領してひとりでごそごそとやっている。だが秋穂は知っている。伊藤は仕事などしてはいないのだ。会社に内緒でアルバイトに引き受けている、ゲームの開発をしているのである。

だが、ワープロが使えなければパソコンでやるしかない。

意を決してパソコンの前に座り、伊藤が自分の仕事を減らす為に表にして貼《は》り付けた、パソコンの使い方、を目を凝らして読んだ。

そしてその時点で、挫《ざ》折《せつ》した。

前に作った書類を呼び出して続きを打つだけなら何とか出来るが、新しい書類となるとお手上げだ。自分のディレクトリを作る……って、ディレクトリって何だったたっけ？

時計を見た。もう五時五十分。

部長の秘書仕事はボランティア、というのがこの会社の暗黙の了解事項。残業代を請求しても、そのくらいいいじゃないか、と課長が判を押してくれない。

秋穂は、つくづく嫌になって溜息《ためいき》をつき、パソコンのスイッチを切った。

一九八六年。

SF作品の『1984』で予言された未来はまだ到来していない。それは少し救いなのかも。だが、八〇年代に入った時に秋穂が期待していたようないいことは、この六年間で何も起こらなかった。

二十七歳。番茶も出涸《でが》らし。

大学は一浪して入った。そのツケで、卒業した時は二十三歳になっていた。就職難は少しはましになっていたが、それでも希望した出版社にはことごとく蹴られ、ようやく潜り込んだ小さな商社が、この谷山物産。だが最初の一年間は、谷山物産直営の輸入雑貨の店で店員をさせられた。それはそれで楽しいこともあったが、ともかく一日中つっ立っていたので足が太くなった。

そして二十四歳半ばで、ようやく「普通の」OLとなった。ふと気がつくと、新規OLは短大卒の二十歳そこそこがずらっと並び、ひとり秋穂だけがヴァンサンカンのお年頃。男性社員の親切度は、当然、極めて低かった。

だから、ちょっとした優しさにホロリとなった……わけでもないが、社内恋愛を一年半して、手ひどく裏切られ笑いものにされて、今、二十七歳。パソコンは動かない。

やってらんない。

秋穂は立ち上がった。部長がなんだ。清書しなけりゃ読めないような汚い字で資料を書く方が悪い。ワープロぐらい練習しろ。

でも結局、明日は一時間早く出社して、毎朝こっそりとアルバイトのソフト開発に精を出す為に早朝出勤している伊藤に泣きついて、ディレクトリとやらを作って貰《もら》って、部長の為のボランティアをすることになるのだろう。さもないと、あの、女を虐めることに快感を覚えているハゲ部長から、フロア中に聞こえるような大声で罵倒《ばとう》されるのは目に見えている。自分が女房や娘に虐待されている腹いせにOLを虐めているのだという噂《うわさ》があるが、あれは多分、本当のことだろう。あたしがあのハゲの娘だったら、とことん情けないだろうから。

秋穂は、部長の資料を机の引き出しにしまおうとして、思い返した。このフロアに支給されている事務机にはなぜか、引き出しに鍵《かぎ》がついていない。重要書類は課長預かりの金庫にしまうことになっていて、それ以外は「私物をむやみに入れないこと」という小学生向けのような通達が出されている。数年前、机の引き出しにチーズの塊を入れたまま忘れていた女子社員がいて、悪臭の原因がその女子社員の手入れの悪い〇〇〇だと誤解され、問題になったことがあるからだ、という話が伝わっている。確かに古くなったチーズは女のナニと同様の匂《にお》いを発するが、だったらどうして当の女子社員が気付かなかったのだ？　という素朴な疑問には、その人は蓄膿症《ちくのうしょう》だった、というオチがついてることからして、その話は多分嘘だ。よくあるＯＬ伝説のひとつだろう。

結局、机の引き出しに鍵がないのは、管理が面倒だからであり、また、何かと理由をつけてはＯＬの机をむやみに開けるのを楽しみにしている部課長連中の便宜をはかる為なのだ、と秋穂は理解している。

玉置もまた、そういう悪癖を持っている。

そして玉置は、遠距離通勤者特有の、早朝出勤である。

いくら清書自体が会議には間にあっても、朝になるまで机の中に「大事な」資料を放り込んで放っておいたと知られたらネチネチとイヤミを言われるに決まっている。

秋穂は、「ワープロで清書すること」と茶封筒の上にメモしてから玉置の資料を中に入れ、それを持ってフロアを出た。


谷山物産はいちおう、銀座にある。とは言っても、はずれもはずれ、通り一本渡れば住所表記は築地となる。

築地と言えば、市場の町。生臭い魚の匂う町。

お腹《なか》が空《す》いている時には嬉《うれ》しい町だが、銀座勤めのＯＬを気取って歩きたい時には、反対方向の四丁目方面へと向かう。

別に目的はなかった。地下鉄に乗ってさっさとアパートに戻って寝てしまっても良かった。だが、こんなついてない日には、何かでツキを変えておかないと、今週いっぱいろくでもないことが続きそうな嫌な予感がしてならない。

懐具合は少し淋《さび》しかった。給料日まではまだ十日ある。それでもブラウスの一枚くらいなら、買っても何とか月末まで生きて行かれるとは思う。勿論、ブラウスにもよりけりではあるが。そう、たとえば、定価七千五百円の洒落《しゃれ》た襟のついたシャツブラウスが、特価五千八百円、だったりしたら、買ってもいい……いや四千八百円ぐらいまでかな。そんな買い物が出来たらツキが変わるかも。

ところが四丁目が近づくにつれて秋穂は思い出した。そうだ、もう十一月だったんだ。ボーナスまであと一カ月。

街はとっくにクリスマス気分だった。いったい、キリスト教徒でもないのにクリスマスがそんなに大事なのか、という疑問など、この国の商売熱心な連中は数十年前に忘れてしまったらしい。

そして昨年くらいから、クリスマスの盛り上がりは一種異様になりつつある。

秋穂が大学に通っていた頃は、就職難だ不景気だとみんなが口にしていたような記憶があるのだが、いったいいつから、こんなに景気が良くなってしまったのだろう。

プレゼントにカルティエの三連リングを買ってフルコース一万五千円以上のイタリア料理をお腹いっぱい食べ、一泊十万円近いシティホテルのセミ・スィートにカップルで宿泊、それがクリスマス・イヴの「新しい」行事だとどの雑誌にも提案してある。イヴの晩だけで男性が遣うお金は平均で五万七千円、と一昨日買った週刊誌にあっただけでも結構驚いたが、提案通り行事を全部こなしたら、そんなもんじゃとっても足りないじゃないか。

いったい、いつから、日本の男はそんなに金持ちになったんだ？

秋穂には、そんな街の喧噪《けんそう》がとても不思議なものに思えた。周囲が突然リッチになって華やかになり出したというのに、自分は何一つ変化していないように思える。いや、変化しなくて当たり前なのだ。なのに、周囲は、あなたも本当はお金持ちなんですよ、と煽《あお》り立てている。

そんな気がして落ち着かない。

あたしって本当は……貧乏じゃないのかも。

秋穂はもう一度、ゆっくりと自分の財政状態を振り返ってみた。

確かにドのつく貧乏とまでは言えない気はしたが、どう考えてもそんなに金持ちだとは思えなかった。

何か変だ。

世の中が、何か変。

四丁目の角に宝石店がある。

秋穂は、クリスマスセール開催中、と書かれてビルの上方から垂れ下がっている垂れ幕を見つめた。

宝石には、縁がない。貰ったこともないし、自分でも本物を買ったことはない。ゴールドの指輪や、小さな真珠のピアスぐらいは持っているけれど、どれも宝石店で買ったものではなく、デパートのアクセサリー売場で選んだものだった。専門の宝石店に入る勇気など、それまでの秋穂にはなかった。

だが、その垂れ幕を見つめているうちに、秋穂は引き寄せられるように宝石店の中に入って行った。

店内に入ってみて驚いた。

秋穂と同じ年頃の女性客がひしめいている！

秋穂は、慌ててガラスケースの中を覗《のぞ》き込んだ。店構えから宝石専門店と思い込んでいたのは誤解で、ちょっと高級なアクセサリーショップだったのかも知れない……いや、ケースの中には紛れもなく本物の宝石で輝いた指輪がずらりと並べられていた。

値段は……眩暈《めまい》がした。いちばん安そうなルビーやサファイアのコーナーでも、十万以下なんて商品は、ない。

脇《わき》の下に汗が噴き出して来た。別に悪いことをしているわけでもないのに、店員に声でもかけられたらどうしよう、と心臓がドキドキした。それと同時に、そんなにも動揺している自分自身が、ひどく惨めに思えて来た。

周囲を見回せば、自分とまったく変わらない普通のＯＬ達が楽しそうにケースを覗き込み、熱心に商品を品定めしている姿が目に飛び込んで来る。彼女達は、自分達がその店にふさわしくないかも、などとは微塵《みじん》も思っていないのだろう。

秋穂はこっそりと深呼吸した。

負けてたまるか。


店内をゆっくりと歩き始める。もう値段は気にしないことにする。自分のいちばん好きな宝石、オパールのコーナーに行く。オーストラリア産のブラックオパールの指輪に見入る。頰《ほお》が紅潮して来るのがわかった。

綺麗《きれい》だった。

やっぱり宝石って綺麗だ。

女に生まれて、この輝きに惹《ひ》かれない者などいるんだろうか。

ゆっくりとケースを眺めながら移動した。メキシコ産の、オレンジ色系のオパールが並んだ一角に、白い石の中に炎のように緋色《ひいろ》の輝きが混じった、不思議な色合いのオパールの指輪があった。

デザインはごくごくシンプルで、プラチナの台にその石がひとつ、それを両側から、プチダイヤが三個ずつ囲んでいる。控えめなダイヤの使い方が、その石の微妙な輝きを引き立てていて、素敵だと思った。

四十七万円。

ボーナス全額とほぼ、同じ。

秋穂はまた溜息をついた。

その途端、秋穂の横から白い指が伸びた。

「あれ、あれを見せて下さい」

秋穂は横目でその声の持ち主を眺めた。若い。服装もまとまりがなく、機能的でもない。女子大生？

店員がケースから取り出したのは、秋穂が気に入ったその指輪だった。

「いいかもね、これ」

女子大生風のその客が、指輪を摘《つま》んで目の前にかかげた。長く伸ばした爪《つめ》はもう流行も下火になったスクエアカットだが、ベージュのマニキュアが丁寧に塗られている。

「石は綺麗ね」

指輪を見つめているその客に、店員がいろいろとおべっかをつかい始めた。だがその客は、うるさそうに店員を睨《にら》んだ。

「だけどなんかデザイン、地味」

女性客は、自分の左手中指にはめていた、V字型にダイヤが並んだ中に赤い宝石が配置された豪華な指輪をはずし、そのオパールをはめた。

「ほらぁ、ね、これじゃイモくさいわよ。ねえこれ、もう少しまともなデザインに変えられない？　この周りに、ぐるっとダイヤをはめて欲しいのよ」

店員は嬉しそうな顔になって、デザインを変えた場合の値段の見積もりを計算機ではじき始めた。

「……ですが六十万までお値引き出来ます……」

店員の言葉が部分的に耳に飛び込んで、秋穂は瞬《まばた》きした。

「ねぇ、どう思う？」

女性客が横を向いて話しかけたのは、中年の男だった。横顔は緒形拳に似ていなくもない、なかなか渋目の顔立ちだったが、その女性客の父親にしたら若すぎる。

「いいんじゃないか」男はあっさりと言った。「君の好きなように直して貰えば。だけどオパールなんかで本当にいいのかい？　ダイヤの方がいいんじゃないの？」

「いやね、パパ、ダイヤなんて月並みじゃない。色石の方が付け替えて遊べて楽しいでしょ？　今度のお誕生日にはキャッツアイ、約束して」

「約束するよ」男はまたあっさりと言って金色のカードを出した。「で、その直しはイヴまでに間に合うんだろうね」

「お間に合わせいたします」

店員はカードを両手で受け取って最敬礼した。

秋穂は啞然《あぜん》としていた。

中年男をパパと呼ぶ女子大生が本当に実在していたことと、その愛人に六十万の指輪をポンと買い与える中年男の存在に。

嘘じゃなかったんだ……「愛人」って本当に、いたんだ……

カードでの手続が済むと、二人はまた別のコーナーへと去って行った。

秋穂は、その後ろ姿を見送った。そして……突然、気が付いた！

ガラスケースの上、サイズ表が立ててある陰に、さっき女子大生が指からはずした指輪が残されている！

それは、ルビーよりも少し暗い色をした赤い宝石が一つ、金の台に載っているだけの指輪だった。

だがさっきあの女性客がはずした指輪は確か、ダイヤがきらきら光った豪勢なものだったはずなのに……？

少し考えて、事情がわかった。多分、彼女は二本の指輪をはめていたのだ。重ねて指輪をはめるのが流行になっていると何かで読んだ記憶がある。V字型のダイヤモンドの指輪にこの赤い宝石を重ねてつけていたのに、はめる時にひとつだけはめて、これを忘れてしまったのだ……

秋穂は店員の顔を盗み見た。店員は、もうガラスケースの向こうに見えず、他のブースで別の客を応対している。

秋穂はそっと後ろも振り返った。背後に警備員がいるかも知れない。

だが、振り向く前に思い直した。

そこに置かれている指輪は、この店のものではないのだ。この店の警備員が、その指輪についてとやかく言う権利などあるだろうか？

秋穂は、さっきの二人連れを探した。丁度、二人が店を出て行く姿が目の片隅に映った。

二人の姿が完全に消えてから、十秒数えた。二人は戻って来ない。

秋穂は、バッグからハンカチを取り出した。そのままサイズ表の前に移動する。そしてそっと、指輪の上にハンカチを置いた。それから、店員を呼んだ。

「あれを、試させていただけますか？」

さっと値踏みして、いちばん値段の安そうなものを指さした。それくらいなら、秋穂が買いたいと言っても不審に思われなくて済むだろう。

店員が出してくれたのは、小さな青いオパールで、二十万程度のものだった。

秋穂は、口から心臓が飛び出しそうになりながら、さりげなく、自分の左手中指にはめていたシルバーのリングをはずし、ハンカチの横においた。そして青いオパールをはめる。そのまま、店員と数分間、言葉を交わす。

こんな演技をしたのは生まれて初めてだ。

何をしゃべったのかほとんど覚えていないながらも、何とか青いオパールをケースの中に戻させることに成功すると、秋穂は、しゃべりながらそっとシルバーリングの上へとずらしておいたハンカチに視線を落とした。その横には、あの赤い石の指輪が見えている。

秋穂は、出来るだけさり気なく、それを自分の指にはめた。

店員は、まったく不審に思っていないようだった。笑顔で、他にもいろいろありますのでゆっくりご覧下さい、と頭を下げた。

秋穂は強張《こわば》る頬で笑みを作ると、シルバーリングごとハンカチを包み込んでバッグにしまい、駆け出したくなるのをじっと堪《こら》えて、ゆっくりと店を出た。

3

電車を降りるまで、秋穂は左手の拳《こぶし》を握りしめたままでいた。

掌《てのひら》の中で、指輪の感触が冷たい。サイズは秋穂と同じなのだろう、指輪はぴったりとしていた。

秋穂の住むアパートは北向きに建っていた。だが向きなどはどうでも良かった。どちらに向いて建っていようと、秋穂の部屋には陽があたらない。アパートは、他の三つの建物に囲まれていて、玄関の部分に細長い路地がついているので何とかたどり着けるが、通りから見たらどこにあるのかわからない、といった立地条件だったのだ。

窓を開けても、見えるのは他の建物のコンクリートの外壁だけだった。

場所は葛飾区青戸。広さは六畳。それに二畳ほどのキッチンと、ユニットのバス・トイレ。家賃は六万円。今の東京では、これでも決して高いとは言えない家賃なのだろう。ここ一年ほどで家賃や駐車場の貸し賃が急激に上がったと、新聞にも書いてあった。不動産価格全体が、どんどん上がっているらしい。それでも月給が手取りで十五万円強の身に、六万円の家賃は結構効いた。本当なら、東京の西、もう少しお洒落な町に住んでみたかった。せっかく故郷を離れて東京暮らしをしているのなら、サンダル履きで表参道で買い物出来るような生活に、少しぐらいは憧れた。だが、学生寮を出て手頃なアパート探しを始めた段階で、東京生活はそんなに甘くないと知ったのだ。

今ではもう、ここから出て行こうなどとは思わなかった。どうせ昼間は会社にいるのだ、陽なんて当たらなくたって構わない。家賃に余計な金を遣うなんて馬鹿げている。寝られればそれでいいんだから。

そう投げやりに構えてはいるものの、自分の部屋に入るとやっぱりホッとした。

あかりをつけ、お気に入りのクッションを抱えて、食卓兼用こたつテーブルの上に、左手を突き出した。


暗い輝きの、赤い石。

何という名前なんだろう？　ルビーのように華やかな赤ではない。もっと沈んだ、もっと神秘的な色だ。

秋穂は、じっと手を見つめた。

似合っていると思った。自分の手の色に、その石はとても似合っている。

罪悪感はまったく感じなかった。どうせあの女は、これだって「パパ」に買って貰ったに違いない。それも、はめるのを忘れてしまう程度の執着しか持ってはいないのだ。きっと今頃なくなったのに気付いているだろうが、どこかで落としたぐらいに思って、探そうともしないに決まっている。

この指輪は、あたしの指にはまっていた方が幸せなのだ。

秋穂は小さな本棚から、宝石のことを特集してあった女性雑誌を取り出してめくった。

赤い石の名前はすぐにわかった。

ガーネット……石榴《ざくろ》石。

なるほど、熟れた石榴の滴るような暗赤色だ。

石の値段はあまり高いものではないようだ。台がプラチナではなく金であることからしても、この指輪は、せいぜい五〜六万のものだろう。

六十万の指輪をポンと買って貰える身分なら、このくらいあたしにくれたってどうってことないわよ。

秋穂は決心した。これはもう、あたしのものだ。そう思ったら、気分が晴れ晴れした。

やっとツキが戻って来た。

これはちょっと素敵な、神様からの贈り物じゃない?


秋穂は、キッチンの戸棚の中から、ボルドーの赤ワインを一本取り出した。半年前、大学の同級生の結婚披露宴で貰った引き出物で、結構いいものらしい。いいワインをひとりで開ける機会になど恵まれずにこの半年、戸棚の中で寝ていたものだった。だがこの先も、高級ワインにふさわしい夜などそうそう訪れては来ないだろうし、せっかくツキが戻って来たのなら一気に上昇気流に乗りたいこともあって、秋穂はひとりで祝杯をあげることにした。

冷蔵庫から、残り物を出して皿に並べる。それから、ワインのコルクを、缶切りにくっついている貧相なワイン栓抜きで慎重に抜いた。

今度、ワインのコルク抜きもかっこいいのを買おう。

安物だがいちおうクリスタル製のワイングラス。まだ西島と付き合っていた頃、手料理を食べたいとここに通って来た西島と二人で乾杯する為に、無印良品で買った。

トクトク、と音をたてて、赤い液体が透明なグラスに注がれた。

ガーネットの赤。ボルドーワインの赤。

今夜は、最高だ。

＊

夕飯を食べていなかったのに気付いた頃には、もうすっかり酔いがまわっていた。空腹に入れたボトル半分の赤ワインは、やがて秋穂を揺れる眠りの中へと落とし込んだ。

どのくらい眠っていたのだろう。

背中の寒さに気付いて薄目を開けた秋穂は、遠くでカチッという音を聞いた気がした。

カチッ……？

あれって、鍵が開いた音？

……西島？

いや、そんなはずはない。西島はちゃんと鍵を返してくれた。喜んで。まさかコピーを取っているほど秋穂に未練があったということはないはずだ。

秋穂は頭を振って目をこすった。

その途端、ドアが開く音がした。

「だれっ？」

秋穂は叫んでこたつから跳び起きた。そして、キッチンから部屋へと走り込んで来た侵入者を見て、凍り付いた。


強盗だ！


疑う余地はなかった。人が二人、背の高さから男だとわかる。二人とも、ストッキングをすっぽりと被《かぶ》っている。

秋穂は反射的に、こたつの上にあった缶切りを摑《つか》んだ。ワインのコルク抜きの螺旋《らせん》状の錐《きり》を突き出して構える。

「出て行って！　警察を呼ぶわよっ！」

前にいた方の男が、秋穂の叫びと同時に飛び掛かって来た。秋穂は男に押し倒され、壁の本棚の角で頭を打った。

激痛で、目がくらんだ。

秋穂が打った頭を押さえて蹲《うずくま》っている内に、男は手早く秋穂のからだをガムテープでぐるぐると巻いていった。やがて、両手も後ろでぐるぐると固定される。

最後に、秋穂の口にガムテープが貼られた。

手際のいい荷造りが終わると、男が秋穂の片足を持ち上げた。通勤用のセミタイトのスカートは、簡単にめくれ上がる。

男の笑い声が、ストッキングの下でくぐもっていた。

秋穂はからだをねじって暴れた。だが、土足のままの男が秋穂の脚の間を思いきり踏みつけた。スニーカーの泥で汚れた靴底が、秋穂の股間をグリッと踏みにじった。

秋穂は呻《うめ》いた。呻く以外に何も出来ない。

強盗じゃないんだ。

そうわかって、秋穂の目から涙が溢《あふ》れ出た。

考えたら、こんな部屋に押し入っても金目のものなど何もないだろうことは、誰にでも想像出来る。

狙いは、秋穂の肉体そのものだ。きっと……どこかでこいつらに目を付けられたのだ。

そしてアパートまでつけて来られて、留守の間に合い鍵を作られて……そんな話を、つい先日週刊誌で読んだばかりだ。歯科治療用の柔らかいプラスチックか何かを使うと、単純な鍵穴の合い鍵など、簡単に作れるらしい……。

やっぱり、ツイてなかった。最悪だ。

こんなヤツらに犯されるのはどうしても我慢出来ない。大体、どんな顔してるのかもわからない男なんかに。

だが逆らって殺されるのはもっとたまらない。こんなつまらない人生の終わり方なんて……あんまりよ。千葉の両親が、娘がそんな殺され方をしたらどんなに嘆くか……可哀想なお母さん……可哀想なあたし……

秋穂の片脚を持ち上げていた男が、後ろにいた男に顎で合図した。二人とも長身瘦軀《そうく》、後ろにいた男の方が前の男よりさらに背が高い。一八〇は軽くありそうだ。しかし主導権を握っているのは、秋穂の片脚を持ち上げている男の方らしかった。

背が高い方の男が、秋穂の脚の間に膝《ひざ》をついた。おずおずとした仕草で、秋穂のストッキングに手をかける。だが、躊躇っているようにその手は停《と》まっていた。

リーダーらしい方の男が、脚で思いきり、膝をついている男の背中を蹴った。

男達は無言だった。それでも蹴られた男が痛みに顔を歪《ゆが》めたのが、ストッキング越しにも何となくわかった。

男の手が、ストッキングを破った。

秋穂は、また身をよじって泣き声をあげた。しかしガムテープの貼られた口から漏れるのは、奇妙な音だけだった。

秋穂は、首を振ってイヤイヤをした。必死でした。お願いお願いお願い、と心の中で叫んだ。

だが、男の手は今度は躊躇わず、秋穂の下着を引きずり下ろした。

秋穂にとっては二つだけ、幸運なことがあった。

一つは、その時秋穂が「安全期」だったこと。

もう一つは、秋穂の中に無理矢理押し入ってきた熱い凶器が、信じられないほどあっけなく暴発してしまったことだった。

ストッキングの下で、男の顔が歪むのがわかった。

男は秋穂のからだからそれでもしばらく離れずに、体重をかけてのっかったままでいた。

痩《や》せているのに、重いと思った。身長がやたらとあるせいだろう。

なぜこの二人は、こんなに背が高いのだろう。

秋穂は、こんな非常時に身長のことなどを気にしている自分に気付いて、笑い出しそうになった。

勿論、笑えなかった。男の行為が終わったことで緊張が解けた途端、秋穂の両目からはどっと涙が溢れて出た。

何もかも、不条理だ。

どうしてこんな目に遭わなくちゃならないんだ！

そう考えると、涙は止まらず、ガムテープを貼られて張り上げられない声の分まで、どんどんと溢れて流れ出た。秋穂が声を出せない状態のまま号泣し出したのを見て、秋穂の上にのったままだった男が、たじろいだような仕草を見せた。

「もう終わったのかよ」

もうひとりの男が、ストッキングの下から言うくぐもった声が聞こえた。男達が部屋に乱入して来てから、最初に聞いた声だった。

「情けねぇ奴《やつ》」

もうひとりの男が、秋穂のからだから離れて立ち上がった男の尻《しり》をまた蹴った。

男が交代した。

秋穂は泣きながら、それでも覚悟して両脚と腰の力を抜いた。

どうせこの態勢では逃げられないのだ。からだを硬くしていては、痛いだけだ。

だが秋穂の覚悟にもかかわらず、二人目の男は秋穂のからだに押し入ろうとはしなかった。代わりに秋穂の髪を鷲摑《わしづか》みにして揺すぶった。

「おまえさあ、金ってこれだけ？」

目の前に、秋穂の財布が揺れている。

視線をずらすと、カーペットの上に投げ出された秋穂のハンドバッグが見えた。中身が総《すべ》てぶちまけられている。

秋穂はそのままの姿勢で頷いた。

「しょうがねぇなぁ。クレジットカードも持ってねぇのかよ。仕方ねぇから銀行カードの暗証番号でも教えて貰おうかな」

「銀行は、やばいと思う」

もうひとりの男が、初めて口を開いた。

ストッキングの下から聞こえる声だからなおさらそう思えるのかも知れないが、随分と遠慮がちな声だった。

「なんで」

「キャッシュコーナーんとこに、防犯カメラ、あるから」

「ちぇっ」

少しだけ背の低い方の男が、摑んでいた秋穂の髪を放した。

「どうせ、訴えられやしねーよ、こいつ」

「金を盗《と》られたら訴えるよ」

盗られなくたって訴えてやる。

秋穂は決心していた。絶対、訴えてやる。泣き寝入りなんかするもんか！

「しょうがねぇ」

男は立ち上がりかけた。だが不意に、横向きになっていた秋穂の、縛られた後ろ手を摑んだ。

「いいもん持ってんじゃん」

男が、秋穂の指からガーネットの指輪を抜きとった。

「これでいいや、な」


秋穂はなんだかホッとした。

まったく根拠はないが、この信じられない災難は、総てその指輪がもたらしたもののように思えたのだ。

そうだ……きっとそうなんだ。

あの時、あの女は、わざとその指輪を置き去ったのだ。その指輪が不幸や災難をもたらす指輪であることに気付いて。

男は指輪をジーンズの尻のポケットに押し込んだ。

それから、フフッと、ゾッとするような笑い声をたてた。

「下半身だけってのは失礼な話だよな、お嬢さん」

言うなり、男が秋穂の胸元に手をかけた。そのまま、ブラウスの合わせ目を両手に摑み、一気に両側へと引き裂く。ブラジャーも無造作に持ち上げる。

猛烈な羞恥《しゅうち》が秋穂を襲った。晒《さら》された胸の方が、下半身よりも辛《つら》い気がした。

「せっかくだから、記念撮影しとこう」

男は、いつの間にか四角くて変わった形のカメラを構えていた。ポラロイドだ。

「脚、開かせとけ」

男が命令すると、いつも蹴られている方の男が、秋穂の両脚を左右に割った。

フラッシュの光がナイフのように秋穂に突き刺さった。

男が一枚目の写真を無造作にポケットに突っ込んでから、またフラッシュが光る。それが何度か繰り返された。

「いいのが撮れてるぜ、きっと。わかってるな、警察に訴えたりしたら、この写真コピーして近所中にばらまいてやる。おまえの会社にも、実家の周りにもな。黙ってれば何もなかったってことになる。今夜ゆっくり寝て、明日の朝には忘れりゃいいんだ。どっちが得か、考えな」

男は、それだけ言い捨てると、ジーンズのポケットからカッターナイフを取り出して、秋穂の後ろ手のガムテープにナイフを当てた。

「切れ目を入れとくから、暴れりゃそのうちはずれるぜ」

男はもう一度、フフッと笑って、秋穂の目の前から玄関の方へと消えた。もうひとりの男も慌てるように後を追った。

小さな竜巻のように、二人は消えてしまった。

秋穂は、横になったまましばらく泣いた。

それから、両手を必死に動かした。男の言った通り、数分間懸命に両手を動かそうともがいているうちに、手首がゆるんで来た。布のガムテープは、男がつけた切れ目から次第に縦に裂けた。指に余裕が出来たので、指先でガムテープの切れ目を探し、さらに裂いた。

手が自由になった。

秋穂は口のテープも剝がし、からだを転がしてこたつのそばのローチェストの上にある電話に手を伸ばした。

一一〇番はすぐに繫《つな》がった。

「一一〇番です。どうされました？」

妙に落ち着いた女性の声がした。

あまり落ち着き過ぎていて、馬鹿にされているように感じられる。あたしがこんな目に遭ったのに、どうしてあんたはそんなに落ち着いて、一一〇番なんかに電話して来る奴はみんな慌て者だ、みたいな声が出せるのよ！

「もしもし、どうされました？」

女性の声が聞き返した。口調が強い。秋穂を責めているようにも聞こえる。

秋穂の気持ちが萎《な》えた。

目の前に、男の持っていたポラロイドカメラがちらつく。

フラッシュを浴びた時の心臓の痛みが甦《よみがえ》る。

「すみません、間違えました」

秋穂は言って、受話器を置いた。

間抜けな言い方だったな、と後悔した。一一〇番に間違えて電話する奴なんかいるもんか。

秋穂は溜息をつき、足首に巻き付いたままのガムテープを剝がした。


部屋は荒れていた。チェストの引き出しはほとんど開けられ、中をかき回した形跡がある。秋穂が犯されている間に、命令ばかりしていた方の男が金目のものを物色したのだ。ハンドバッグの中身は部屋中に飛び散り、パウダーファンデーションは割れて肌色の塊がカーペットを汚していた。引っ張られるようにずり落ちたこたつ布団の上には、飲み残していたワインがこぼれて黒っぽい染みをつくっている。クリスタルのワイングラスは、部屋の隅まで転がって、二つに割れていた。

秋穂は、バスルームに入った。

ボロボロになってからだにまとわりついている衣服の残骸《ざんがい》を引き剝がし、まとめてごみ箱に放り込んだ。それからシャワーを勢いよく出して全身を洗い流した。

シャワーの温かさでまた悔しさがこみあげた。秋穂は、シャワーの勢いを強くして、その湯の中で涙が涸れて気が遠くなるまで、大声で泣いた。

4

風邪だと偽って会社を休んだ。

昼間なのに、部屋の中はいつまでも薄暗い。陽の当たらない部屋の惨めさを、秋穂は初めて実感していた。『メゾン・ド・フレール』と、付いている名前だけは春の花畑を連想させる明るく温かいものなのに、実際には、窓辺に置いても花が育つほど日光を浴びることは出来ない。

布団から起き出す気持ちになかなかなれなかった。起き出せば、部屋を片づけなくてはならない。ゆうべはもうその気力もなく、ただこたつを端に寄せて布団を敷いただけでその中に潜り込んだ。だが、片づけないことには生きて行かれないのだ、一間しかない、この部屋の中では。

少なくとも、次のボーナスの使い途《みち》だけは決まった。

新しく借りる部屋の保証金にする。

そう、引っ越すんだ。絶対、引っ越さなくては。今度は家賃が高くてもいいから、セキュリティシステム付のオートロックマンションを探そう。

こんな部屋とは、一刻も早くおさらばしないと。

そうだ……まず、鍵だ！

秋穂はようやく布団から抜け出して、本棚のいちばん下に入れてある電話帳を引っ張り出した。鍵の取り替えをやってくれそうな工務店に片端から電話して、その日の内に付け替えを引き受けてくれる店をようやく見つけた。二時間ほどで来ると返事があった。二時間。

秋穂は布団を押入に仕舞うと、意を決して部屋の片づけに取り掛かった。隅々まで掃除機をかけ、壊されたものを捨て、こたつカバーを取り替えると、部屋はいつもの顔に戻った。

こたつに入り、空腹を感じてビスケットの缶を抱えた。少し古くなって風味が抜けたビスケットを噛《か》んでいると、ゆうべのことは何もかも夢だったように思えて来た。

手足のあちこちに、打ち身の小さな傷があったけれど、他には怪我《けが》もしていない。強姦《ごうかん》されたのは疑いようがない。だが、あの時男は、ほんの一度か二度動いただけで果ててしまった。おかげで、裂傷は少なくて済んだらしい。一晩眠ると、痛みはごく微《かす》かなものになっていた。

失った物も、多くはなかった。

クリスタルのワイングラスと、割と気に入っていたブラウス、バーゲンで買ったブラジャーとパンティのセット、新発売のサポートタイプのパンティストッキング一足、会社に着ていく専用だった地味なスカート。

現金を少し……多分、二万円くらい？

それにそうだ、あの指輪。

だがあれはもともと、あたしのものじゃないんだ……だから、失ったと呼べるものじゃないのかも知れない。


でも。

いちばん大きなものは……あたし自身のプライド。

絶対、警察に訴えてやると思ったのに……あんなことが許されるはずなんかないのに！

結局、警察に電話することが出来ない。

あの写真のこともある。もちろん。

だが、写真よりももっと秋穂の決心を引き留めたものがあった。

最後は抵抗しなかった、という事実。


どうせ、警察官も弁護士も検事も裁判官も、みんな男だ。

わかってくれっこない。

秋穂は、噛んでいたビスケットがしょっぱくなっているので、また自分が泣いていることにやっと気付いた。

一人暮らしの女が泣きはらした顔で、急いで部屋の鍵を付け替えるとしたら、何かあったと思うだろう、誰でも。

鍵の取り替えをしてくれる人が来た時に、そんな顔では出られないと思った。

秋穂はバスルームで顔を洗い、化粧道具を入れてあるバニティケースを取り出して、入念に化粧をした。

最後に顔色が明るく見えるローズピンクの口紅を取り出したところで、秋穂はその紙片に気付いた。

折り畳まれた、小さなメモ用紙。

昨日の朝、出勤前に化粧をした時にもこのケースは開けている。だがその時には、確かにそんな紙片は入っていなかったのだ。

ひろげて見た。

『深雪、これでわかっただろう？　少しは懲りたかい？　俺を馬鹿にした罰だ』

深雪？

何のこと……？

この紙片をケースに入れることが出来たのは、あの男だけだ。自分を犯さなかった方の男。部屋の中を物色していた男！


しばらく考えて、事態が次第に理解出来て来た。

何てことだろう……人違いじゃないの！

そうだ、間違われたのだ、「深雪」という女と！

物語を想像することは簡単だった。

深雪、という名前の女がいて、その女がある男と付き合ってフッたとか、何かその類《たぐい》のことがあった。男は深雪を恨み、ゆうべの男達に頼むか、雇うかしたのだ。深雪を犯して写真を撮って欲しいと！

だが男達は部屋を間違えた。いや、もしかしたらアパートを間違えたのか、ともかく、人違いしてしまったのだ。

秋穂は笑い出した。

あまりにもおかしくて馬鹿馬鹿しくて、どうしていいかわからなかった。

冗談じゃない……まったく、冗談じゃないわよ、もう！

いい加減にして。

秋穂はメモをビリビリに引き裂くと、口に押し込んだ。

どうしてそんなことをしているのか自分でもわからずに、頭にのぼった血にまかせて紙片を食べてしまった。

ざまあみろ、どこかのバカ男。

あんたの深雪さんは、ちっとも懲りてやしないわよ！

*

ドアの鍵の付け替えが終わると、秋穂は何もかも忘れてしまうことにした。

きっと今頃は、あの間抜けな二人組も、自分達のした間違いに気付いて慌てているだろう。依頼主の男と揉《も》めているかも知れない。

いずれにしたって、もうあたしには関係ない。

思い出せばあまりにも腹が立って悔しくて、また涙が溢れて来る。だがいくら悔しがったところで、もう警察に届ける勇気だの気力だのを取り戻せるとは思えない。あの時一一〇番に向かって一言、強盗です！　と叫べば良かったのだ。そうすれば、何もかもが違った展開になっていたのだろう。

だがもう遅い。

一晩が過ぎ、部屋はすっかり片づき、証拠となるメモも食べてしまった。

まるであの男達の犯行に協力でもしているように、完璧《かんぺき》に「何もなかった」ことにしてしまったのだ、この手で。

今更訴えたところで、誰も相手にしてはくれないだろう。

秋穂は時計を見た。まだようやく午後二時。

今頃会社では、単調な時間が相変わらず流れ、自分の机の上にも未処理の書類が一枚、また一枚と増えているのだろう。

秋穂は、外に出てみることにした。


平日の昼間、街をうろつくなんて何年振りだろう？

どこへ行くというあてもないけれど、天気は良かったし、この陽の当たらない部屋にじっとして夜を待っているよりは、幾分かでもましな人生になるはずだ。

ぶらぶらしている内に、駅に着いた。いつもの京成なのに、こんな時刻だと別の電車のようだった。乗っている人の顔ぶれがまるで違う。制服姿の高校生が多いのは、十二月のせいだろう。受験が近いので、午後の授業に出ずに塾など へ通う子が多いのだ、きっと。

席が空いたので何気なく座ると、隣の女子高生が開いている雑誌が目に付いた。

男性の為のファッション雑誌らしい。

男性向けの雑誌をどうして女の子が？　と思った途端、謎《なぞ》は解けた。その女の子の隣にいた別の女子高生が、ページの中のモデルを指さした。

「このコ、好き。この顔、いいじゃん、最高！」

モデルは若かった。十代後半ぐらいか。

そして意外なことに、モデル、と聞いてイメージ出来るようなバタ臭い顔の外人風ではなく、ごく日本的な顔立ちをした男の子だった。

なるほど。今はこういう時代なのだ。

ファッションモデルもアイドルの一部、あまりハンサム過ぎて面白味がないのはウケないらしい。

たださすがに、スタイルだけは抜群に良かった。良すぎて、現実にこんなに脚の長い男が隣にいたら落ち着かないだろう、と思えたほど。

写真だけなので正確なことは判らないが、きっと一八〇センチなど軽く超えているに違いない。

その途端、秋穂は戦慄《せんりつ》した。

そうだ……そうだ……きっとそうだ！

あいつら……あの背の高さ、脚の長さ、痩せ方は、普通じゃない。それがひとりならともかく、二人セットなのだ。その辺でざらにお目にかかれるような二人組じゃない。

ファッションモデル。いや、売れっ子とか有名なモデルなんかじゃ勿論なくて、モデル崩れ、と言われている連中。

そんな話を何かで読んだ。高校生の頃にスカウトされてモデル業界に入ったものの、パッとしない内に二十歳を過ぎてしまい、遊びと派手な生活だけ身につけて潰《つぶ》しがきかなくなった連中が、六本木などにたむろして女の子を引っかけて暮らしている……マリファナとかコカインを売ったり、有閑マダム相手に売春したり……


秋穂はぶるっと首を振った。

もういいじゃないの、忘れなさいよ！

今更あいつらの正体を知ったところで、いったい何になるって言うの？

そうだ、何にもならない。それどころか、下手に探りを入れてあいつらに気付かれたら、今度は何をされるかわかったものじゃない。

秋穂は雑誌から視線をそらせて、他のことを考えるように努力した。

だがどうしても、あの二人の強盗のことを考えずにはいられなかった。

せめて、あいつらの顔をちゃんと見てみたいと思った。顔もよくわからない男達に、あんな風に踏みにじられたことがどうしても我慢出来なかった。

いつの間にか、降りて乗り換えるつもりだった駅をはずれ、終点の上野に着いていた。

仕方なく、秋穂は地下鉄の駅に入り、銀座線に乗り換えた。

どうせなら、渋谷まで行ってみようかな。

あてがない、ということは結構、快適なことだった。どこで降りなければいけない、という制約がないので、眠ってしまうことだって出来る。

渋谷までは、結構かかった。

あの二人組のことを思い出さないように、秋穂は目についた車内広告を端から読んでいった。クリスマスに合わせて限定発売される化粧品の宣伝。石油ファンヒーターの広告。ボーナスは〇〇へ、というお決まりのコピーがついた信託銀行の呼びかけ。その中に一枚、馬の走る写真が混じっている。

ＪＲＡって何だろう？

少し考えて、中央競馬会の広告だとやっとわかった。

競馬の広告。

秋穂は何となく不愉快になった。競馬ってギャンブルじゃないの。どうしてギャンブルの広告なんかが、こんなにおおっぴらに許されているんだろう？

近頃、競馬が若い人達のあいだでもブームらしい。大学生の競馬熱があがっているという記事を雑誌で読んだ。だがおかしな話だ、合法的なギャンブルではあってもギャンブルはギャンブル、成人・未成人に関係なく、学生は馬券を買うことは出来ないはずなのに。

あったりまえよ！

秋穂はひとりで腹を立てた。親のスネかじって学資だの生活費だの出してもらっている身分でギャンブルだなんて、とんでもない！

僅《わず》かな給料で陽の当たらない部屋に住んでいる自分を考えると、他人の金で馬券を買う人種はとても許せないと思えて来る。しかし冷静になってもう一度考えてみれば、人のことを偉そうに怒れるような過去を秋穂も持ってはいなかった。秋穂にしたところで、大学時代は親の金で好き勝手に遊んでいたのだから。

いっそ、実家へ帰ればよかったな。

秋穂は、千葉の実家を思い浮かべた。市役所に勤める母と中堅の衣料問屋に勤める父。祖父から受け継いだ土地に父が建てた、二階建て、4LDKの家。ボケてはいないけれど、耳は遠い祖母。三年前に結婚して近くに住んでいる兄と、秋穂とはあまりそりが合わない兄嫁。はっきり言って可愛くない、二歳の甥《おい》っ子。

何一つ、過不足のない、堂々の「一般市民」の家。

大学を出る時、両親は地元に帰って来いとうるさかった。いや、地元で就職しろと言っていたわけではなく、家から東京まで通えと言っていたのだ。

そんなおまえ、安い給料で都内で一人暮らしなんかしたら、貯金も出来やしないよ。

両親の言葉の正しさが、今になって身に染みる。

秋穂の勤めている本社ビルから千葉の実家まで、電車とバスを乗り継いで、うまくいって片道一時間二十分。バスの待ち合わせの運が悪ければ、二時間近くかかってしまうこともある。それでも確かに、東京に勤める人々にとっては、ごく普通の通勤距離だ。少しの遠さを我慢すれば、広々した自分だけの部屋と、のんびり足を伸ばせる浴槽のある風呂、ゆっくりテレビの見られる十二畳もあるリビング、それに好きな花を植えられる小さな庭と、大好きな猫もついていたのだ。それで家賃は、タダである。多少は家計に給料から入れたとしても、今払っている家賃分程度で、水道光熱費から朝夕の食費まで浮かすことが出来た。その上、洗濯だって掃除だって、夕飯の仕度にしたって、ほとんど残業なく毎日六時前には帰宅する母が秋穂の分までやってくれただろうことは間違いがない。

自宅通勤のＯＬがどれほど優雅に生活しているか、秋穂は、会社の同僚を見ていて、いつも痛感している。

それでもゆうべまでは、一人暮らしを選んだことに後悔はなかった。

お金や快適な生活だけでは補えない、自由さがあると思っていた。休みの日に昼過ぎまで寝ていても、一日中パジャマで過ごしていても、咎《とが》める口うるさい母はいない。週末に明け方まで飲み歩いても、怒鳴りつける父はいない。

だがそれが罠《わな》だったのだ。

おかげで、あんなひどい目に……

もう！

考えないようにしようと思っているのに！

秋穂は頭をふるん、と振って、嫌なことを頭から追い払おうとした。

その途端、あっ、と声をあげそうになった。

目の前に……本当に、目と鼻の先に、あの女子大生が立っている！

昨日、銀座の宝石店にいた女。本当に女子大生なのかどうかは知らないけれど、それらしい雰囲気は今日も漂わせている。

ランセルのロゴの入ったショルダーを無造作に肩にかけ、ヨーロピアン・ジーンズに黒い革のコート。秋の新色だった口紅は濃いブラウン、長く伸ばした爪《つめ》には、同系のブラウン・レッドのマニキュア。

その指に……トパーズのハート型の指輪。

いったい、いくつぐらい宝石を持っているのかしら、この女。

5

気が付くと、その女の後について外苑前で降りていた。

いったい自分は何をやっているんだろう。

秋穂は、自分で自分のしていることがひどく滑稽《こっけい》だった。だがどうせ、渋谷まで行ったところで何かしたいことがあるわけでも、見たいものがあるわけでもない。

あのガーネットの指輪の前の持ち主がどこの何という人物で、どんな生活をしているのか、暇にまかせて調べてみるのも面白いかも知れない。

何かをしていれば考えなくて済む。

秋穂はただ、考えたくなかっただけだった。ゆうべの悪夢のこと、あの背の高い二人組のことについて。

ガーネットの女は、地下鉄の改札で定期券を見せていた。銀座線で大学だか会社だかに通っているのは間違いない。

改札を出ると、女は迷わずに出口を選び、階段を軽快に上って行った。後をつけている秋穂の方が途中で息切れしてしまった。その体力の違いが、数歳の年齢の違いなのだ。そう考えると、秋穂は悔しくて足に力を入れ直した。

女は、秋穂の漠然とした予想に反して、ベルコモンズでちょっとお買いもの、という雰囲気ではなかった。真っ直《す》ぐに神宮球場の方向へと向かって早足で歩く。そして球場の少し手前で、ビルの中へと入った。

小さな雑居ビルだった。一階にはブティックと喫茶店、二階も洋服関係の店らしい。エレベーターはない。

階段があまりにも狭いので、秋穂は躊躇った。その女の後ろを上れば、後をつけていることが丸わかりだ。秋穂は咄嗟《とっさ》に、ビルの案内表示を読んだ。二階にも二店入っていて、一店はブティック、もう一店はアンティークドールの専門店だ。三階が法律事務所。四階は歯科クリニック。最上階の五階には何も表示がない。空き部屋だろうか。

秋穂は、四階に歯科クリニックがあることでホッとした。四階までは女の後について上っても疑われることはないだろう。

女は慣れた足取りで上って行く。エレベーターのないビルの四階に診療所など開いていて、この歯医者さんは儲《もう》かるんだろうか、と秋穂は余計な心配をしながら、また息を弾ませて上った。

三階までで女の姿が消えなかったことで、秋穂は少し焦った。だとしたら女はただ、歯医者に行こうとしていただけということになる。後ろを歩いていた行きがかり上、自分も歯科クリニックに入って受け付けを済ませなければ格好がつかない。

心配は杞憂《きゆう》に終わった。四階のフロアに着いても、女は階段から離れずにそのまま上って行く。

何も表示を出していないフロア。

秋穂の好奇心が、それまで以上に高まった。

どうしよう。

女の背中が消えた五階を見上げながら、秋穂は階段の途中で考えた。

この上まで上って行って、もしあの女に見つかったら、言い訳に困ってしまう。だがせっかくここまで来た以上、このまま帰るのも何かシャクだ。

さんざ迷ってから、秋穂はゆっくりと上り始めた。見つかったらその時はその時、歯医者さんに行こうとして階を間違えた、と言えばいい。

最上階は、意外と明るかった。下から見ていた時には気付かなかったが、ビルの最上階が斜めに切れたデザインになっていて、廊下にあたる部分の天井にガラスがはめこまれ、そこから光がふんだんに入り込む設計だった。

廊下には、誰もいなかった。ドアが二つ、並んでいる。あの女はどちらの部屋に入ったのだろう？

そう思いながら廊下に踏み出そうとした瞬間に、手前のドアが開いて中から人が出て来た。秋穂は驚いて、思わず首を引っ込め階段を駆け下りた。

失敗だった。そんなに慌てなくても良かったのだ。口実だってちゃんと考えてあったのに。だが、いきなりドアが開き、中から出て来た人と視線が合ってしまって、わけがわからなくなった。

きっとあの人物は、不審に思っただろう。

三十代ぐらいの、とても派手な顔立ちの女性だった。短い髪と大きな目。真っ赤な唇に、濃いアイライン。たった一瞬見ただけで、なかなか忘れられない、そんな顔だ。

秋穂は、まだドキドキしている胸を押さえながら、ビルの階段を一気に下りて二階のブティックに飛び込んだ。レザー専門の店だった。革の匂いがぷんと鼻につく。

秋穂は革製品が好きではない。おかしなことに、革の服を見ていると、皮を剥がれた動物の死骸を連想してしまう。

店の一角にフェイクファーのコーナーがあった。秋穂はそのコーナーに近寄った。豹《ひょう》の毛皮を模したプリントのフェイクファーのコートが、ちょっと魅力的だった。しかし、自分には絶対に似合わないだろうと思う。第一、どこに着て行くのだ、豹柄のロングコートなんて。

店のドアが開いた。

秋穂の視界の隅に、派手な顔立ちの女が現れた！

秋穂は、冷や汗が背中を伝うのを感じた。

やはり不審に思われたのだ。だからあの女性は、駆け下りた秋穂が二階で階段を離れるのを見て、ここまで様子を見に来たに違いない。螺旋に配置された階段は、上から見下ろせばいちばん下まで、上り下りしている人間の姿は丸見えなのだ。

秋穂は息を止めた。

何か声を掛けられるかも知れない。そうしたら、何と言って答えよう？

だが、赤い唇の女性は、じっと秋穂を見つめていただけで、すぐに店から出て行った。

秋穂は心底ホッとして、店から出た。

探偵ごっこなんかするからだ。

秋穂は自己嫌悪した。

ガーネットの持ち主がどこの誰であろうと、もう自分には一切関係ないのだ。そのガーネットは今、自分の指にはまっているわけではないのだから。

秋穂はとても疲れた気がして、また地下鉄に乗って部屋へと帰りを急いだ。

＊

駅前の不動産屋に入り、年内に引っ越し出来る先を見つけたいと申し込んだ。いくつかの物件が紹介されたが、秋穂の希望に合致したオートロック方式のマンションは、独身者向きはまだ物件が少なくて、思ったよりもずっと家賃が高い。

だが引っ越しは一刻も早い方がいい。

人違いだろうとなかろうと、あの二人組に部屋の合い鍵を作られてしまったのは事実だし、鍵を取り替えたからと言って、また作られれば同じことだ。

「ともかく、いいものが出次第、お電話差し上げますから」

中年の不動産屋は、丁寧に頭を下げた。それから、不意に言った。

「失礼ですが、ＯＬさんですよね？」

秋穂が頷くと、不動産屋は内緒話でもするように、声を潜めた。

「家賃に今以上お払いになるつもりでしたら、いっそ買われたらどうですか」

「はい？」

秋穂は驚いた。

「買うって、マンションをですか？」

「そうです」不動産屋は神妙な顔で頷いた。「ご希望のようなマンションを都内でということですと、どうしたって家賃が十万を超えますよ。もったいないですよ、家賃ってのは払っても後に一銭も残らないんですから」

「でも……」

「商売柄断言しますが、マンションはどんどん値上がりしますよ。いやもう、これからの日本で不動産の値段が下がることなんて絶対にないです。何しろ狭い国で土地がないのに、人口はどんどん増えてますからね。貯金や株なんかよりずっと確実ですよ。ご存じのように八〇年代に入って不動産の値段がどんどん上がり出してましてね、特にここんとこの値上がりは、わたしらでもびっくりしてるんです。家賃に十万支払う気があるなら、もう少し頑張ってボーナスでもちょっと払ってやれば、ＯＬさんでも三千万くらいまでのものなら買えますからね。それだけ出せば、１ＬＤＫ、四十平米程度のものなら手に入ります。それでも今だから可能なんで、あと半年もしたら、倍になっちゃいますよ。１ＬＤＫあったら、一人には勿論、結婚してもしばらくは充分じゃないですか。ね、子供でも出来たら売り払って、儲けた差額を頭金にしてもっと広いとこが買えます。考えてみられたらいかがです？　わたしのとこは売買もやってますから、ご相談いただければ……」

秋穂は、不動産屋の熱心な勧めを振り切るようにして、店を出た。

秋穂は本当に驚いていた。

不動産の購入など、考えたこともなかった。一介のＯＬと縁のある話だなどということも、思ってもみなかった。

宝石どころの話ではない、不動産だ！

数千万円、という金額なのだ！

何という時代なんだろう。

秋穂は、恐くなった。

世の中がどんどん、変になっている。

宝石を指にはめて分譲マンションに住んで、お茶汲みをしているＯＬの図。

まるで漫画だ。

秋穂は、ようやく暗くなった道を、あの陽の当たらない部屋へと急いだ。

悪夢の痕跡《こんせき》はすっかり掃除してある。鍵も取り替えた。

明日からは、元通りだ、何もかも。

パトカーのサイレンの音に気付いたのは、自分のワンルームよりひとつ手前の曲がり角のところまで行った時だった。

秋穂の背中を、一台のパトカーが追い越して、角を曲がった。秋穂は思わず、角を曲がったところに何があるのか横を向いた。

赤い点滅がいくつも見えた。それと、野次馬らしい、人だかり。

「人殺しだって！」

秋穂の後ろで、若いアベックが囁《ささや》いていた。

「見てみようよ」

他にもどんどんと、人が現れて赤い点滅の方向へと駆けて行く。

野次馬の群は見る間に膨れ上がった。

秋穂は、後ろから見知らぬ人に押されて、何となく曲がり角を曲がった。

「若い女だってよ！」

ひそひそ声があちらこちらで起こる。

「ＯＬだって」

「痴情のもつれってやつ？」

「強盗じゃねぇの」

強盗。

　秋穂は走った。

　はっきりとした理由があったわけではないが、自分と無関係だとは思えなかった。

　そうだ、偶然のはずがない。ゆうべあたしの身に起こった悪夢と、無関係なはずが……

　パトカーの赤色灯であたりは異様な光に包まれている。防寒コートを着た警察官が、両手を広げて野次馬の接近を阻止していた。別の警察官が、ロープのようなものを張っている。ツートンカラーではない普通の乗用車の屋根に赤色灯をつけた車から、コートを着た男達が降りて来た。

　だが秋穂は、生まれて初めて見た本物の刑事の姿に感激することもなく、呆然《ぼうぜん》と立っていた。秋穂の目に映っていたのは、ただ、その自分が住んでいるワンルームとよく似たアプローチを持つ小さな玄関の、上にかけられている金文字だけだった。

　金文字はそのマンションの名前を示している……秋穂のあの部屋のある建物とよく似ている……似すぎている、名前……『メゾン・フレール』……
　ド、がないだけだ。

第二章　不幸の指輪

1

出社してすぐに、秋穂は部長に呼びつけられ、罵倒《ばとう》された。

清書を頼まれた会議資料のことなど、秋穂はまるっきり忘れていたのだ。

それどころではなかった。この二日間に起こったことは。

ようやく部長から解放されて席に戻っても、秋穂の心は上の空だった。

殺された女性についての情報はゆうべのニュース番組と今朝の朝刊とから仕入れた。

真藤《まふじ》深雪。二十六歳。都内の繊維メーカーに勤務するＯＬ。出身は熊本県。都内の短大卒。

秋穂は、背筋が震えて来るのをじっと堪えた。

彼女と間違われてあたしが犯されたんだ。

メゾン・ド・フレールとメゾン・フレール。

ごく近くにあまりにもよく似た二つの建物。そして同じ部屋番号に住んでいた、似たような年齢の一人暮らしのＯＬ二人。

あのマヌケな二人組が間違えてしまったのも無理はない。偶然にしたらあまりにも、出来過ぎだ。だがそんなものなのかも知れない。この東京の空の下にはきっと、自分とよく似た境遇、よく似た生活の女が何十万人と住んでいるのだ。

しかし、真藤深雪はあたしより、少しだけ運が悪かった。いや勿論《もちろん》、あたしも相当運が悪いけど。

深雪は抵抗したのだろう。あたしよりも激しく。そして殺された。

それにしても。

人違いだとわかった翌日にもうやり直しするなんて。


どうしようかな。

警察に電話しなければいけないのは充分わかっていた。市民の義務だ。何しろ秋穂は、ストッキング越しとは言え、犯人を目撃しているのだから。

だがどうしても受話器を取る気になれない。特に、こうやって会社に来てしまった今となっては。

周囲の同僚達が、秋穂が強盗に犯されたなどと知ったら、いったいどんな反応を示すのか、今から目に見えるようだ。

秋穂は、ボーッとしたまま午前中を過ごし、昼休みも食事を摂《と》らずに座ったままでいた。

しかし午後いちばんに、秋穂は総務課に呼び出された。

何事かわからずに総務課の受付に出向くと、総務課の課長が秋穂を応接室に連れて行った。中には二人の男がいた。

秋穂が頭を下げ、課長に促されて男達の前に座ると、男達は名刺を出した。

名刺の片隅に、不細工で何だかわからない変な動物の絵が黄色くついている。警視庁のマスコットだとポスターで見た覚えがある。

警視庁。

秋穂の膝《ひざ》が震え出した。


「実は」若い方の男が変にかっこつけた仕草で半身を乗り出した。「少しお伺いしたいことがありまして」

テレビの刑事ドラマに出て来る、演技の下手な新人俳優みたいだ、と秋穂は思った。勿論、俳優ほどいい男じゃないけど。

「海道さんのお住いになられているお近くで昨日、事件があったのはご存じですね？」

秋穂は頷《うなず》いた。

「被害者の方とご面識は？」

秋穂は驚いて首を振った。

「ありません！　どうしてあたしが……」

「いえ、いちおう確認させていただいただけです。被害者の方が住んでいらしたアパート、いらということも考えたものですから。実は、その建物の名前がメゾン・フレールというものえマンションと言った方がいいですか、その建物の名前がメゾン・フレールというものだったわけですが」

秋穂はまた頷いた。若い刑事はわざとらしく、おや、という顔をして見せた。

「驚かれないんですね」

「新聞で読みました」

事実だった。新聞にちゃんと書いてある。

「そうでしたか。でも新聞をご覧になった時には驚かれたでしょう」

「はい……わたしの住んでいるのが、メゾン・ド・フレールですから」

「フランス語だとすると、ドが入っている方が正式なんでしょうね。あなたのお住いの方が正しいというわけだ」

若い刑事は笑ったが、ちっともおかしくないので秋穂は黙っていた。

「それで」

若い刑事はまた、テレビでよく見るように、照れ隠しの仕草をちょっとした。もしかしたらこの男は、テレビドラマで自分の仕事を研究しているのかも知れない。

「我々がメゾン・フレール周辺に事情を伺って歩いていた際に、乳酸菌飲料の配達をしている女性から、すぐ近くに名前がそっくりなハイツがあると教えて貰《もら》ったわけです。事件と関係があるかどうかはわからないが、とにかく調べてみることにして、今朝メゾン・ド・フレールに行ってみました。そうするとこれも驚いたことに、被害者の方が住んでいたのと同じ一〇二号室に、丁度年齢も同じくらいの女性が住んでいらっしゃるということがわかりまして」

「はあ」

秋穂は刑事が何を言いたいのかわからずに、ただ頷いていた。それがどうしたと言うのだ……

「海道さん、もうおからだの方はすっかりよろしいんですか」

突然訊《き》かれて、秋穂はびっくりした顔をしてしまった。

「からだって……あの」

「風邪で昨日はお休みだったとか」

「ああ、はい」

秋穂は冷や汗をかくというのはこういう状況なのか、と初めて知った。

「もう、平気です」

「そうですか、この季節は悪い風邪が流行《はや》りますからね。ところで海道さん、昨日お部屋の鍵《かぎ》を付け替えられましたね？」

「……あ、はい」

「風邪で会社を休まれているような時に、業者が出入りするというのは鬱陶《うっとう》しかったんではないですか。どうして、別の時になさらなかったんです？」

「……前々から取り替えようと思っていて……会社を休まないとなかなか業者に来て貰えませんから」

「前々から鍵を取り替えたかったというのには、何か理由でも？」

「理由？」

「ええ、普通は大家さんに相談もなく急に部屋の鍵を取り替えたりはしないでしょう。あなたの隣室の大学生さんが、昨日海道さんの玄関ドアの鍵が取り替えられたようだと教えてくれたもので、管理会社の方に訊いてみたんです。ですがあなたから管理会社にもあのハイツの持ち主にもそうした連絡はなかったと」

「あ」秋穂は喉《のど》がからからに乾いたように感じていた。「今日、電話しておくつもりでした」

「何か安全上問題のあるようなことがあったのでしたら、まず管理会社に連絡した方がよろしかったのではないですか？　鍵の取り替えだってタダというわけではないでしょうから、場合によっては持ち主が負担してくれるということもあるでしょう」

「あの……それは……」

「何かあったんですか？　鍵を取り替えないと安心出来ないと思うような出来事が、最近？」

刑事達は二人とも、いつのまにか鋭い目つきで秋穂を睨《にら》んでいた。

秋穂はいっそ、何もかも言ってしまおうかと思った。その方がいいに決まっている。このまま黙っていたのではきっと、後で困ったことになる……

だが、秋穂の隣りに座ったまま、成りゆきがどうなるのかと好奇心をむき出しにした目で秋穂を見ている総務課長の顔を見た途端、話そうとしている気持ちが消えた。

秋穂は刑事の顔をまともに見た。

「友人に鍵を預けたことがあるので、念のためと考えただけです」

「ご友人に？」

「ええ」

「その方は鍵を返してくれなかった？」

「返してくれました。ですけど……コピーとか取られている可能性もあると思ったものですから」

若い刑事は、黙っている年上の刑事の方を見た。

テレパシーが使えるわけでもあるまいし、テレビの見すぎだ、おまえ。

「そのご友人というのは、男性ですね？」

遠慮会釈も情緒も何もない訊き方だった。隣りに会社の人間が座っているという秋穂の状況など、思いやってくれようともしない。

　秋穂は決心した。

　警察なんかに誰が協力するもんか。

「交際されていた男性に部屋の鍵を預けたけれど、別れたので返して貰った。でも安心は出来ないので鍵そのものを取り替えた。こういうことですか」

　それ以外になんだと言うのだ。わざわざ言い直す意味がどこにある。

　秋穂は小さく頷いたが、黙っていた。

　だが、もしこの無神経でテレビばかり見ている刑事がその男の名前を教えろと言ったら、大きな声で言ってやろうと身構えた。総務課長の耳にもよく聞こえるように。

　それなのに、刑事はそうは言わなかった。

　ちぇっ。


　秋穂に対しての刑事達の尋問はそれで終わった。秋穂は自宅の電話番号を教えるよう、おだやかだが強制だということが伝わる言い方で頼まれ、逆らわずに教えて解放された。

　都会の無関心、などは幻想なのだと思う。

　人々は隣りが何をしているのか知りたくてたまらないのだ、本当は。ただそれを知る方法が見つからないので関心がないかのように装っているだけだ。もしある日自分のところにテレビのようにちゃんと二人組になった刑事が訪ねて来て、隣りはどんな人ですかと訊いたとしたら、人々は嬉《うれ》しくてしょうがないという顔で答えるのだ……あまり知らないんです。何かあったんですか？……そして何とかして反対に刑事の口から隣人についての情報を得たいと考える。そんなもんだ。

秋穂は、自分の部屋の隣りに住んでいる女性が大学生だなどと、ついさっきまで知らなかった。顔を合わせたことはあっても話をしたことがない。地味な服を着て、毎朝きっちりと早く出掛けて行くので、区役所にでも勤めているのかと想像していたのだ。そしてその隣人が、秋穂の部屋の鍵が取り替えられる様子を注意して眺めていたなどということも、想像もしてみなかった。

余計なおせっかい焼きやがって。

秋穂はいまいましく思いながら、仕事に戻った。

刑事のおかげでボーッとしていた心に気合いが入った。秋穂は、昨日一日いなかっただけで溜《た》まりに溜まった書類の山に猛然と取り組んだ。忙しくしていれば、いろんなことを忘れていられる。

嫌なこと、不安なこと全部。

香川教子がそばに来たのにも気付かず、秋穂は計算機を叩き続けていた。

「海道さん」

秋穂は声を掛けられてようやく気付いて顔を上げた。

「お風邪だったんですってね」

「あ、はい」

「もう大丈夫なの？」

「ええ。心配かけてすみません」

「一昨日のこと、気にしてるんじゃないかってちょっと思ったものだから」

「……お茶碗《ちゃわん》のことですか？　あれでしたらもう、ほんとに」

香川教子は秋穂の机の上に、デパートの包装紙にくるんだ何かを置いた。

「出来れば同じ柄が良かったんでしょうけど、萩焼って単純なようで、ひとつひとつ表情が違うのよね。似たものがなかなか見つからなくて。好みに合えばいいんだけど」

教子はそれだけ言うと、秋穂の席を離れた。秋穂は包みを手に取った。そして、膝の上でそっと開けてみた。

一昨日教子に割られた茶碗と丁度同じくらいの大きさの、温かな色をした茶碗が顔を覗《のぞ》かせた。

秋穂は立ち上がり、自分の机に戻っていた教子のそばに寄った。

「香川さん……あんなことしていただかなくても」

「いいのよ、あたしの気持ち」

「でも……香川さんのせいじゃないのに」

「割ったのはあたしじゃない」

「けど他にどうしようもなかったんですし。ほんとに、あの、おいくらでした？　あたしあれとても気に入りましたから、お代、払わせて下さい」

「やめてちょうだい。気持ちでしたことなんだから」

「でも……」

「それなら海道さん」

「はい？」

「今夜、ちょっと付き合って貰えると嬉しいんだけど。今夜は予定ある？」

「あ……予定というのは別に」

「これなの」

教子は机の小引き出しからチケットを二枚取り出した。

「知り合いがプロデュースしたコンサートなんで買わされちゃったんだけど、あんまり興味がないんで誰かにあげようと思っていたの。でもほら、今夜は花金《ハナキン》だからさ」

教子は苦笑いした。

「みんなもう予定があるみたいで。かと言って、ひとりで六本木なんか行ってもねぇ。もし良かったら、付き合って貰えると嬉しいな。夕飯はあたし、どこかでご馳走《ちそう》するわ」

ジャズヴォーカルのコンサートだった。名前は聞いたことのあるジャズハウスで行われる、セッションコンサートだ。プロのジャズシンガー数名の名前が並んでいる。

ジャズヴォーカルなんて、久しぶりだわ。

西島と付き合いだした最初の頃は、西島に連れられていろんなところに遊びに出掛けた。ジャズハウスにも何度か行ったことがある。

秋穂は頷いた。

「あの、あたしで良かったら、お供します」

「ありがとう」

教子はにっこりした。

「じゃ、残業になりそうだったら言って。手伝うわ」

2

金曜の夜の六本木は、リオのカーニバルのような騒ぎになる。それも次第に夜が更けて行くほど盛り上がる。

久しぶりに街を歩いてみて、特に今年は凄《すご》いのかも知れない、と秋穂は感じた。

八〇年代後半に入って景気がどんどん良くなっているという話は聞いたことがある。

地価の上昇率は月毎に記録を更新しているらしく、週末の新聞には不動産関係の折り込み広告が、本体の新聞よりもぶ厚く挟まっている。大体、秋穂にだって駅前の不動産屋がマンションを買わないかと持ちかけてくるほどだ。

だが秋穂自身の自由になる金はちっとも増えているようには思えないし、これからだって普通に考えれば、大して増えてなど行かないだろう。

変な時代が来た。

不景気よりはましなのかもしれないけど。


ジャズコンサート自体は、まずまず楽しめた。スタンダードの曲が多かったせいで秋穂にも親しみが持てたし、ライヴハウスの雰囲気というのは、いつ味わっても独特でいいものだ。

ただ、始まる前に食事している時間がなかったせいで、終わる頃には空腹で倒れそうだった。何しろ、昼食も抜きだったのだから。

ご飯の食べられるお店に行きましょうか、と教子に連れられて入ったのは、小さなパブレストランだった。イギリス料理が売り物らしいが、イギリス料理と聞いて頭に浮かぶのはローストビーフくらいだった。だが広げられたメニューにはちょっと驚いた。羊の料理がとても多い。

羊と言われると秋穂は、ジンギスカン鍋の匂《にお》いを思い出す。

大学の頃、同級生と北海道旅行に出掛けて日高の観光牧場に泊まった。そこの夕食は名物のジンギスカン。夕飯の始まる前に牧場内を散歩していて、顔の真っ黒な羊を見た。

そんな羊を見るのは初めてだったので、何という種類なのかと牧場の人に訊いてみた。種類の名前は忘れてしまったが、牧場の人が言った言葉は今でも忘れられない。

『食用なんですよ。後で、夕食に出ますから』

その直後にジンギスカン鍋の横に並べられていた桃色の肉片に、秋穂はとうとう、箸《はし》をつけることが出来なかった。

現代人の姑息《こそく》な感傷だということはわかっている。牛だって鶏だって豚だって、肉になる前は生きて歩いて鳴いているのだ。その姿を見たからといって肉が食べられないなどというのは、お上品ぶった戯言《ざれごと》だった。だがしかし、食べられないものはしょうがない。しかもジンギスカン鍋には独特の匂いがある。あの匂いが好きだという人もいるのだろうが、秋穂は苦手だ。顔の黒い羊と桃色の肉の関係を知った動揺と独特の匂いとが記憶の中で混じり合って、ジンギスカンは秋穂のもっとも苦手な料理となった。

秋穂はメニューを持ったまま悩み、ようやくローストビーフがメニューにあることで安堵《あんど》した。

香川教子は、ラムローストのセットを頼んだ。ラムって羊よね？　子羊よね……

だが運ばれて来たラムローストは見た目に素晴らしい逸品だった。あの独特の匂いはまるでしない。塊のまま色よくローストされたラムは、切りわけると中がほんのり恥じらうような珊瑚《さんご》色。

教子が秋穂の分にと取り分けてくれた肉塊を、秋穂はつい、口に運んだ。そして叫んだ。

「おいしいっ！」

教子はクスッと笑った。

「海道さんって、ほんとは可愛いのね」

「……え？」

「とっても素直な顔をするんだなって、思ったのよ」

「あの、あたし」

秋穂は肉を呑《の》み込んでから訊いた。

「そんなにひねくれて見えますか？　いつも」

「そうね」

教子はあっさり頷いた。

「はっきり言えば社内では、あまり評判がよろしくない」

秋穂は啞然《あぜん》として教子の顔を見た。

教子は、それが言いたくて今夜あたしを誘ったのか……きっと、課長から頼まれたのだ。海道くんはどうも協調性に欠ける。みんなの和を乱すことがあるんで、君からちょっと言ってやってくれたまえ……

「ううん、嫌われてるとかそんな意味じゃないの。むしろ、仕事は出来るってみんなが評価してる。だけど、付き合いにくい人だと思われてることは事実ね」

「……付き合いにくい、ですか……」

「気にしなくていいわ、あたしもそう思われてるクチだから」

「あの、香川さん」

「なに？」

「今夜あたしのこと誘ったのって、あの……」

「いやぁね」

教子はワインのグラスをカチンと鳴らした。

「これはプライベートよ。男社会じゃあるまいし、アフター5にまで会社を持ち込んだりはしないわよ」

「……ホッとしました」

秋穂はもう一片、肉をフォークに刺した。

「せっかくこんなにおいしいものいただいてるのに、お説教はやだなって思って」

教子は笑った。

「お説教なんてする立場じゃないわ、あたしもあなたと同じだもの。この世の中ってほんとに変よね。ひとつひとつのことに疑問を持って真面目に対処していると付き合いづらい、協調性がないって言われて、なんでもニコニコしてわからない振りしながら、誰かが手伝ってくれるのを待っていれば、素直で明るいいい子だってことになる。あたしやあなたみたいなタイプって、損な性格なのよ。はっきり言って、男にはモテないわね」

「香川さんは、お綺麗《きれい》だし」

「整形だって噂《うわさ》、あるらしいわ」

秋穂は肉片を喉に詰めそうになった。

「瞼《まぶた》と鼻を整形したんですって、あたし。知らなかったわ、自分でも。そんな記憶ないのにね。何でもいいのよね、人を貶《おとし》める噂ほどしていて楽しいものはないんだから。海道さん、あなたも気付いてるとは思うけど……あなたのことも、噂に尾ひれ、付いてるわよ」

「……西島課長ですね」

秋穂はうんざりして、フォークをおいた。

「もういいんです。知らない振りしていればその内、みんな忘れてくれるだろうし」

「課長、なんて付けるのやめなさい」

教子は秋穂のグラスにワインをつぎ足した。

「呼び捨ててやればいいのよ、あんな男」

「そうですね……」

「だけどあなた、偉い。辞めないでいるんだもの。あたし、尊敬しているの」

秋穂はグラスの中の赤いワインの色を見つめた。

「……別に、辞めたって良かったんです」

言葉と共に溜息が漏れた。

「考えたら、こだわって無理して、辛《つら》いのを我慢して勤めなくちゃならないほど今の仕事が好きなわけじゃないし……ただの意地なんだなって思うと、落ち込むんですよね。どうしてそんなとこでつまんない意地なんか張るんだろうって。意地張って人生の大事な時間を無駄にしているだけなのにって」

「そんな意地でも張れなくなったら、おしまいだわ」

教子は言いながら秋穂を見た。

「意地を張るってことは、時には自分自身の為《ため》に必要なことよ。あたしだって、毎日毎日、何の為にこんな生活してるんだろうって考える。結局、意地なのよ……あたしね、婚約解消したことがあるの。噂、聞いたことない？」

そんな話を聞いたことがあるような気もした。もう何年も前のことだと……

「今名古屋支社にいる佐久間って奴《やつ》と婚約していたの。五年ほど先輩で、結構仕事も出来た男だった。今からもう……六年も前の話だけど。でもその男、二股《ふたまた》かけてたのよ。よくある話なんだけどね。あたしと付き合い出してから別の女の子に惹《ひ》かれちゃったのね。でもあたしとの関係が何となく続いてしまって、トントンと婚約してしまって。佐久間も一時は、あたしと結婚することで落ち着くつもりでいたんだと思う。だけど相手の女の子にはちゃんと話してなかったのね。ある日突然、その子が会社を訪ねて来て……最高の見物だったと思うわ。若い子だったんで興奮しちゃって、あたしの机の上のもの、みんな投げ捨てて大騒ぎしたのよ。止めようとした当時の係長は眼鏡割られちゃうし、コーヒーはこぼれて書類はダメになっちゃうし。結局警備員がその子をつまみ出したんだけど、あたしも佐久間も翌日、会社に事情を聴かれて……針のむしろに座るって気分、初めて味わった」

秋穂はじっと、喋《しゃべ》る教子の口元を見つめていた。

「でも驚いたのはね、しばらくしてあたしの耳に入って来た噂だった。あたしは佐久間が他の女の子と付き合ってるなんて本当に知らなかったのよ。なのに噂では、恋人のいる佐久間にあたしがちょっかい出して奪い取ったことになっていたの。強引に婚約して、無理矢理結婚しようとしていたみたいに……どうして？　ってあたし、悔しくて泣いたわ。誰がどう考えたって悪いのは佐久間じゃないの。それなのに、なぜあたしが悪く言われないとならないの？　そのうちにわかったの……結局、それがみんなの本心だったんだってね。佐久間との婚約を祝ってくれた同僚の笑顔の下にあったのは、仕事の出来る男と逸早《いち》く結婚を決めてしまったあたしへの、嫉妬《しっと》と反感だったんだって。女って醜い。あたし、その時に実感したのよ」

教子は笑って、グラスのワインを飲み干した。

秋穂は、ゆうべのことを警察に話さなかったのは正解だったと思った。話して噂にな
ったところで被害者の秋穂に同情なんて誰もしてくれないだろう。教子のように、いつ
の間にか悪いのはおまえだ、と言われるようになるだけだ。下卑た笑い声と共に。

「このお店、ステキでしょ？」
話題を変えようとしてか、教子が不意に訊いた。秋穂はあらためて店内を見回した。
「ほんと……インテリア、凝ってますよね」
「最近人気出て来たらしいの。あたしは知り合いから教えて貰って来るようになったん
だけど。芸能人も多いみたいよ」
「へえ……」
「だからってあたし達には無縁だけどね。でも最近ちょっと、世の中変わって来たって
思わない？」
「世の中、ですか」
「うん。ちょっと前まではさ、芸能人が行くような店に普通のＯＬがご飯食べに行くな
んてこと、あまりなかったじゃない。値段が高いってこともあるけどそれ以上に、そう
いうことするのって習慣としてなかったと言うか、したくても気後れしてできなかった
と言うか。それが最近では、平気だものね。お店の方でもお金さえ払えばどうぞ、って
感じになって来たし」

「垣根が低くなったってことでしょうか」

「そうね。でもきっと、気分的な問題なんだと思うわ。本当の意味での垣根はちっとも低くなってないのよ。ねえ、海道さんはクレジットカードって持ってる?」

「あたしまだ持ってないんです。いろんなところで申込書は貰うんですけど、なんだか恐いような気がして」

「恐いって?」

「時代遅れなんだと思うんですけど、お金も払わないのに品物だけ手に入るのって、なんかしっくり来なくて」

教子は大きな声で笑った。

「いいわ、あなた。あなたの感覚ってすごくまともね」

秋穂は馬鹿にされたように感じて少し気分を害した。だが教子はそんな秋穂の気持ちを察してか、とりなすように言った。

「ごめんなさい、ほんとにいいなって思ったのよ。あのね、あたし、うちの課の女の子の査定の手伝いやらされてるの、あなたも知ってるでしょ」

「はい」

「あれって嫌な仕事よね。同僚の品定めですものね。仕事の評価だけなら仕方ないとも思うけど、大半は仕事以外のことなんだもの、会社が気にするのって」

「仕事以外のこと?」

「そう。大体、協調性だの積極性だの、いい大人がそんなことで会社に点数付けられなくちゃならないいわれなんかある？　要は結果として仕事がまともに出来ていればそれでいいわけでしょう？　性格のことまで他人に口出しされないと会社勤めが出来ないなんて、いかにも日本的よね、発想が。まあそれはともかくとしてね、最近、その査定の中の項目で、計画性って部分で問題が出て来てるのよ」

「あの」秋穂は酒のせいで口が軽くなっている教子を心配した。「香川さん、そういう話、あたしにしても、いいんですか？　あたし、聞かなくても……」

「気にしないで。プライバシーに関わる部分は省いて話すから。あのね、つまり、計画性ってのはどんなことかと言うと、期限までにちゃんと仕事が終えられるかとか、残業が異様に多くなっていないかとかそうしたことに加えて」

教子は秋穂に頭を近づけて囁《ささや》いた。

「借金があるかどうか、ってことなんか、含まれるわけ」

「借金！」

「そう。だけど勿論、会社が容認している住宅ローンだとか、車のローンなんてのは問題にならない。問題なのは、サラ金とそれに、カードローン」

「カードローン」

「クレジットカードで簡単にお金が借りられるって話はあなたも知ってるでしょ。うちの課の女の子でもね、かなりの額をカードで借りてる子がいるようなのよ。勿論、法律違反じゃないんだから会社がとやかく言える問題じゃない。でも常識で考えてみて、あたし達の給料で背負える借金の額ってのは限度があるわけ」

「そんな、限度を超えた借金をしている人がいるんですか」

「うん。でもそれってもう特別なことじゃなくなってるみたいなの。カードローンってね、担保もなしにお金が借りられて、しかも分割で返済するでしょう？　限度額っていうのはそれぞれあるんだけど、カードは何枚でも持てるわけだから、早く言うといくらでも借りられるのと一緒なのよね」

「だけど、そんなに借りていたら貸す方だって警戒しませんか？」

「毎月の返済さえちゃんとしていれば、把握のしようがないのよ、カード会社としては。勿論規約では、他社から借りているお金と合計で限度額以内にということになってるはず。でもそんなの本人の申告でしかわからないでしょ。返せなくなってローン会社のブラックリストに名前が載って初めてわかるのが実態みたい。うちの会社でもぼちぼち、カードローンの返済に困って社内預金の取り崩しを申請して来る子が出て来てる」

秋穂は、目の前に並んでいる豪勢な料理と今の話とが直接繫《つな》がっているような気がして、フォークを持つ手を止めた。

さっき見たメニューには値段が出ていなかった。このインテリアといい味といい、ワインといい、ここの支払いだって決して安くはないだろう。それなのに、この店はＯＬに人気があるのだという。教子のような独身のベテランならそれなりに給料も高いだろうからこんな店でたまに食事するくらいは平気なのだろうが、秋穂の経済状態ではとても無理だ。だが見回してみればなるほど、席を占めている若い女性は、どう見ても、みんな普通のＯＬのようだった。

「クレジットカードなんて持ってないに越したことはないわね」

教子は秋穂のグラスと自分のグラスを、またカチンと打ち合わせた。

「持っていると余計なものまで買ってしまうし。あなたの感覚は正しいのよ。自信を持ったらいいわ。それより海道さん」

教子は不意に、声の調子を変えた。

「あなた……昨日ね、青山の方にいなかった？」

気のせいなのだろうか。教子の瞳《ひとみ》が鋭く光っているような気がする。

秋穂は下を向いた。否定したところで教子の確信はゆるがないだろう。

「……すみません」

「あら」教子はわざとらしいほどの笑顔になった。「いいのよ、いいの。何もあなたが病欠と偽ったことで責めようとかいうわけじゃないのよ。そういうことってあるわよ、朝はすごく気分が悪くて休んだのに、午後になったら嘘《うそ》みたいに回復しちゃうことってて」

「あの、午後からでも会社に行こうかとは思ったんですけど」

「だから、そんなこと気にしないで。あのね、あたし昨日、部長のお使いで青山に行ったの。その時、あなたのこと見かけたような気がしたものだから。あのお店、よく行くの？」

「え？」

「あのほら、神宮球場の方に曲がったところにある、ビルよ。毛皮のブティックがあるでしょ。それとも、お人形屋さんの方に行ったの？」

秋穂はじっと教子の目を見た。

この訊き方は何かおかしい。

教子はあのビルの中にある店をみんな知っているらしい。だがそれならそれで、どうしてもっとストレートに、どの店に行ったのかと訊かないのだろう？

「あ、もしかしたら、歯医者さん？」

教子の目の鋭さが増したように感じられた。

秋穂は、小声で囁いた。

「あの、毛皮のお店に入ってみたんですけど……値段が高くて」

「あら」

教子は笑顔のまま、不思議そうに頭を傾けた。

「そう？　あそこは安いので有名なんだけど」

「毛皮の値段ってよく知らなかったものですから。思っていたよりも高くて」

「そうね」教子は頷いた。「確かに、他よりは安くても毛皮だものね。で、どんなもの探してるの？」

「え？」

「毛皮よ。ボーナスでって考えてるんでしょ。もし良かったら、いくつかお店紹介するわよ。ちょっと顔の利くところもあるから、普通に買うよりは安く手に入ると思うわ。毛皮と宝石ってね、本当の値段ってあってないようなものなの。口利きがあるのとないのとでは、十万くらい簡単に違って来るんだから。いい加減なものよね」

「あ」

　秋穂は困りながらも、調子を合わせた。

「それじゃあの……よろしくお願いします」

「ええ、いいわ。それでどんなものを探してるの？」

「あまり大袈裟《おおげさ》じゃない、狐《きつね》とか」

「フォックスは高いわよぉ」

　教子がウィンクした。

「今年のボーナスは悪くないみたいだから何とかなるかも知れないけど、ちょっとした冒険になるわね」

秋穂は、成りゆきとはいえ、本当に狐の毛皮など買うはめになったらどうしようと焦った。毛皮などもともと好きではないのだ。狐の毛皮だなんて……狐が可哀想だもの。そんなものにお金を遣うくらいなら、他に欲しいものはたくさんある。そうよ、第一、引っ越し費用にしなくちゃいけないのよ、今度のボーナスは！

それにしても。

さっきのあの、鋭い視線はいったい何だったのだろう。

教子はもう、そんなことは忘れたかのように上機嫌で、新しい話題について話し始めていた。それでもあれは錯覚ではなかったはずだ。教子はなぜか、秋穂が青山のあのビルにいたことをひどく気にしている。

秋穂は昨日、あのビルの最上階で遭遇した女性を思い出した。

だが、秋穂の教子に対する疑惑はすぐに忘れ去られた。

それどころではない事態が秋穂に訪れたのだ。

秋穂は、それに気付いて危うくグラスを取り落としそうになった。

薄暗く光度を落とした店内でも、新しく入って来る客は見てとれる。丁度秋穂と教子の正面のテーブルに、今、新しいカップルが座ろうとしていた。

「わっ」

教子が秋穂の腕を摑《つか》んだ。

「マリー相良《さがら》じゃない。ほら、美生堂のモデル！」

教子に言われるまでもなくそのカップルの片割れの顔はよく知っている。大手化粧品メーカーの専属モデルで、季節の変わり目になると町中に彼女の顔が溢《あふ》れるのだから。マリー相良、とびきり美しい女だった。だが秋穂は女性の方など見てはいなかった。問題は、その連れの方だった。

気のせいではない、と思った。

確かに顔はわからなかった。だが、あの時秋穂はその男のからだを、その立ち姿、歩く姿、そして自分の片脚を無造作に持ち上げた時の腕の動きまでを、憎悪の中で見つめていたのだ……穴が開くほど！

あの脚の長さ、腰の高さには絶対に見覚えがある。あの右肩だけが少し下がるような立ち姿にも！

あいつだ！

間違いない、あの、命令していた方の男だ！

男の視線が秋穂を捕らえた。

秋穂は目を逸《そ》らさずにじっと見つめ続けた。

「いい男」

教子が囁いた。

「すごいね。あれもモデルかしら」
一、二、三、……
秋穂は心の中で数を数え、気持ちを落ち着かせた。

ただの勘違いなのかどうかは、男の反応でわかるはずだ。

だが男は反応しなかった。顔色ひとつ変えずに、そのまま秋穂を無視して席に座った。

3

「どうしたの？」

教子が、秋穂の様子がおかしいのに気付いて小声で訊いた。

「気分でも、悪い？」

「あ、いいえ、すみません」

秋穂は無理して笑顔を作った。

「ちょっと酔ったのかも知れないです」

「あらごめんなさい、勧め過ぎたかな。あたしワインって好きなんで、つい人にも勧めてしまうのよね」

「いえ、ほんとに、おいしかったです」

秋穂はあらためてテーブルの上の皿を見た。料理はほぼなくなっている。この分だと食事はあと二十分もあれば終わってしまうだろう。だがあの男は入って来たばかりだ。秋穂は臆《おく》していなかった。ここで会ったが百年目、必ずあの男の正体を突き止めてやる。それにしても図々しい奴。あたしの顔を見ても、顔色ひとつ変えやしない！

秋穂の確信には根拠と呼べるものは何もなかったが、秋穂はあの男が自分にひどい辱《はずかし》めを与えた主犯なのだということを最早まったく疑っていなかった。

皿が片づけられデザート、コーヒーと続く間、秋穂は教子の話には半分上の空になりながら、チラチラと、周囲の人目を惹かずにはおかないその派手できらびやかなカップルを観察した。

マリー相良はよくよく見れば、思っていたよりも老けている。美生堂のモデルとして街中でその顔をよく見かけるようになってから十年近くは経《た》つはずだから、若くても二十代後半にはなっているだろう。だが、パリコレでは世界的に人気のあるデザイナー河内武雄の専属モデルを務めるという、一流マヌカンでもあるだけに、ただ座って食事をしているだけでも大輪の花が咲いているような独特の華やいだ空気がその周囲に生まれていた。

一方、問題の男は確かにハンサムだった。教子が感嘆の声をあげたのも頷ける。しかし存在感というか、周囲の空気に及ぼす影響力という点では、マリー相良に遠く足元にも及ばない凡庸さがある。その男がモデルとしては一流とまでは行かないだろう、ということは想像がついた。さらにじっと観察していると、マリー相良がくつろいで話しているのに比較して、その男はどこか緊張し、丁寧だった。仕草に遠慮が感じられる。会話までは聞こえないが、きっと敬語をつかって話しているだろうと思える。

シチュエーションの想像は大体つく。あの男は、マリー相良が所属するのと同じモデルクラブか芸能プロダクションに所属しているのだが、あまり売れていず、マリー相良の付き人のような雑用でもさせられているのだろう。それでたまにマリー相良が食事を奢《おご》ってやったりしているに違いない。もしかしたら……セックスの相手とかも。

秋穂は自分をなぶった時のあの男の、楽しくてたまらないという押し殺した笑い声を思い出した。

あの男は女を憎んでいる。あの時だって自分では女を犯さず、相棒にだけさせた。屈折しているのだ、それほどに。

「海道さん」

教子に呼ばれて秋穂は我に返った。

「これからどうする？」

「え、あの」

「まだ十時半よ。どこか場所を替えて、カクテルでもどうかしら」

秋穂は、とても残念だ、という顔を作った。

「ごめんなさい、あたし、まだ体調がちょっと」

「あら、そうだったわね。あなた昨日は風邪でお休みしたんだったわ」

教子は笑顔で言ったが、秋穂の嘘はもうバレている。だが教子はそれ以上秋穂を拘束することは諦《あきら》めたようで、笑顔のまま頷いた。

「ごめんなさいね、付き合わせちゃって」

「いいえ、ほんとにおいしかったです。ご馳走様でした」

秋穂はもう一度頭を下げた。


支払いの時、教子はクレジットカードを出した。さっきカードローンで大変なことになっている社員がいるという話を自分からしたばかりなのに、自分は自信満々でカードを使っていた。

だが秋穂は、教子ならそれで当然だと漠然と思った。

いったい教子の収入がどの程度あるものなのか、秋穂にはわからない。教子と同じキャリアの男性社員よりは手取りが少ないはずなのだが、それでも秋穂よりはかなり多いのだろう。高級レストランで食事することもその支払いをカードですることも、教子には特別なことではないようだった。総《すべ》ての仕草が板に付いていて、背伸びをしている感じがまるでない。

外に出ると、六本木はその本領を発揮してまさにカーニバルの様相だった。

一九八六年ももうあとひと月半。このところの好景気のせいで、街は来るべき一九八七年への期待をいっぱいに膨らませ、はちきれそうになっている。

人々はみな浮かれている。

秋穂は疎外感を覚えていた。

なぜみんな、こんなに幸せそうなんだろう。どうしてみんな、こんなに満ち足りた顔をしていられるのだろう。

あたしにはろくなことがないのに。

きらきら瞬くイルミネーションの海に漂う、嬉しそうな顔の波、波、波……

そんな中にいてひとり、屈辱の痛みを抱えながら、復讐《ふくしゅう》を考えている自分がいる……

復讐？

秋穂は、自分がこれからしようとしていることに具体的な目的を今初めて掲げて、自分で驚いた。

そこまでは……でもそこまでしなければ……いや、絶対してやる！

秋穂は唇を嚙《か》みしめた。

教子がタクシーに乗るのを見届けてから、秋穂は地下鉄の駅に急いだ。だが駅の中を通り抜けて別の出口から出ると、さっきのパブレストランへと小走りに駆けた。

店を出る時、あのカップルのテーブルにはようやくスープの皿が運ばれたところだった。まだ食事は続いてるはずだ。

店は地下にある。道路に立って秋穂は周囲をそっと窺《うかが》った。幸い、既に閉店しているブティックが斜め向かいにあり、ショーウィンドウにはあかりがついたままだった。

秋穂はそのウィンドウの前に立った。いかにも飾られている商品に見とれる素振りをしながら、ガラスに映った向かい側の地下へ下りる階段を見つめる。そのままじっとしているのは辛かったが、秋穂はハーフブーツの爪先《つまさき》から這《は》いあがって来る寒さに耐え、両手を擦《こす》り合わせながら待った。

パブレストランは十一時閉店と看板に出ていたが、まだ食べている客を追い出すことはしないだろうから、二人が食事を終えるまであとたっぷり三十分はこのまま待つしかない。

目の前のガラスの内側に、またきらびやかな世界があった。

オレンジ色のハーフコートや色とりどりのハンドバッグ、青いスカーフ、茶色のロングコート。イタリアからの輸入品らしい、靴の数々。

その中の一画に、アクセサリーが飾られた小さなクリスマスツリーがあった。オーナメントの代わりにぶら下げられた、指輪やネックレス、ブレスレット、イヤリング……あ。

秋穂は、造り物の枝先に透明なテグス糸で下げられた、小さな指輪を見つけた。

あの指輪だ！

ガーネットを一粒はめ込んだ金色の指輪。あれとデザインが一緒！

秋穂はクリスマスツリーの前に移動した。ツリーの下には、CERI－MAKITAと書かれている。宝石デザイナーの名前だろうか？

秋穂は偶然に戦慄《せんりつ》した。

あの指輪はあの男が秋穂の指から奪い取ってしまった。そして今、その男のすぐ近くで、秋穂は再びその指輪を見つめている……

あれは不幸の指輪なんだ。

秋穂は、その石榴《ざくろ》色の宝石に見入った。

そう……あの指輪を手に入れてすぐ、あたしはあんなひどい目に遭った。しかも今度は、その復讐をしようとしている最中にまたその指輪と出逢ってしまった。あの男は……殺人犯かも知れないのに！

秋穂の膝が震え出した。

そうなのだ。あの男は殺人犯の可能性がある……いや可能性があるどころか、多分きっと、殺人犯だ！

もうやめよう。こんなことやめて早くここを立ち去るのよ！

秋穂は立ち去ろうとした。だが歩き出せなかった。まるでその赤い宝石に魔法でもかけられてしまったかのように、その場に立ち尽くしていた。

そしてその秋穂の目の前のガラスに、地下から姿を現した背の高いカップルがとうとう、映った。

＊

マリー相良が意外と早く男から離れてタクシーに乗ったので、秋穂はホッとすると同時に拍子抜けもした。はしたない想像には違いないが、当然食事の後は二人でどこかのホテルにでも行くものだと思っていたのだ。だが一流モデルは夜更かししない、という話は本当のことのようだ。

秋穂は、もう躊躇《ためら》ってはいなかった。恐怖はあるが、諦めて帰る気にはどうしてもなれない。二人が階段を上って姿を現した時、考えるよりも早くその後を追って歩き出してしまった自分のからだが、それを決めたのだと思った。

男はコートのポケットに手を突っ込んだまま、鼻歌を歌いながら通りを歩いて行った。

あの男が殺人犯なのだとしたら相当な心臓だ。人を殺しておきながら鼻歌混じりに生活するなんてこと、普通の人間に出来るわけない！

男は六本木を離れ、裏道を辿《たど》りながら次第に渋谷方向へと近づいて行く。このまま渋谷まで歩くつもりなのだろうか。

まずい、と思った。渋谷と六本木の間には部分的に人通りが少なくなり、店も減る地域がある。その辺りを歩かれたら、ずっと後ろをつけている女に気付かないはずがない。だが仕方なかった。気付かれたら気付かれた時のこと。秋穂は歩きながらショルダーバッグを開け、中から裁縫用具のミニセットを取り出した。小さな糸切りバサミがある。思いつく限り、秋穂が身につけているもので武器になりそうなものはこれだけだ。

足には少し自信があった。中学・高校と陸上部で、万年補欠だったとはいえ、普通の女よりは速く走れると思っている。気付かれたらまず逃げる。今、歩きながら三十メートルは距離を保っているのだから、これで思いっきり逃げればそうそうは追いつかれまい。それでも追いつかれてしまったら、このハサミを振り回して、大声で叫んでやる。

しかし男は、気付かずに歩いていた。

男の鼻歌の調子のはずれ方から、酔っぱらっているのかも知れないと思った。そうだとしたら、この男は酒に弱いに違いない。秋穂が観察していた限り、男のワイングラスは一回空になっただけだった。オードブルで一杯だとしたら、食事が終わるまでにせいぜい四杯。それとも、食事に来る前にもう酔っぱらっていたのだろうか。いや、そんな感じではなかったな……

秋穂は、突然男が立ち止まったのにギョッとした。気付かれた？

秋穂が走り出そうかどうしようか迷った瞬間、秋穂の横を原付が走り抜けた。その原付は男のすぐ横に停《と》まった。

「お帰り」

原付の男が声を掛けた。

「早いじゃん」

男が原付に乗った男に向かって言った。

「もう終わったのかよ」

原付の男はヘルメットをとった。

「うん。マーちゃんも？」

「とっくさ。飯も食って来た。おまえは？」

「まだ。マーちゃんの分も弁当、買って来たんだけど」

「いらねぇよ。おまえ二つ食え。マリーがラムロースト奢ってくれたんだ」

原付の男はバイクから降りて、すぐそばの建物の玄関口までバイクを押して行く。問題の男もそのあとをゆっくりと建物に向かった。

秋穂はさり気なく通り過ぎる振りをしながら建物の前を通った。ドアが開かれ、バイクごと二人の男は中へ消えた。

山元第二ビル

建物の入口にはそう書かれていたが、会社名も何もない。かといって、アパートのようにも見えない。

見上げると、ひどくみすぼらしいビルだった。夜の暗さの中でも外壁が剝《は》げ落ちている様子はわかったし、窓にはベランダがなく、安っぽい手すりが付いている。借り手のなくなった雑居ビル。恐らく、そんなところだろう。

秋穂は、ドキドキと音をたてる心臓に手をあてて落ち着かせた。

原付の男の出現で、秋穂の推測は裏付けられたのだ。あの男の、あの腰は忘れない！

そしてあの小さな尻！

だけどこれからどうしよう？

あの原付の男は「お帰り」と言った。つまり彼らはここに住んでいるのだ。言い換えればここは、奴らの巣、奴らの縄張りだ。今あたしがここに乗り込んだところで、向こうの方が圧倒的に有利なのだ。

秋穂はもう一度建物を見上げた。たったひとつを除けばどの窓にもあかりがない。つまり、あの部屋に奴らはいるのだ。

武器はない。策もない。味方もいない。

これじゃダメだわ。


それでも五分たっぷり考えてから、秋穂は諦めてビルの前を立ち去った。

ここからなら六本木よりも渋谷の方が近いだろう。時刻は十一時半過ぎ、地下鉄の終電にはまだ、ぎりぎり間に合うかも知れない。

ともかくあいつらの住処《すみか》はわかったのだ。どんな風に復讐してやるか、部屋に戻ってゆっくり考えよう。

その時、公衆電話ボックスが目に留まった。

秋穂の頭に、名案が浮かんだ。

秋穂はボックスに入り、ハンカチを取り出すと、そのハンカチで受話器を摑んだ。そして指先を裏返して爪を使って緊急用の一一〇番ボタンを押した。

「はい、一一〇番です」

前の時と違って男の声だった。

「どうかされましたか」

「あの」秋穂は声が変わって聞こえるようにわざと低く言った。「大麻パーティしてるんです」

「何ですか？　もう一度お願いします」

「大麻です。麻薬です」

「あなたのお名前は？」

「青山の、山元第二ビルです。二階の左から二番目の部屋です！」

秋穂は受話器を捨てるようにおくと、ボックスを飛び出した。一一〇番は即座に逆探知可能だと何かで読んだことがある。一度繋がると、警察側が切るまでは通話が切れないらしい。本当かどうかは知らないが、ともかく長居は無用だ。

自分の仕掛けた爆弾の破壊力を確かめたい誘惑は強かったが、ウロウロしていて警察に咎《とが》められたりしたら大変だ。

秋穂は小走りに路地を走り抜け、大きな通りまで出ると渋谷方向に向けて、今度は走らないよう気を付けて歩き出した。もし警察の車が通りかかった時、こんな夜中に走っている女を見たら不審に思うかも知れない。

渋谷までは十分ちょっとで着いた。地下鉄の最終には充分間に合う。

秋穂はホッとして、切符の券売機に小銭を入れた。

4

興奮で眠れなかった。ようやくうとうとしかけた頃、朝刊を運んで来る自転車の音がした。この新聞配達人が乗っている自転車はいつも油ぎれで、キーキーと派手な音をたてている。

朝刊がドアの新聞受けに落ちる音がしてから、秋穂は布団から起きあがって新聞を手に取った。

社会面を真っ先に開く。隅々まで目を通す。だが、期待していたような記事はどこにもない。まあ、期待する方が無理だったということはある。あいつらは強盗で強姦魔《ごうかん》でもしかしたら人殺しだが、大麻を喫っているかどうかなんて知らないものね。だが、警察に踏み込まれて強盗の証拠でも押さえられ急転直下殺人事件も解決、などという結末になるかも知れないと、僅《わず》かに希望を持っていたのだ。

秋穂は、新聞を畳んで溜息をひとつ吐《つ》き、それから笑い出した。

突然警察に踏み込まれて家捜しされたあの二人の驚いた顔を想像すると、愉快だった。まだまだこれからよ。どんな方法で仕返ししてやるか、ゆっくり考えよう。

第三土曜日で会社は休み。だが、秋穂は出社するつもりでいた。昨日は心会社にあらずでまったく仕事が捗《はかど》らなかった上に刑事にまで邪魔されて、一昨日休んだ一日分の仕事と昨日一日分がほとんどそのまま残っている。これから年末にかけてそれでなくても忙しくなるのに、仕事を溜めておいては毎日残業になってしまう。ボーナスが出るとみんな浮かれて、そんなに付き合いのいい方ではない秋穂に対してさえ夕飯の誘いが多くなるから、残業は出来るだけしたくない。

それにどうせ部屋にいたって、することはないのだ。本当なら新居探しでもしたいところなのだが、不動産屋からはまだ連絡がない。適当な物件が出ないのだろう。

年内に引っ越しするのは無理かも。

秋穂は、いつもよりゆっくりと朝食をとると、いつもより一時間遅く部屋を出た。

休日出勤の楽しいところは、ガランとした会社の中でのんびり気ままに仕事が出来るという点だった。

コピーをとって来いだのお茶をいれてくれだの、昼飯の予約をしてくれだのと雑用を言いつける上司はいない。プリンターの順番待ちも必要ないし、電話も自動的に休日案内のテープが流れるのでとらなくていい。

秋穂は、自分の為だけに丁寧に茶をいれ、シンと静まり返った部屋で電卓を取り出した。

そうしてひとりで仕事をしていると驚くほど捗《はかど》った。周囲に人がいないというだけで集中出来る度合いが違う。単調でまるで腹筋運動のように何も楽しい部分のない事務仕事だったが、それでも、次々と処理済の箱の中に書類を放り込むのは快感だった。

朝食が遅かったのと寝不足だったのとで、午後になっても空腹は感じなかった。秋穂は昼御飯を抜きと決めて、その代わりに引き出しからキャンディの箱を取り出し、口に放り込みながら電卓を叩き続けた。

　ふと、目の前に影がさして顔を上げた。

　秋穂はゴクッと唾《つば》を呑んだ。

「……西島課長」

　秋穂は、汚いものでも見たような嫌な気分になって下を向いた。

「熱心だね」

　西島はにやけた声を出した。

　こうやって聞いてみると、いやらしい声だ。ねとっとしていて、変にトーンが高くて。どうしてこんな声で囁かれる言葉にうっとりしたりしたんだろう？

「昼御飯、食べた？」

「いいえ」

　秋穂はもう顔を上げなかった。

「食欲がありませんので」

「まだ体調、悪いの？」

　西島は屈《かが》み込んだ。息が秋穂の耳にかかった。秋穂はぶるっと頭を振った。

「無理したらダメだよ」

秋穂は答えなかった。

「これ、貰ってもいいかな」

西島はキャンディの箱に手を伸ばした。

「どうぞ」

「ありがとう」

秋穂は、このキャンディは後で箱ごと捨てよう、と思った。西島が触ったものを食べるなんてまっぴらだ。

「あのさ」

西島はキャンディを口に頰《ほお》ばったまま言った。

「香川くんから聞いたんだけど。茶碗、悪いことしたね」

「別に」秋穂はわざと強く電卓を叩《たた》いた。「課長の責任ではありませんから」

「でもさ、悪いからさ」

西島は秋穂の電卓の前に、一万円札を一枚、おいた。

「これで弁償させて貰える？　足りないようなら言ってくれれば」

「会社に一万円もする湯呑みを持って来るOLなんていません」

「そうだけど……気持ちも入ってるから、遠慮なく受け取っておいてよ」

「いりません」

「ねえ、秋穂ちゃん」

秋穂は耐えきれなくなって西島を睨んだ。

「その呼び方はやめて下さい」

「どうして？　他に誰もいないんだよ」

「誰に聞かれたくないからでもないわよ」

秋穂は、西島を睨んだまま吐き捨てた。

「あなたにはそう呼ばれたくないの」


「秋穂は誤解してるんだよ」

西島は苦笑いしていた。

「変な噂たてたの、俺じゃないよ」

秋穂はしばらく西島を睨み付けていたが、フン、と鼻を鳴らして見せてからまた電卓に向かった。

「信じてくれないんだな」

「とにかく、課長、もうあたしのこと慣れ慣れしく呼ばないで下さい。プライベートな会話もしたくありません。あたしのことは、放っておいて」

「冷たいね」

「あなたに責められる筋合いじゃないわ」

「そりゃそうだけどさ」

西島は不意に、秋穂の肩に手をおいた。

「やめて」

秋穂はからだをねじった。

「触らないで」

「後悔してるんだよ、秋ちゃん」

西島は肩においた手を二の腕に滑らせた。

「俺さ、やっぱりおまえがいいよ」

バシャッ

秋穂は反射的に、湯呑みの茶を西島の顔めがけてぶちまけた。

バチン

秋穂の左頬が火傷《やけど》したように熱くなった。

「可愛げのない女だよ、おまえは」

西島は立ち上がり、濡《ぬ》れた顔のままで笑った。

「せっかく女にしてやったのに。それとももう別の男でも出来たのか?」

西島は秋穂の髪を摑んで引っ張った。

「いつまで会社に居座るつもりなんだ？　いいこと教えてやるよ。来年からな、俺《おれ》の課とおまえのとことは合併するんだ。二月には新体制になる。俺はおまえの直接の上司だ。おまえの査定なんか俺の腹ひとつなんだぞ。このまま居座ったって、おまえはもう永久に最低ランクの評価をされてボーナスも給料もあがらないんだよ、わかるか？　わかったらさっさと辞表を出せよ、な」

西島は髪を放し、今度は掌《てのひら》で秋穂の頭を撫《な》でた。

「再就職のことなら俺がちゃんと、見つけてやるから。ここより条件のいいとこをさ。な？　秋穂」

西島が屈み込んだ。ぶたれて赤くなった頰を涙が伝っている。西島の掌がその涙を拭《ぬぐ》うように頰に塗り付けた。

「ごめんよ、泣かないでよ……秋ちゃん。秋ちゃんがお茶かけたりするからカッとなったんだ……な、こんな会社よりもっと条件のいいとこならいくらでもあるよ。今はすごく景気がいいんだからさ。秋穂は優秀だし。勿論、再就職先が見つかるまでは辞表なんて出さなくていいよ、俺が責任持って見つけるから。今度のボーナスも丸々貰って、そうだな、来年のさ、成人式頃までに決めようよ、な。秋穂……そうしたらさ……また会えるんだよ、いつでも。またおまえのとこに泊まりに行ってもいいだろ？　おまえが作ったほら、シーフードスパゲティ、あれ旨《うま》かったよ。なあ、秋穂」

西島は秋穂の頰に唇を押しつけた。
「お互い、大人なんだからさ」
秋穂は椅子《いす》から跳ね上がると、西島の顔を思いきりはねのけ、部屋から走って飛び出
した。

給湯室に駆け込み、流しの蛇口をひねって水を勢い良く出す。その水に顔をつけてバ
シャバシャと洗った。
いくら洗っても、西島が唇を押しつけた部分の汚れが取れないような気がした。石鹼《せっけん》
をこすりつけ、化粧がみんな剝げ落ちるのも構わずに洗い続けた。
西島の魂胆はわかっていた。
西島が秋穂を捨てたのは、重役秘書室にいる秋穂より年下の子と付き合い始めたから
なのだ。その子と結婚が決まったという噂を最近、耳にした。重役秘書室の女子社員と
の結婚なら、当然仲人は重役の誰かに頼むことになるのだろう。つまり、西島は、重役
と懇意になるチャンスを摑んだのだ。
秋穂が会社にいることは、西島にとっては目障りだというだけではなく、危険なこと
だった。毎日西島は、いつ逆上して騒ぎ出すかと、ヒヤヒヤしながら秋穂を見ているの
だろう。しかも二つの課が統合されて自分の部下として秋穂がいることにでもなれば、
西島は安心して会社に出て来れない。そう考えたのだ。だから何とかして秋穂に辞表を

出させようとしている。

濡《ぬ》れた顔をタオルに押し当てている内に、秋穂は、たまらなく悲しくなった。

西島だって優しかった。最初は、あんなに。

ふたりでいろんなところに遊びに出掛けた。週末が待ち遠しかった。西島に好かれたくて、西島の好みに合わせようと必死だった。

抱かれていると天国にいるような気持ちになれた。西島の為なら死ねるかも知れないとも思った。

総てが、好きだった。

何もかも、変わってしまった。

西島の心だけではない。いちばん変わったのはあたしの、心だ。

あのまま西島を好きでいたら、むしろ幸せだったかも知れない。捨てられても西島の幸せを願えるほど好きなままでいられたら。

こんな会社には何の未練もない。

西島がそう望むなら辞めてあげよう、そう思えるだけの愛情が、せめて残っていたのなら……

秋穂は、啜《すす》り泣きながら、もう一度湯を沸かした。

自分の為に、大切に、大切に一杯の茶をいれる。

あたしのこと、大切にしてくれる人なんていないんだもの。

あたしの為に、おいしいお茶をいれてくれる人なんて、どこにもいないんだもの！


「海道さん」

背中の声にギクッとした。

「お茶、ついでに僕のもいれてくれます？」

川瀬の声だ。

経理課長補佐の、川瀬さん……

川瀬は人の良さそうな顔で、秋穂に茶碗を突き出した。

「土曜日なのに、仕事なんてお互い、辛いよね。でも僕、ちょっといいことあったんですよ」

「……いいこと？」

川瀬はにっこりして、シャツの胸ポケットから小さな紙切れを一枚取り出した。

「競馬。朝から場外に寄って買ったんだけどね。これ、当たったんだよ、今さっき」

川瀬は笑いながら、耳につけていたイヤホンを引っ張って、秋穂の目の前で嬉しそうに振り回した。

「競馬ですか」

秋穂は、涙を流した痕《あと》が頰《ほお》に残っていないだろうかと気にしながら、川瀬の茶碗に熱い茶を注いだ。

「川瀬さんがギャンブルするなんて、意外でした」

「ギャンブルか。確かにそう言われるとそうなんだけどね。でも競馬って本当に面白いですよ。海道さんはしないの？」

「まさか」

「まさか、って言うようなもんじゃないよ、今ではもう。女性にも競馬ファンはたくさんいますよ。府中なんか行っても、若い女の子の姿が本当に増えたよね。特に去年までは皇帝人気で凄かった」

「皇帝？　馬の名前ですか？」

「いや、渾名《あだな》だよ」

川瀬は秋穂が差し出した茶碗を立ったまま啜った。

「シンボリルドルフって名前の馬だったんだけど、昨年末に日本でのレースから引退して外国に行ったんだ。ところが故障しちゃってね。気の毒なことしたよね、あのまま日本で走っていれば今年も有馬記念の本命だったのに」

「有馬記念って聞いたことあります」

秋穂は自分も立ったまま茶を飲みながら頷いた。

「年末のレースですよね」

「うん。その年の最後を飾るGIレースだから毎年盛り上がるんだけど、今年はなんかもひとつパッとしないんだ。やっぱりルドルフがいなくなっちゃうと気が抜けるというか……走っていた頃は強すぎるんであんまり好きじゃなかったんだけどね」

「無敵だったんですか」

「事実上はね。でも負けたことはあるんだ。国内馬ではたった二頭だけ、ルドルフを負かした馬がいる」

「たった二頭、って凄いですね」

「そうさ、だから皇帝と呼ばれたんだ。ミスターシービーの時はあれほど奇跡だと言われた四歳クラシックの三冠をいとも簡単にとっちゃって、天皇賞、有馬記念、ジャパンカップと主なGIを総ナメしちゃったんだ。まったく凄い馬だった」

秋穂は川瀬の話に特に興味も感じなかったが、川瀬が熱っぽく話すのにつられて相槌《あいづち》を打っていた。

川瀬得郎とこんなふうに二人で話をしたのは初めてだった。

三十代前半で既婚、背も低く容姿も取り立ててパッとしない川瀬だったが、女子社員には結構人気があった。例えば、営業から回った伝票に不備があると経理から連絡が来るのだが、それを謝りに経理課に行くと、主任クラスの女子社員がぶつぶつと文句を言う。そんな時、後ろから、気にしなくていいよ、と川瀬がウィンクしてくれる。勿論それは秋穂だけにというわけではなく、どの女子社員に対しても川瀬がとる態度だったが、それでもガミガミ文句を言われて落ち込みそうになっている時に川瀬の剽軽《ひょうきん》なウィンクを見るとホッとして、気分が軽くなる。そんな川瀬のさりげない優しさが、女子社員に人気が出ている何よりの要因には違いない。だが川瀬本人はそうした社内での人気度などには無関心らしく、アフター5はもっぱら、愛妻の待つ家へと直行する模範亭主のようで、それだけに課の違う秋穂が川瀬と話をする機会というのはごく少ないものだった。


もしかしたら、さっきの西島とのやりとりを聞かれていたのかも知れない。

秋穂は、競馬の話に熱中している川瀬の口元を見つめながらそう思った。

それぞれの課のオフィスはパネルで仕切られているが、ドアはない。廊下を通ると中の声は割とよく聞こえる。

だがたとえ聞いていたとしても、川瀬は何も知らない振りをしてくれるだろう。


「……そうだ、今度どうかな、一緒に行ってみませんか」

「え？」

秋穂は川瀬の話の後半をあまり聞いていなかった。

「いや、だから競馬場」

「競馬場……」

「そう。馬ってね、近くで見ると本当に綺麗な動物なんだ。海道さんもきっと気に入ると思うんだな」

「近くで見ること出来るんですか」

「パドックって言って、レースが始まる寸前に出場する馬が輪乗りするのを見学出来るんですよ。それで馬の毛艶《けづや》とか興奮の度合いなんかを間近で見て、最終的にどの馬に賭《か》けるか決めるわけ。競馬で勝とうと思ったらパドックを見るのはすごく大切なことなんだ。馬は生き物だからね、どんなに前評判が良くても、その日の体調が急に悪くなったり機嫌が悪かったりすることはある。そうしたことは発売される数字だけではわからないんです。でも目の前でその馬を見れば、いろんなことがわかります」

「いろんなこと？」

「そう」

川瀬は空の湯呑みを流しの中に置いた。

「いろんなこと。食欲はあってちゃんと食べているかとか、今日のレースにどれだけ意気込んでいるかとか……恋をしているかとか、ね」

「恋？　馬の恋までわかるんですか」

「わかりますよ。恋の季節にある馬、特に牝馬《ひんば》は独特ですからね。ね、海道さん、行きましょうよ。大きなレースがある時は混むけど、そうじゃなければ割と空《す》いていて楽しめますよ」

「でも」

秋穂は、川瀬から誘われたのが内心少し嬉しかったが、言ってみた。

「奥様とは行かれないんですか」

「女房は競馬アレルギーなんです」

川瀬は苦笑いした。

「競馬っていうとすごく悪いことみたいに思っていてね、僕、実は女房には馬券買ってること、内緒にしてるんですよ」

「でもそれじゃ……」

「大丈夫です、日曜出勤ってことにして出ますから。ね、明日どうです？　明日はＧⅠがないので大して混まないですよ。いや本当のことを言うとね」

川瀬は照れたように、頭をかいた。

「僕、ジンクスがあるんですよ」

「ジンクス？」

「そうなんだ……実はね、女の人と競馬場に行くと勝つんです。先月も、僕の課の山本さんを誘って行ったら見事に大勝ちしたんです。その前は、前の日に渋谷でばったり中学の同級生だった女の子に出逢ってね、何となく誘って次の日競馬場に行ったら、万馬券。二度あることは三度あるって言うでしょう？」

なんだ。

秋穂は内心、拍子抜けした。

川瀬は別に秋穂をデートに誘いたくて競馬場に行こうと言い出したわけではないのだ。女性であれば誰でも良かったのだ。

勿論、川瀬のように真面目で家庭思いの男がそう簡単にアバンチュールを求めるとは思っていなかったが、だがあの西島との関係にとことんうんざりしている今、西島とはおよそ正反対の川瀬のようなタイプに心惹かれるものがあったのは確かだった。

川瀬と一緒に休日を過ごすことを想像すると、心の奥が少し浮き立ったのに。

しかし、ジンクスでも何でもいいじゃないか。

秋穂はもう一度川瀬の、眼鏡をかけた人なつこい顔を見つめた。

この男と半日一緒に過ごしたら、きっと気持ちが晴れ晴れするに違いない。ただ競馬場に行って馬を見て、昼御飯を一緒に食べる、それだけだって、ひとりであのアパートで日が暮れて行くのを待つよりは遥かにましじゃないの。

「あの」秋穂はそっと言った。「競馬のことは何も知らないんですけど……もし良かったら、つれて行って下さいます？」

「いいんですか」

川瀬は思いきり目を細くして笑顔になった。

「そりゃ嬉しいな。じゃ、どうしよう、どこで待ち合わせたらいいのかな。京王線だから新宿がいいですよね。せっかくだから昼飯も向こうで食うとして、十一時くらいでどうでしょう」

秋穂は川瀬が決めた待ち合わせ場所を承知して、営業部の部屋に戻った。

西島はもういなかった。西島の机の上の札は伏せてある。帰ったのだ。

秋穂はホッとした。もう金輪際、西島と仕事以外の口なんかきくもんか、と思った。

だが月曜日からのことを思うと、胃がしくしくと痛み出す気がする。西島はきっと、ことあるごとに自分を虐《いじ》めるだろう。幸い今はまだ課が違っているが、同じ営業部である以上は何かと西島に指図される場面は出て来る。

西島に言われるまでもなく、退社する潮時は近づいていると思った。どうせこの会社で粘っても、秋穂が出世出来る望みなど皆無だ。もし西島が本当に、今よりも条件のいい再就職先を見つけてくれるのなら、素直に辞めた方が自分にとっても得だろう。

情けなかった。

西島は最低だ。だがその最低の男よりも、この会社の中での秋穂の存在価値は少ない。

何よりも、愛だと信じていた時間の果てにこんな寒々とした終わりがあったことが、惨めだった。

西島が食べたキャンディを、秋穂は箱ごとごみ箱に捨てた。

西島の触れたものの総てが汚らわしい。

その西島のからだを……愛《いと》しいと感じた瞬間が確かにあったのに。

自分の舌先で、その総てをなぞっても平気だったのに。


溜息をひとつついて、秋穂はまた電卓を叩き始めた。

競馬か……


皇帝と呼ばれていた馬。

いったいどんな馬だったのだろう。


馬の世界にだって、輝く星のような存在はあり、そして誰にも顧みられずに処分されて肉片にされてしまう存在がある。

平等に生きることの出来るものなんか、この世にはいないのだ。

同じ会社に入っても重役秘書になって西島に愛され、結婚する女もいれば、あたしみたいに処分される女もいる。

だけど……

秋穂はひとりで笑い出した。

ものは考えようかも知れない。少なくとも自分はそのおかげで、最低の男と結婚しなくて済んだのだ。気の毒な重役秘書のお嬢さんは、何も知らずに腐った心を持ったカスと結婚してそのカスの為に家事をやり、セックスの相手をし、カスの子供を育てて歳《とし》をとる。それも、秋穂が舐《な》めまわしたあの身体《からだ》を相手に、だ。

秋穂は笑い続けた。

結局、あたしの方が得したのよ。そうじゃない？　ねえ。

5

溜まっていた仕事をあらかた片づけると、秋穂は六本木に寄った。

目的はあの指輪だった。CERI－MAKITAデザインのあの、ガーネットの指輪。

教子に連れて行って貰ったパブレストランの場所を迷わずに探し当てて、秋穂はその向かい側のブティックに入った。土曜日の夕方で、店内は結構混んでいる。

CERI－MAKITAのコーナーは、店内の割といい場所に設けられていた。秋穂は知らなかったが、そこそこの名の知られたデザイナーらしい。ジュエリー関係の商品はさほど多くなく、セーターや靴、財布などの小物から時計まで様々な商品が置かれている。

「何かお探しですか」

秋穂と同じ年頃の店員がにこにこしながら声をかけて来た。

「サイズでしたらお申し付け下さればお出しいたしますが」

「あの」秋穂はショーウィンドウを指さした。「あそこに飾ってあったアクセサリーなんですけど」

「ああ、はい」

店員は掌でコーナーの一角を示した。

「メープルストーリーのシリーズですね。それでしたらこちらにたくさんございます」

「メープルストーリー……」

「ええ、CERI－MAKITAの’86オータムコレクション・シリーズの愛称なんですよ。カナディアンメープルの燃えるような赤がテーマです。神秘的で情熱的な赤い色と、その赤を引き立てるデザインが人気になっております」

秋穂は店員の掌の先のコーナーに近寄った。赤い色石を使った指輪やイヤリング、ペンダントなどが並べられている。

「これって、ガーネットですよね」

「はい、天然石です。品質保証書が付いておりますのでご安心してお求めいただけます。台座は18金のものと14金ホワイトゴールドのものとがございます。指輪でしたらサイズのお直しは無料でさせていただきますが」

秋穂は並んでいる指輪を眺めた。だがあのデザインのものは他にはなかった。

「あっちに飾ってある指輪と同じものを見たいんですけど」

「あ、ツリーに下げてあるものですか」

「ええ」

「それじゃ、はずして参ります」

「いえ、あの、同じものは……」

店員はにっこりして首を横に振った。

「CERI-MAKITAのアクセサリーは一点ずつデザインが違うんですよ。同じデザインのものはないんです」

「でも……あれと同じものを見たことがあるんですけど」

「少々、お待ち下さいませね」

店員はショーウィンドウに近寄り、ケースを裏から開けた。そしてディスプレイされているクリスマスツリーからあの指輪をはずし、秋穂のところに戻った。

「これでございますよね」

店員は、秋穂の掌に指輪を載せた。

「このデザインは、ラッキースターという名前が付けられております」

「ラッキースター……」

「ええ。ほら、このゴールドが星の輝きを表現しているそうですよ。色石をシンプルに中心に使って、メレダイヤも何も飾らずにガーネットの神秘的な美しさを強調したものだということです。これは十月のCERI－MAKITAのコレクション発表会のカタログにも載っているデザインなんです。これとまったく同じものが他にあるということは、ないと思います」

「似ているデザインのものは？」

「そうですね」

店員はコーナーからいくつかガーネットの指輪を取り上げて秋穂の掌に載せた。

「CERI－MAKITAのデザインというのは、とてもシンプルなんですけど、こうやって比べていただければおわかりのように、個性的です。似ているようでいても、一目で違いがわかると思います」

秋穂は、幸運の星、と名付けられているその指輪をじっと見つめた。

だが見つめれば見つめるほど、確信が深まった。絶対に間違いない、これはあの指輪と同じデザインだ……

ありえないことではなかった。CERI－MAKITAのデザインを盗んで、誰かがあの指輪を作ったのだとしたら。

秋穂自身は縁がないが、宝石のリフォームというのも流行していると聞いたことがある。古くさくなったデザインの指輪やペンダントを新しいデザインに作り替えるのだ。

たとえばガーネットの指輪を持っていた誰かが、コレクション・カタログに載っていたこの指輪の写真をショップに持ち込んでそっくりに作り替えさせたということは、充分考えられる。

だが、それがあの女子大生風の愛人だということは、ちょっと考えにくい。わざわざ気に入ったデザインに作り替えさせた指輪をあんな風に忘れて行ってしまうというのは、普通の女の感覚では不自然だ。

秋穂は、本物のラッキースターをそっと自分の指にはめてみた。

よく見れば確かに、シンプルながら個性の強いデザインだった。ガーネットの実際の大きさはさほどでもないのだが、デザインの妙で色石の輝きが数倍に見える。

これが本物の幸運の星。

だとしたらあの指輪はやっぱり……不幸の星だ。偽物のラッキースター！

「あのこれ、おいくらなんでしょうか」

秋穂がおずおずと訊くと、店員はさりげなく言った。

「十二万円になっております」

ガーネットがさほど高価な宝石ではないことは知っていた。台座も18金。普通ならその半額くらいに違いない。

デザイン料だから仕方ないのか……

「ただ今ですとクリスマスセール期間中ですので五パーセントお引き出来ます。お支払いはボーナス一括払いもご利用いただけますが」

秋穂の内心の葛藤《かっとう》を的確に察知して、店員が誘いかけた。

「あの、わたし、カードとか持ってなくて……」

「大丈夫ですよ、信販会社のクレジットがご利用になれますから。ご契約いただければ商品もお持ち帰りいただけます。失礼ですけれど、お勤めでいらっしゃいますね？　免許証か何かお持ちでしょうか」

秋穂は頷いた。

指輪なんか買う予定はなかったのに……十二万円だなんて、そんな大金……ボーナスは引っ越し費用に使わないとならないのに……

気が付くと秋穂は、信販会社の契約書に署名していた。

だが店員の晴れやかな笑顔に見送られて店を出てもまだ、夢でも見ているような気分だった。

一銭のお金も払わずに、十二万円の指輪を持って帰れるなんて！

こんなに簡単に買えるんだ……

秋穂は興奮していた。

何て簡単なんだろう。

そうだったのか……みんな、こうやって買っていたんだ。ヴィトンのバッグもシャネルのブラウスも、エルメスのスカーフも。

世の中のみんなが急にお金持ちになったからくりは、これだったんだ。

現金が手元になくても高額の商品が手に入る、この魔法のようなシステム。

どうして今まで使わなかったんだろう、あたし。こんなに簡単だったのに。きっと今は、これが当たり前なのに。

秋穂は我慢出来なくなり、歩きながら紙袋を開け、指輪のケースを取り出した。

あつらえたようにぴったりだったサイズ。

左手の中指に輝く、幸運の赤い星。


もう大丈夫よ。

秋穂は呟《つぶや》いた。

もう大丈夫。本物のラッキースターが手に入ったんだもの、これからは、何もかもうまく行くわ、きっと。

それにしても、偽物のラッキースターは今、どこにあるのだろう。あいつらが持っているんだろうか。いや、多分もう質屋か故買屋にでも処分してしまっただろう。どっちみち、もう二度とあの不幸の指輪に出遭うことはないだろうし、出遭いたくもない。

そうだ。もう忘れよう。忘れるんだ。

ゆうべあの男を見つけた時は、頭に血が上って思わず後をつけたりしたけれど、よく考えてみたらそれほど危険なことはない。あいつらは、人殺しなのだ。関わらないに越したことはない。

あのことは……

秋穂は歩きながら強く頭を振った。

許せない。絶対、許せないけど、でも……

真っ赤なラッキースター。

秋穂は指輪をそっと見た。

あたしのラッキースター。

あたしに幸運をちょうだい。

そしてあたしを、あいつらから、守って。

第三章　皇帝が消えたターフ

1

川瀬は約束の時間より五分遅れて喫茶店に現れ、遅刻したことを何遍も詫《わ》びながら秋穂が飲んだレモンティーの代金を払った。秋穂は遠慮したが、川瀬はどうやらこの日一日、秋穂をエスコートして歩くつもりらしい。

秋穂は嬉《うれ》しかった。本来の意味でのデートではないとしても、ともかく男性のエスコートで日曜日を過ごすのは随分と久しぶりだ。

府中競馬場までは結構時間がかかる。京王線の車内は、競馬新聞を読むのに夢中の男達でいっぱいだった。だが、ジャンパーにパンチパーマ、耳に赤鉛筆、といったスタイルの男達に混じって、結構若いカップルが競馬新聞や雑誌を広げているのが目に付いた。大学生の間でも競馬がブームだというのは本当らしい。

秋穂は、川瀬が秋穂の興味を繫《つな》ごうと、馬や競馬についてのエピソードや蘊蓄《うんちく》を冗談をまじえながら喋《しゃべ》り続けるのを聞き流しながら、馬が走るのにお金を賭《か》けることがそんなに面白いのかしら、と考えていた。

秋穂の頭の中では、動物を走らせてそれに金を賭けるという行為は、とても野蛮で残酷なことのように思えてしまう。川瀬が見せてくれた競馬雑誌にも、走りながら鞭《むち》のようなもので馬の尻《しり》を叩《たた》いている場面が写っている。鞭で打ちながら走らせるなんて……馬が可哀想じゃないの。

だが、川瀬がそんなに残酷なことの好きな人間だとはとても思えないし。

「……すみません」

突然、川瀬が秋穂に謝った。

「え?」

秋穂はわけがわからずに瞬《まばた》きした。

「あの、どうかしました?」

「いや」

川瀬は頭をかいていた。

「やっぱり無理に誘って悪かったかなと思って。競馬の話ばかりで退屈でしょう」

「あら、だって」秋穂は笑った。

「これから競馬場に行くんですもの、競馬の話ばかりで当たり前じゃないですか」

「そうだけど……海道さん、元気ないから、何となく」

「あ……」

秋穂は、自分が憂鬱《ゆううつ》そうにしていたことにやっと気付いた。

「ごめんなさい、あたし」

「ほんと、悪かったな。僕が馬が好きで、馬が走ってるとこ見るとスカッとするもんだから、つい」

「そんな、あたし楽しみにしてるんです。ごめんなさい、ほんとに、ちょっと考え事していたんで……」

「馬が走ってるの見たら、元気になってくれるかな、とちょっと思ったもんだから、誘ったんだけど」

秋穂は、川瀬の目を見た。黒縁の眼鏡の奥で、小さな目が同情するように秋穂を見つめている。

聞かれていたんだ、やっぱり。

秋穂は、耳から首筋にかけて恥ずかしさで赤くなるのを意識した。

昨日の西島とのやり取りを川瀬に聞かれたのだ。あんな恥ずかしい、情けないやり取りを。

「あたし」

秋穂は下を向いて囁《ささや》いた。

「川瀬さんに誘って貰《もら》えて嬉しかったんです。ありがとうございました。……もう大丈夫です。あたし」

「なんか、おせっかいだったよね」

「いいえ」秋穂は必死で首を振った。「そんな、ほんとに、ほんとに嬉しかったんです」

「あのさ、今からでも他のとこに行かれるけど……映画とかに、する？」

「いいえ」

秋穂は顔を上げた。川瀬の心配そうな眼鏡の奥の瞳《ひとみ》に、微笑《ほほえ》みかける。

「連れて行って下さい、競馬場。あたしも……スカッとしたい。それに川瀬さん、ジンクスがあるんでしょう？　あたしと行けば勝てるんでしょう？　勝ったら帰りに、おいしいもの、食べに連れて行って下さい」

「ようし」

少しの間、迷うように秋穂を見ていた川瀬がようやく笑顔になった。

「どかんと当てて、帰りはうんと旨《うま》いもの、食おう」

秋穂は、川瀬の笑顔に強く惹《ひ》かれる自分を意識した。

女子社員の間での評判は本物だった。川瀬の笑顔には、女の心を摑《つか》む何かがある。西島のように整ってはいないけれど、見る者をホッとさせ、そばにいたいと思わせるような独特の魅力がある。

大きなレースの開催がないので、身動き出来ないほど混んでいたわけではないが、それでも、競馬場は結構な人出だった。

川瀬は秋穂を場内の食堂に連れて行った。そこでカツカレーを頼みなさい、と笑いながら言った。

「勝負事は縁起が大事だから」

「カツカレー、で縁起がいいんですか？」

「勝つ、と名がつけば何でもいいんだけどさ、まともな味がするのってカツカレーだけなんだ、ここ」

食事をしながら川瀬は競馬新聞の読み方をレクチャーしてくれた。だがあまりにも記号が多くて、秋穂にはまるで覚えられなかった。ただ馬券の買い方だけは何とか理解出来た。

「同じ枠の中の馬ならどれが来ても当たりなんですね」

「連勝複式だからね。一着と二着がひっくりかえってもＯＫだよ。でも一着になる馬だけ当てたい場合は、単勝を買えばいい。その場合は枠番号じゃなくて馬番号で買わないとならないから、気を付けてね」

「この複勝っていうのは？」

「一着から三着までに来そうな馬を当てるんだ。三着までに入れば当たりだよ」

「じゃ、当たる確率、高いですね」

「うん。だから配当が少ないんだ。複勝で遊ぶなら、元手はある程度賭けた方が面白い。そうだな、最初は複勝で楽しむのがいいかも知れない」

「この枠に色が塗ってあるのは？」

「騎手の帽子の色なんだ。遠くからでも何枠の馬がどこにいるかわかるように、騎手がその枠の色の帽子を被《かぶ》ってる」

「記号がいっぱい」

「読み方が判ればそんなに難しくないんだけどね」

「○が本命？」

「本命は二重丸。△と黒い△は穴、×が大穴」

「×は、来ない、って意味なのかと思った」

「まあ、意味としてはそれに近い。×は、普通の展開なら来ないけど、何かあればひょっとする、ぐらいの意味だと思っておけばいいよ。だけどね、せっかくパドックが見られるんだから、そんな予想は気にしないで、自分の目で見て気に入った馬に賭けたらどうかな。ビギナーズラックを狙うなら、直感に任せた方がいいよ、きっと」

「あたし、直感なんて……」

「海道さん」

川瀬は秋穂に赤鉛筆を渡した。

「その目で馬を見たらきっと、いろんなことが感じられるから。馬って、本当に美しい動物なんだ。君も、絶対、気に入ると思う」

秋穂は熱を帯びたような川瀬の言葉に引き込まれて頷《うなず》いた。


確かに、初めて間近で見たサラブレッドの美しさに、秋穂は感動した。

その艶《つや》やかな毛並みと優雅な背中の曲線、細く長い脚。ゆっくりと左右に振られる尾の毛は、絹糸で出来た房飾りのように輝いている。

そして何よりも素晴らしいと思ったのは、その大きな、見事にアーモンドの形をした漆黒の眼だった。秋穂は馬にこんなにも長い睫毛《まつげ》があることなど知らなかった。その眼がこれほど憂いを帯びて悲しげだということを知らなかった。

この大きな動物には、世の中の総《すべ》てのことがわかっている、そんな気がした。


「ほら、あの馬はイレ込んでるでしょ、わかるかな？」

川瀬が一頭の黒い毛の馬を顎《あご》で示した。

「イレ込む？」

「うん。興奮して落ち着きがないってこと。頭をあんなに振ってるし、何度も鼻を鳴らしてるでしょう。脚の運びも一定のリズムをとってない」

「ダメなんですか、イレ込むと」

「ダメってことはないんだ。適度に興奮している方が馬に走りたいという意欲があるってことだからね。でもあまり興奮し過ぎると出走までに疲れてしまったり、騎手の思う通りのレースが作れなかったりする。程度問題なんだよね。落ち着き過ぎていてスタートしてものんびりしていたんじゃ勝てないし。だけど見ていてご覧、騎手が上に乗ると馬の様子が全然変わるから。サラブレッドっていうのは、騎手を背中に乗せてレースを走ることが自分の運命だということを完全に理解している奇跡の動物なんだよ」

「奇跡の、動物……」

「そう。馬にはね、自分が勝ったか負けたかってことがわかるんだ。ウイニングランの時の誇らしげな脚運びを見ると、いつも思うよ。馬は誰の為《ため》でもなく、自分の為に走っているんだってね。こうやって人間に飼育され管理されている馬でさえ自分の為に走ることが出来るのに、俺達《おれ》はどうして、誰の為に走ってるかわからずにただ走っているんだろう。そう考えるとさ、むなしくなっちゃったりするんだよな……」

秋穂は、いつもの彼と口調の変わった言葉に、思わず川瀬の瞳を覗《のぞ》き込んだ。眼鏡の奥で睫毛が揺れていた。

この川瀬という男を、自分はまだ何も知らないのだ、と秋穂は思った。会社では誰にでも親切で、飛び抜けて優秀だとは言われないが女子社員にも男性の同僚にも好かれている川瀬得郎。毎日経理部の経理課の机に座って伝票をめくっている川瀬。退社時間になると愛妻の待つ家に飛ぶようにして帰ってしまう川瀬。

だがその川瀬の心の中に、競走馬よりもむなしいと人生を感じている男が住んでいる。

秋穂は、急速に自分の心が川瀬へと傾斜し始めたのを意識した。

ブレーキをかけなくては。この歳《とし》になって実りのない片思いなんてしたくないし、万一川瀬の心をキャッチ出来たとしても、不倫では未来が暗い。

秋穂はそれ以上、川瀬の心の奥を覗き込むのはやめにして、パドックを回っている馬に視線を戻した。

一頭の、灰色の馬が気になった。まだらな濃い灰色のところどころが、白くぼやけたような色になっていて、あまり美しいとは言えないが、その色合いが微妙なところが何となく魅力的だ。

「灰色の馬なんて、初めて見ました」

秋穂が前を向いたまま言うと、川瀬はまたいつもの口調に戻って答えた。

「ああ、芦毛《あしげ》だね」

「アシゲ？」

「うん。この馬はもう五歳だけどまだ随分黒っぽい。芦毛っていうのはね、年齢を重ねるとどんどん白くなっていって、最後は真っ白になっちゃうんだ」

「白くなるんですか！」

「そう。サラブレッドには最初から白い毛をしてる白毛よりも、こんな風に若い時は黒っぽい灰色で段々白くなる芦毛の方が多いんじゃないかな」

「なんだかお洒落《しゃれ》ですね」

「そう言われるとそうだね」

川瀬は秋穂の肩に手を置いた。

「そんな風に考えたことってなかったけど、流行のモノトーンだものな。やっぱり女性と来るといいな、いつもは考えてみないような視点で馬が見られる」

秋穂は、肩に置かれた川瀬の手から熱が全身にまわって行くような錯覚を覚えた。頬《ほお》が紅潮し、心臓がドクドクと打つのが聞こえる。

やばい、かも知れない。

面倒な恋をすることになっちゃったら……

だが、川瀬の手を振り払う気にはなれなかった。

秋穂はとても久しぶりに味わう、胸の高まりを楽しんだ。本当に、こんな気持ちは久しぶりだ。

やっぱり心地よい。

恋の一歩手前。

あっ！

微熱の心地よさの中でふと顔をあげた秋穂の視界に、とんでもないものが飛び込んで来た。

あいつら！

どうしてあいつらが、ここにいるのよ！

間違いなかった。秋穂と川瀬が立っている丁度反対側に、背の高い男が二人、競馬新聞を手に馬を眺めている。

秋穂は思わず、川瀬のからだの後ろに隠れるように半歩下がった。

男達は秋穂には気付いていなかった。もっとも、気付いていたとしても無視しただろう。一昨晩レストランで確かに秋穂と視線を合わせたのに、何も気付かない振りをしたように。

いや……もしかしたら本当にあの男は気付かなかったのかも知れない。

あの悪夢の夜、あいつらはストッキングで顔を覆っていた。秋穂の方からもあいつらの顔は判別出来なかったが、ストッキング越しではあいつらの目にも秋穂の顔は、普段と少し違うものに映っていたかも知れない。しかもあいつらは秋穂のことなどどうでも良かったのだ。ただ誰かに頼まれて、女を脅して酷《ひど》い目に遭わせに来ただけ。秋穂がどんな顔をしているかなど気にもしなかっただろう。

秋穂は、ドキドキと激しく鳴り出した心臓を服の上から押さえつけるように掌で押した。

大丈夫。向こうは何も気付いていない。

やがて騎手が現れて馬の背に乗った。馬と騎手は白い先導馬に従って馬場の方へと吸い込まれる。

「さあて、最後の検討だ」

川瀬が秋穂の肩を抱いたまま歩き出した。

「自分が賭ける馬を決めたら、オッズを見て配分を考える。勝っても損するような賭け方にならないように、倍率を見て計算するわけ」

「むずかしそうね」

秋穂は、背中の後方を気にしながら川瀬に従って移動した。二人の男の姿は人混みに紛れてどこかに消えてしまった。

「むずかしくないよ。ほら、あの電光掲示板を見て」

「数字がいっぱい並んでいて、なんだかわからないわ」

「買いたい馬の枠番のところを見て、もう一頭買いたい馬の枠番との連番を探してごらん。その横の数字が倍率だから。百を超えていれば万馬券ってこと」

「万馬券って」

「投票の最低単位は百円なんだ。だから百円投票して一万円以上配当がある馬券が万馬券」

「じゃ千円で、十万円？」

「うん」

「……凄《すご》いのね」

「凄いだろ」川瀬が笑った。「だから滅多にとれないんだよ、そんな馬券は。そうだなぁ……でも海道さんはビギナーズラック狙《ねら》いだから、気にしないで好きな馬を選んだらいい。一番オーソドックスな買い方はね、いいな、と思う馬を三頭選んで、連勝で三通り買うんだ。三角買い、と呼ばれている買い方。例えば、二枠と五枠と七枠の馬が気に入ったら、二—五、二—七、五—七と買う。その時、どの馬券が当たっても損にならないように、一番倍率の低い馬券が当たった場合の配当金が、全部の掛け金を少し上回るように配分すればいいんだ。この買い方だと大儲《もう》けは難しいけど、大損もしにくいから楽しめると思うよ」

「川瀬さんは他の買い方をするんですか」

「場合によりけりだけど、僕は中穴狙いが多いんだ。二千円から三千円くらいの配当になる馬券を五千円くらい買う。当たれば十万だ。帰りにとびきり上等の寿司を奢ってあげられる」

川瀬は笑いながら、秋穂の肩にまわした手の力を少し強めた。

西島のように長身ではないけれど、川瀬の腕は秋穂の肩に丁度いい高さにある、と秋穂は思った。

ジーンズにセーターとスニーカー。いつものサラリーマン・スタイルとはまるで違うカジュアルな川瀬は、とても若々しく見える。ちょっと冴《さ》えないと思っていた黒い縁の眼鏡も、こうしたスタイルに合わせてみると意外に可愛らしい。川瀬のことを、まるで純朴な男だと思っていたのは少し誤りだったのかも知れない。思いの外お洒落で、そしてごく自然に女性の肩を抱ける程度には、遊び慣れているのかも……


川瀬は投票券売場の近くのベンチに秋穂を座らせた。秋穂が気に入った馬の名前を告げると、川瀬は枠番に従って三種類の組み合わせを新聞の隅に書き込み、その隣りに手早く金額を書いた。

「こんなところでどうかな？　全部で二千円。当たれば悪くても二千五百円くらいにはなる。一番大きいのが来たら、一万五千円だよ」

「嬉しい。化粧品を少し、買いたかったの」

秋穂が笑うと、川瀬は自分の買う馬券の番号を言った。

「僕の方が当たったら、欲しい化粧品一式、今日付き合ってくれた御礼にプレゼントだ」

「そんな、でも……」

「遠慮するなって。まだ当たってないんだからさ」

川瀬は秋穂の耳元で気持ちのいい笑い声をあげた。そしてまた少し、肩の手の力を強めた。

秋穂はもう、逃げようとは思わなかった。されるままにからだの力を抜き、されるままに川瀬の身体に押しつけられた。

胸のドキドキは、自分にしか聞こえない。


「なんかしまらないな」

二人のすぐ横で若い男の声がした。

「やっぱルドルフがいないとさ。有馬記念、もう考えた?」

「ダイナガリバー、どうかな」

「四歳だろ。有馬記念って四歳馬は来ないんじゃないの」

「でも引退でしょ。もったいないよね、ダービー馬を四歳で引退させちゃうなんて」

「ダービー馬だから引退させたんだよ。走らせて万一のことがあったら大変だろ。あれだけ優良血統でダービー馬なら、種付け料はものすごいぜ」

秋穂は何となく、男達の会話に耳を澄ませた。そしてその声の方角を見た。

秋穂と川瀬のすぐ近く、ほんの十メートルほどのところに、あの二人が立っていた。

2

秋穂は興奮と不安でほてり出した頬を押さえ、男達と視線を合わさないように下を向いた。

心臓が早鐘を打っている。

川瀬の前であの男達と何かトラブルになったら……何も知らない川瀬は秋穂を庇《かば》おうとするに違いない。そしてその結果……いろんなことがあからさまになってしまったら……あの屈辱の夜のこと……そして、殺人。

「よし、じゃ決まったね。僕、ちょっと買って来るから、君はこのまま座っていて」

川瀬が立ち上がった。秋穂は慌てて腰を浮かす。

「あたしも一緒に……」

「並ぶだけだからつまらないよ。ここで座って待っていた方が楽でしょう」

川瀬は秋穂が引き留める素振りをする前に、馬券売場の方へ小走りに向かってしまった。

どうしよう。

考えても仕方ない。要は向こうがどう出るか、だ。

秋穂はそのままベンチに座り、予想紙の紙面に視線を這《は》わせた。だが勿論《もちろん》、何一つ頭には入らない。

やがて、二人の男達も馬券を買うのか、ゆっくりと歩き出した。

秋穂はホッとした。


だが。

歩きかけた足を停《と》めて、突然男のうちひとりが引き返して来た。

あの、背が少し高い方の男はそのまま馬券売場に向かっている。引き返して来たのは、リーダーシップをとっていた方の男だ。

秋穂は必死に手にした予想紙を見つめた。その手が微《かす》かに震える。

男はゆっくりと、秋穂の隣りに腰をおろした。

「何から買った？」

男の声には、笑いが含まれている。

「あんたが競馬するとは思わなかったな。それともご丁寧に、俺達をつけ回してるわけか、まだ」

秋穂は唇を舐《な》めた。

「あ」

「あなた、誰よ。あなたなんか知らない」

男はクックッと笑った。

「よし、それでいい。あんたはやっぱり、頭がいいや。あんたのせいで俺達、警察に随分調べられたんだぜ。麻薬パーティしてるだなんてそんな嘘《うそ》、よく思いついたよな。だけどあれで気が済んだんなら、それでいいんだ。俺達のことは、忘れた方がいい。な」

男は立ち上がり、ゆっくりと歩き出した。

秋穂は黙っているつもりだった。そのまま何も言わず。

だがどうしてなのか、突然目の前がクラクラとするほどの怒りが湧き起こって、口を閉じていることが出来なくなった。

「人殺し」

秋穂は、男の背中に言葉を投げつけた。

そして、後悔した。

男は停まっていた。秋穂に背中を向けたまま。

秋穂の心臓は口から飛び出しそうだった。それでもなお、秋穂は次の言葉を吐き出していた。

「知ってるんだから……あんた達、人違いしたんでしょ。それで本当に襲うはずだった人のところに翌日行って……殺しちゃったのよ、騒がれて」

　男が振り返り、離れたところに立ったまま、秋穂を見つめた。だがその顔には驚きや怒りはなく、何を考えているのか想像することは難しかった。

「海道さん」

　川瀬の声がした。馬券らしい小さな紙を手にして振りながら戻って来る。

　男はチラッと川瀬を横目で見てから何も言わないまま、向こうを向いて行ってしまった。

「知ってる人？」

　川瀬が男の方を気にしている。

　秋穂は首を振り、明るく見えるように微笑んだ。

「ううん、知らない人だった。知り合いに似てるんで間違えたの」

「そう」

　川瀬は腕時計を見た。

「そろそろスタンドに行こうか、出走だから」

「ええ」

　秋穂は立ち上がった。川瀬がごく自然に、秋穂の腕をとった。まるで、ずっと以前から恋人同士だったとでもいうように。

それ自体は嬉しかった。

でも……

秋穂は男達が吸い込まれた競馬場の建物を見つめた。

やっぱりとんでもないことを言ってしまったんだ。

恐怖が背中を這い上った。

＊

結局、大勝というわけではないがそこそこに儲けて、川瀬はご機嫌だった。秋穂自身はトータルで二千円ほど負けたが、馬券は総て川瀬が買ってその代金を受け取ってくれなかったので、最後まで財布を開けないで済んだ。

川瀬は秋穂を新宿の寿司屋に誘った。


「やっぱりジンクスは有効だった」

川瀬は、乾杯したビールのグラスを旨そうに飲み干して笑った。

「海道さんを誘って本当に良かったな」

「でも、大穴は当たらなかったでしょう？」

「充分だよ。これで僕、今月も昼にひさごで飯が食える」

ひさごは会社のすぐ近所にある天丼の専門店だ。味は抜群だが、サラリーマンが昼食を摂《と》るには値段が少し高い。

秋穂は笑った。

「川瀬さん、お昼は愛妻弁当なのかと思っていました」

「いや」

川瀬は照れ笑いした。

「今さ、女房、赤ん坊がいるから」

「そうでしたね……何カ月になりました？」

「五カ月、かな。首もすわってだいぶ楽になったみたいだけど、まだまだ大騒ぎだ。赤ん坊なんてあんなにちっちゃいのに、ひとりいるだけでこんなに大変だとは思わなかったな」

「でも、可愛いでしょう」

「まあね」川瀬は目を細めた。「他人が見たら猿みたいでちっとも可愛いもんじゃないんだろうけど、やっぱり血を分けた子供だと思うと、特別なものがあるよ。この気持ちだけは、親になってみて初めてわかったな」

川瀬は秋穂が注《つ》いだグラスをまた干した。

「おかしな話だけどさ……たとえ女房とは別れることになったとしても、子供だけは手放したくない。今はそんな風に思えるんだ。まあもう少し子供が大きくなって、ただ可愛いだけじゃなくなって来たら、違う風に考えるようになるのかも知れないけど」

女房と別れることになったとしても、か……

秋穂はビール瓶の重さを感じながら、ふと頭の中をよぎった想像に身じろぎした。

川瀬が離婚したら……そして……自分と結婚したら……


くだらない、と秋穂は心の中で舌を出した。

まだ川瀬と恋愛関係にすらなっていないのに、そんなに先回りしてどうするのよ。

第一、秋穂自身、川瀬に燃えるような思いを抱いているというわけでもない。ただ会社では知らなかった川瀬の側面に触れて、新鮮な驚きを感じ、密《ひそ》かな好意を持っただけだ。

でも、それが秋穂だけの一方的な思い込みだというわけではないという気が、少ししていた。

競馬場での川瀬は、秋穂のからだによく触れた。それは決して嫌らしさを感じたり嫌悪感を持ったりしてしまうような類のものではなかったが、それでもあれだけスキンシップをはかられれば、女なら誰だって思うに違いない……この人、あたしに気があるのかな？……と。

勿論、それが川瀬の癖だという可能性はあった。会社では決して女性に気安く触るような真似はしない川瀬でも、会社を離れると意外とそうしたことが好きなタイプなのかも。

でも……

秋穂は川瀬をもう一度、ビールのグラス越しに見つめた。

陽気に話していた川瀬が秋穂の視線に気付く。

一瞬の沈黙。

それから、川瀬は視線をはずして僅《わず》かに俯《うつむ》いた。

決して、避けているのではない。

迷っているのだ。

秋穂は、確信した。川瀬も自分に好意を持ってくれている、絶対。

西島とは何もかも正反対な男だ、と秋穂は思った。

西島の洒落た外見と比べると、平々凡々とした川瀬の姿。だが西島がプライベートな時でもバカのひとつ覚えのようにブランド品のスーツを好んでいたのと比べれば、川瀬の方が本当の意味でお洒落だ。着慣れたセーターはよく見れば手編みのフィッシャーマンで、もし買ったものだとしたらかなり高価なはずだし、履いているスニーカーも外国製品だった。課長補佐とはいっても営業の歩合手当がつかない経理職の川瀬の給料は、同期の男性社員と比較してもそう多いということはないはずだ。だがその限りある予算の中で、川瀬は確実に良質で個性の豊かなものを選んでいる。

女を連れて行く店の趣味もいい。

西島はレストランが好きでなかなかいい店を知っていたが、どこも高価だった。だが川瀬が行きつけだというこの寿司屋は、小さいが清潔で、そしてちゃんと貼《は》り出してある値段表を見ても、料金が安い。その上、味もいい。

やはり、この川瀬という男に対する会社の女子社員の評価は低すぎるのだ。川瀬は決して、人が良くて優しいだけの男ではない。

意外と……遊び慣れている、都会の男だ。


「あのさ」

川瀬が不意に、声を少し低めた。

「こんなこと……僕が言うべきことじゃないとは思うんだけど」

「はい？」

「西島のこと」

秋穂は、グラスを片手に握りしめたまま、川瀬の横顔を凝視していた。

川瀬が昨日の西島と自分とのみっともない場面を見てしまったことはわかっているが、それにしてもまさか、川瀬からその話を持ち出すとは……

「ごめんね、不愉快だったら」

「あ」秋穂は首を振った。「いいえ……でも、もう彼とは本当に……」

「僕自身の感想から言えば、西島は許せない奴《やつ》だと思うんだ」

川瀬は秋穂のグラスにビールを注ぎ足し、自分も手酌で注いでまた飲み干した。

「だけどね……あいつが追い込まれてる事情も知ってるから」

「……追い込まれている？」

秋穂は驚いて川瀬の口元を見つめた。

西島が追い込まれている、というのはいったいどういう意味なんだろう……


「自業自得だとは思うんだ、勿論。だけど、西島が焦るのは理解出来る。いや、西島のやってることを支持するわけじゃないよ。そうじゃなくて……このままだとあいつ、君に対してもっとひどいことをするかも知れないって思うんだよ」

「川瀬さん、あたし……ごめんなさい、事情が少し……」

「ああ、そうだね」

川瀬は言いにくそうに苦笑いした。

「海道さん、西島が今交際している女性がいることは知ってるよね」

「ええ」

「秘書課の安西万里。彼女の父親が東昭観光の社長だってことは？」

「そうなんですか……東昭観光……お得意様ですね」

「うん……うちの輸入商品の購入実績では十番目くらいには入ってる。そんなわけで、西島の結婚は、個人の問題じゃなくなってる」

「……でも、それで彼が追いつめられてるというのは……」

「安西さんが妊娠しているという噂《うわさ》があるんだ。多分、本当のことだと思う。結婚退社の場合、普通はボーナスを貰ってから退社するよね。だが安西さんは今週末で退社するんだ。ボーナスまであとひと月足らずなのに、変だろう？　妊娠の噂が広まったということもあるんだろうけどそれ以上に、からだのことを考えてじゃないかと思うんだ。妊娠初期がいちばん流産し易《やす》いから。西島としては当然、安西さんのお腹《なか》が目立つようになる前にちゃんと式を挙げないとならない。だって東昭観光の社長令嬢の結婚披露宴だものね、来賓も多いだろうから、新婦のお腹が迫《せ》り出していたんでは、ちょっとね……」

「それはそうでしょうね。でも、だったらすぐにでも式を挙げれば……」

「だから……君のことがあるから」

「あたしのこと？」

秋穂は笑い出した。

「どうしてあたしのことなんかが問題なんですか？　あたしと西島はとうに別れているんだし」

「安西さんは君と西島とのことを当然知ってる。だから、君が会社にいる限りは西島と入籍しないと言っているらしい。安西さんの同期で経理課の山本美香から聞いた話だけどね」

「そんな」

秋穂は言葉につまって、ビールを無理に喉《のど》に流し込んだ。

「そんなこと言う権利……どうして……」

「その通り、安西さんにそんなことを言う権利なんかない。だけど、結婚を決めた男が元の恋人と毎日顔を合わせていることを知っていて家庭で待つのはたまらない、と女性なら思っても仕方ないんじゃないかな……僕には女性の心理なんてわからないけど」

「それで……西島は……」

「うん。君にあんな態度をとったんだと思うよ。だからあいつには当然同情する気はない。でもね、このままだとあいつは、追いつめられてますます君に対してひどいことをするようになるんじゃないかな」

「川瀬さん」

秋穂はグラスに残った泡が消えて行くのを眺めながら呟《つぶや》いた。

「つまり……あたしは辞めた方がいいと？」

「ごめん」

川瀬はグラスを持ったまま頭を下げた。

「余計なことを言った。ただ……君のことが心配で」


秋穂は情けなさと口惜しさで泣きたくなったのを堪《こら》えて、頭をそっと振った。

「いいんです。心配して貰って、嬉しいです」

「もし君がどうしても仕事を続けたいなら」

「いいえ……あたし、そんなに固執しているわけじゃないんです。ただ何となく……今のまま辞めてしまうのが……ちょっと悲しくて。でも、あたし自身の為にも、この機会に職を変わった方がいいようには思っていました。何か新しい人生に踏み出した方がいいだろうなって。あたし……決心がつきました。今度のボーナスをいただいたら、退職しようと思います」

「再就職のあてはあるの？」

「いいえ」

「西島はちゃんと探してくれると思うよ。何だかんだいってもあいつは顔が広いから」

「ええ、でも、彼と関係のある仕事にはもう、就きたくないので」

「そう」

川瀬は頷いた。

「僕も心当たりを当たってみようか」

「そんなご迷惑は」

「いや、出来れば当たらせて欲しいな。こんなおせっかい、しちゃった責任ぐらいは取りたいから。海道さんは正直なところ、どんな仕事に就きたいと思ってるの？」

秋穂はじっと川瀬の目を見ていた。

ただの同情とは違うものが確かにある、そう秋穂は信じた。

秋穂の心の中で、ひとつの時間が終わり、新しい時間が始まった。

今ようやく、西島との関係に別れを告げられる、そう秋穂は感じた。

3

寿司屋で話し込んでしまったせいで、外に出た時にはもう九時近かった。

川瀬は赤ん坊と愛妻の待つ家に帰らなければならない。

秋穂は、川瀬が改札口で手を振る瞬間まで、次のステップに踏み出すことを期待していた。だが、川瀬はあくまで、妻子のある良識的な男のままでいた。

それでも、川瀬に見送られて改札を抜け、ホームに上がる間中、秋穂は歌い出したくなるような快活な気持ちでいた。

新しい恋は始まったのだ、もう。

行方が平坦《へいたん》ではないことはわかっている。川瀬には妻と、生まれて間もない子供までいる。そしてその家庭を川瀬は愛している。

だが、どうしてなのか、そのことに対してあまり暗い気持ちにはならなかった。

罪の意識もない。

少なくとも、今はまだ。

秋穂は電車に乗り込み、ガラスに映った自分の顔を見つめた。

とびきりの美人、というわけではない。そんなことは自覚している。

だが、そんなに悪くもないと思う。

少なくともあのかっこばかりつけたがる西島が付き合ってもいいと思った程度には、見られる方なのだ。

それで充分じゃないか。

川瀬の妻がどれほどの美人だったとしても、現に川瀬は自分に興味を抱いてくれたのだから、大丈夫だ、きっと。

駅を出た時も、秋穂の足取りは軽いままだった。

年の瀬に向かって職もなくなり、ボーナスは引っ越し費用に消える。だがそんなことは、大したことじゃない。

あたしには新しい生活が待っているんだもの。

だが部屋の鍵《かぎ》を開けようと鍵穴に差し込んだ瞬間、秋穂を新たな恐怖が捉《とら》えた。

鍵がかかっていない！

初めは錯覚だと思った。取り替えたばかりの鍵なので感覚が違うのだと。だがノブに恐る恐る手をかけて回してみて、はっきりと錯覚ではないことがわかった。

そのまま、走って逃げようかと思った。外の公衆電話から一一〇番に通報してやる。ドロボウです、すぐ来て下さい！

中にいるのが誰なのか、秋穂には見当がついていた。

あいつらだ、そうに決まっている。

このまま中に入ったら殺されるのかも知れない。

だがそれにしては、部屋の中で秋穂を待っているというのが異様だ。秋穂がひとりで帰宅するとは限らなかったのに。昼間競馬場で男連れでいるのを見られていて、あいつらが川瀬の存在をまったく考えなかったとは思えない。

いったいどういうつもりなんだ？

秋穂は廊下の突き当たりに置いてある消火器に目をとめた。

あれなら、ずっと以前に会社の消防訓練で使い方を習ったから、大丈夫だ。

秋穂は消火器を胸に抱えて部屋の前に戻り、そっとドアを開けた。

玄関にはスニーカーが二足、丁寧に並べて置かれている。

殺すつもりはないみたい……

秋穂は部屋の中に入った。


安物のPタイルが貼られた小さなキッチンの向こうに、いつもの六畳部屋が見えた。朝、出掛けた時のままこたつが出してある。

そしてそのこたつには、他人がいた。

秋穂は消火器のノズルをはずして男達に向けながら怒鳴った。

「どうやってここに入ったのよ！　いったいどういうつもりよ！　ここから出て行って！」

背中を丸めていた、あのリーダー格の方の男が笑った。

「なんだそれ。消防訓練か？」

「これをまともにくらったら、しばらくは苦しむことになるわよ」

「おお、こわー」

男はまた笑った。

「そんなもん用意してなかなか用心深いじゃん。だけどさあ、せっかく鍵を取り替えたのにまたあんな安物ってのは笑えるぜ。あんなの、針金一本でチョイチョイだぜ」

秋穂は思わずドアノブを振り返りそうになったが、かろうじて男をにらみつけたままでいた。

「ほんとすごい顔だな、あんた。そんな目するって知ったら、昼間の男はどんな顔するかなあ。まあいいから、あんたもここに来てあったまれば？」

男はこたつのカバーをぱたぱたと動かした。向かい合うように座っているもうひとりの男は、なぜか秋穂の視線を避けるように下を向いている。

「出て行って！」

秋穂はもう一度怒鳴った。

「今すぐ出て行かないなら、あたしが出て行って交番に駆け込んでやる！」

「話があるんだよ」

リーダー格の方の男が、不意に声を低めた。

「とにかく座れ。座らないと、あの写真を昼間の男に送りつけるぞ」

秋穂はしばらく、男と睨《にら》み合った。だが結局、消火器を胸に抱いたままこたつのそばに寄った。

「座れよ」

「立ったままでいいわ。話なら早く済ませて」

「何にも、しやしねぇよ」

「信用出来るわけ、ないでしょう！」

「俺達は人殺しなんかしてねえ」

男は言って、じっと秋穂を見上げた。

「本当だ。あの殺しは俺達とは何の関係もない」

「だ、だって」

秋穂は男にノズルを向けたままで囁いた。

「あんた達……人違い……」

「人違いなんかしてねぇもん。おまえの名前は海道秋穂、だろ？　海道なんて名字、そういくつもないもんな。俺達はおまえを犯《や》ってくれって頼まれたんだ。ちゃんと海道秋穂ってＯＬを犯してくれってさ。この部屋の番号も間違ってねぇし、第一入る時に表に貼ってあるネームプレートをちゃんと読んだんだぜ」

「嘘よ！　だったらあのメモはいったい何？　あのメモにちゃんと……」

「メモって何だよ」

秋穂はローチェストの上に置いてあったバニティケースを取り上げて男の前に置いた。

「この中にあんたが入れたんでしょう！」

「どんなメモだよ。見せてみろよ」

「どんなって……」

秋穂は気付いた。メモはもうどこにもない。秋穂が怒りにまかせて食べてしまったのだった！

何と書いてあったんだっけ？

秋穂は必死に思い出そうとした。

あのＯＬの名前は……み……深雪！　そうだ、確かこんな文章だ。

深雪、これで少しは懲りたかい？　僕を……何だったっけ……罰があたったんだ……かな？

「深雪って人に、どうだ懲りただろう、って」

「何だそれ。わけがわかんねぇじゃん」

「わからなくても、警察は喜ぶわよ！　だって深雪っていうの、殺されたＯＬの名前じゃないの。そのＯＬの恋人だか何だかがフラれた腹いせにあんた達に頼んだのよ！」

男達は互いに顔を見合わせて黙っていた。秋穂は消火器の重さに腕がだるくなって来たのを感じながら突っ立っていた。

五分ほどもそうした膠着《こうちゃく》状態が続いてから、ゆっくりとリーダー格の男が言った。

「俺達もずっと考えてたんだけどさ、結局、ハメられたんじゃないかと思ってるんだ」

「……どういう意味？」

「これを仕組んだ奴は、殺された女のすぐ近所の、しかも名前がクリソツなアパートに同じ様な年頃の女が住んでることを知って、今度のことを思いついた。俺達におまえを襲わせて、女が殺された後でおまえが犯人は俺達だと思い込むようにしたんだ」

「……そんなの、変よ」

「変？」

「そうよ。だってあたしが警察に訴えなければどうにもならないし、第一、そんなことしたら犯人が深雪って女の人の恋人だってすぐに判っちゃうじゃないの」

「それも罠《わな》なのかも知れない」

「どういうこと？」

「俺達は確かに、おまえを襲うことをある男に頼まれた。だがそいつはその深雪ってOLの恋人なんかじゃないとしたらどうだ？　そいつの目的は深雪って女を殺すことの他に、その深雪って女の恋人に殺人を依頼した罪を被せることだったとしたら」

秋穂は、思わず膝をついてこたつの横に座り込んだ。

「だけど……」

「そいつはおまえなら訴えると思ってたのかもな。俺達が余計なことをしなけりゃ」

「余計なこと？」

「こいつだよ」

男は数枚の写真をひらひらと秋穂に見せた。

「俺達に依頼した奴は写真を撮れとは言わなかったんだ。ま、保険のつもりだったのさ」

秋穂は反射的に手を伸ばして写真を摑み取ろうとした。だが一瞬早く、男が掌を閉じて自分の背中に隠した。

「おっと、駄目だぜ。今となっちゃこいつは、俺達の命綱だ」

「……訴えてやるわ」

秋穂は唇を嚙《か》んだ。

「その写真があれば逆に、あんた達のやったことを証明出来るじゃないの。好都合よ」

「突き止めたくないのかよ」

「突き止める？」

「ただ似た名前のアパートに住んでるってだけでおまえにそんな役割を押しつけた真犯人だよ」

「そんなこと、警察がしてくれるわ」

「無理だと思うぜ」

男は自嘲《じちよう》するように笑った。

「俺達の言うことなんか警察は多分信じない。何しろ俺達、おまえを犯《や》れって頼んだ男の名前も顔も知らないんだから」

「どういうことよ」

「素顔で話したことがないんだ」

「……わかるように話して」

男達はまた目配せし合った。それから言った。

「先月の末に、六本木のディスコで仮装パーティがあったんだ。ハロウィーンの。モデルとか芸能人がいっぱい来るやつ。俺達もそれに出た。そこでドラキュラの扮装《ふんそう》した男と遭った。その男が俺達に、アルバイトする気ないかって訊《き》いたんだ。ちょっとやばいけどまとまった金になるバイトだってさ」

男は笑った。

「俺達、そんなバイトはしょっちゅうやってたのさ。ハワイからマリファナ運んだり、アイドルタレントが男とホテル入るとこ写真撮ったりな。それで簡単に引き受けたんだ。そしたら前金で十万くれた」

「その場で？」

「いいや、池袋の駅のコインロッカーに金と仕事の内容を書いたメモを入れてあるからって鍵を貰ったんだ。次の日にロッカーを開けてみたら十万とメモが入ってた。仕事を断るならその金は口止め料として受け取ってくれって書いてあったんだぜ。随分気前のいい奴だろ。仕事の内容は、女をひとり脅してくれってもんで、おまえの名前と住所、それに年格好が書いてあった。無事に済んだらまた連絡すると」

「それで……また連絡はあったのね」

「ああ。ここから引き揚げて俺達の住んでるあのビルに戻ってすぐ、電話がかかって来た。そしてまたコインロッカーの番号を教えてくれて、鍵は郵便受けに入れてあるって言う。調べてみたら玄関の郵便受けにちゃんと入ってた。で、残りの金九十万もちゃんとロッカーの中にあった」

「あんた達の住んでるとこ、知ってたんだ、そいつ」

「元々俺達が金でやばいことでも引き受けるって知っていて近づいたんだろ。俺達がおまえを犯《や》ってる間もこの近所にいて、俺達が首尾良く仕事を片づけてここを出るのを見てから俺達のあとをついて青山まで行って、俺達が部屋に戻ってから鍵を郵便受けに入れて、近くの公衆からでも電話したんだな」

なんと大胆な奴なんだろう。

秋穂は、ドラキュラの扮装をして笑っている不気味な男を想像して身震いした。

「そいつは翌日、目指す女の部屋に忍び込んで女を殺した。事件のことが新聞に出れば、おまえは俺達が人違いしたんだと思い込む。そして警察に通報する。そう考えてたんじゃないかな」

「だけど……」

「俺達、この写真の他にもうひとつ余計なことしたからな」

「……どういうこと？」

男はヘヘッとにやけた笑いを見せた。

「そいつの仕事の指示は、女を脅してうんと怖がらせてくれってことだったんだ。だが犯せとは書いてなかった。だけどよぉ、普通そういう場合って、犯っちゃうだろ？」

秋穂は怒りでほてって来た頰を意識しながら、自分を犯した方の男に視線を向けた。

男は、ずっと下を向いたままで秋穂の方を見ようとしない。

「ただの強盗だとか強姦《ごうかん》未遂なら、おまえは絶対警察に訴えてた。だろ？　依頼主の狙いはそこにあったんだと思う。ま、指示通りにしなくて俺達は助かったけどな。さもなきゃ今頃、殺人犯として指名手配されていたかもわかんないもんな」

秋穂の中で怒りが爆発した。

秋穂は消火器を振り上げ、男の方にぶつけた。

「そんな、そんなこと、よくも！」

秋穂は消火器を何度も男にぶつけた。

「痛いよ、やめろ！」

男は消火器を摑んだ。力比べになったらどうしようもない。

男が秋穂から消火器をもぎとった。

「俺達よりもっと、真犯人のことを恨めよ」

「そんな勝手な理屈、通ると思ってるの！」

「俺達が警察に捕まって殺人犯にされたら、そいつの思うつぼなんだぜ！　いいか、手がかりはないわけじゃないんだ。真犯人を突き止めてそいつを殺人犯として刑務所に送れれば、おまえもスッとするだろうが」

秋穂は激昂《げっこう》していた気持ちを抑えるように胸に手を当てた。

興奮して、心臓がバクバク音をたてている。

「だ、だけど」

秋穂は息をつきながら言った。

「そうしたらあんた達だって捕まるわよ」

「大した罪にはなんないよ。あれっぽちの金を盗《と》ったくらいじゃな」

「だって、それだけじゃないじゃないの！」

「わかんないかなぁ」

男はまた笑顔になった。

「強姦ってのは親告罪なんだぜ、単独だとさ。輪姦ならそうは行かないが、犯ったのはこいつだけで、俺は犯ってないもんな」

「……そんな……」

「おまえが訴えなけりゃ、問題ないんだ。真犯人は強姦までやったなんて知らないんだからな」

「訴えるわよ！　だから訴えるって言ってるでしょう！」

男は、何かをこたつテーブルの上に置いた。

秋穂はそれを凝視した。

あの……赤いガーネット……偽物の、ラッキースター！

「おまえこれ、どっから手に入れたんだよ？　え？」

「ど、どっからって……」

「裏に彫ってあるもんが何だか、おまえ知ってるか？」

秋穂は指輪の裏側に目をやった。

そう言われてみると、確かに何かが彫ってある。

「作品番号だ。ほら……ＬＳ－00。ラッキースターの試作品って意味だ。この指輪はCERI－MAKITAの作品、ラッキースターの最初の作品なんだよ。CERI－MAKITAはいつもこうやって、自分のデザインしたアクセサリーの試作品には00をつける。それは非売品で店では売られない。売られるのは01だけだ。CERI－MAKITAは同じデザインで二個以上商品にすることはないからな。でもたまに、01が販売される前に破損するとかすると、02も創られるらしい。この00とその02のついた作品は、珍品なんで、モデルとか芸能人の間では結構人気なんだ。芸能人ってのはそんなつまんないことにこだわるからさ。だが02は運が良ければ誰でも手に入るが、00はCERI－MAKITAに個人的に頼んで売って貰うしかない。それでな、ここからが不思議なんだが、俺は知り合いのモデルがラッキースターの00を手に入れたって話してるのをつい最近聞いてたんだ。それなのにどうだ？　そのラッキースター00は、こんなとこに住んでるシケたＯＬが持ってるじゃないか。俺はそのモデルに確認してみた。そしたらその女はすごく怒って言ってたぜ。半月くらい前にデパートで買い物してて、ハンドバッグごと盗まれたってさ」

秋穂は愕然《がくぜん》とした。

違う！　そんなことは……そんなことはあり得ない！

「……あたし、そんな、そんな……違うわ！」

「だったらどうやって手に入れた？　言ってみろよ」

「ひ……拾ったのよ」

男はゲラゲラと笑い出した。

「いい加減にしろよ、おまえ。じゃなにか、その置き引き犯人は、せっかく盗んだバッグの中にあったこんな綺麗《きれい》な指輪を、ポイと道路に捨てたとでも言うのかよ！」

「だ、だって……」

男は指輪を掌で弄《もてあそ》びながら優しげな声で言った。

「いいからさ、もう気にすんなよ。おまえがこいつをどうやって手に入れたかなんて、俺はもう訊かないから。その代わり、おまえも忘れるんだ……いや、なんだったら憶えててもいい。いいが、こいつに惚《ほ》れてくれ」

男は顎で、黙ったままの男を示した。

「こいつ、結構いい男だろうが。なんだったら、しばらくおまえのもんにしてもいいんだぜ。下手クソで悪いけどよ。だけど可愛いんだぜ、こいつ。マゾっけあるし、遊ぶと面白いぜ。な、だからあの時のことは、ま、プレイだと思ってよ」

秋穂は怒りを通り越して、気味の悪い悪寒が背中に這いのぼるのを感じた。

こんな……こんなことって、ある?

不幸の星《アンラッキースター》。

赤いガーネットが瞬いて、冷たく秋穂にウィンクした。

4

「じゃな、俺はお邪魔だろうから、消えるわ」

リーダー格の男の方は立ち上がった。

「消えるって、ちょっと!」

「仕事があんだよ。まあこいつと仲良くやってよ」

秋穂が呆気《あっけ》にとられている前を、男はさっさと玄関に消えてしまった。後には、気の弱そうな相棒がこたつに背中を丸くしている姿だけが残った。

秋穂は腹立ち紛れに残された男の背中を足で蹴った。

「何なのよ」

「人を馬鹿にして！　いったいどういうつもりよ！」

我慢するように黙って背中を丸めたままの男の態度が、秋穂の苛立《いらだ》ちに火を点《つ》けた。

秋穂は消火器を放りだし、男の襟足に掴みかかった。そのまま拳《こぶし》で男の頭を殴りつけ、
自分の手の痛みにまた苛立って殴りつける。

「馬鹿！　バカバカバカ、痴漢、変態！　何とか言ったらどうなのよ、大馬鹿！」

男は手で頭を覆い、そのままますます背中を丸めている。

この男がマゾだっていうのは本当なんだろうか。

秋穂は、無抵抗のままじっとしている男の長めの髪を思いきり引っ張った。

「痛い」

男がようやく口を開いた。

「引っ張らないでよ、抜けちゃうよ」

「抜いてやるわよ」

秋穂は力を込めた。

「あんた、あたしに何したかわかってんの？　絶対に許さないからね。何よこんな髪の毛、全部ひっこ抜いてやる！」

「マーちゃんがやれって言ったんだよ。俺だってやりたくなかったんだもの」

「冗談じゃないわよ！　あんた、あいつに言われたら何でもするわけ？　あいつが死ねって言ったら、あんた死ぬの？　そんな言いぐさ通用しないからね、だってあんた、あんた、ちゃんと勃《た》ってたじゃないの！」

「ごめんなさい」

男は秋穂の手から髪の毛を庇って一層身を縮めた。

「ごめんなさい、ごめんなさい」

その情けない仕草と声とが、秋穂には一層気に入らなかった。いったい、こいつはさっきの男の何なんだ？　こんなみっともない男に、あたしは犯されたの？

「やっぱり警察に言う」

秋穂は男の反応を窺《うかが》いながら言った。

「いいわよ、この指輪のこと、あんた達が何を勘違いしてたって、ほんとに拾ったんだもの。別にやましいことなんかないわ」

本当はやましさでいっぱいだった。

あたしはその赤い宝石のはまった指輪を拾ったのではなく、どう考えても盗んだのだ。だがあの時、銀座の宝石店であたしがその指輪をカウンターの上から持ち去ったのを見ていた者なんかいないはずだし、ましてやその元の持ち主のモデルとやらからバッグを置き引きしたのがあたしだなんて、絶対に証明出来ない。だってあたし、してないもんね、置き引きなんか。

「だめだよ！」

男が顔をあげ、すがるような目で秋穂を見つめた。

「警察になんか行かないでよ、お願いだから」

その犬が主人を見ている時のように妙に熱心で哀れな目つきをじっと見つめていると、
秋穂は、自分の心に嗜虐《しぎやく》的な欲求が湧きあがって来るのを感じた。

「そんなに警察が怖いの」

秋穂が男の顔を覗き込むと、男は小さく頷いた。

「嫌いなんだよ、怒鳴られるから」

「捕まったこと、あるんだ」

「逮捕されたことはないけど……補導はされた」

「不良だったのね」

男は黙ってこたつ布団の中の自分の膝に顔を埋めるようにした。

「いいわ」

秋穂は男の髪をまた少し引っ張った。

「どうせあんた、あたしが警察に駆け込まないよう見張ってろってあいつに言われてんでしょ。警察には行かないであげるわよ。だけど……あたしは許してないからね。あんたにはちゃんと、謝って貰うわ」

秋穂は男の髪を思いきり引いた。

「そんなとこで温まってないで、出なさいよ！」

男はすごすごとこたつから出た。

その嫌々という動作がまた、秋穂に興奮をもたらす。

実際秋穂は、それまで一度も感じたことのない異様な興奮を体験していた。自分にそんな性向があるなどとは今の今まで想像したこともなかったのに、今はっきり秋穂は、目の前の男をなぶってみたいと思っている。

蔑《さげす》んで、傷つけて、裸にしてみたい。

それは自分がされたことへの復讐《ふくしゅう》というレベルを超えた、もっと積極的な願望だった。

「警察には言わない」

秋穂はもう一度囁いた。

「だから言うとおりにするのよ」

秋穂は立ち上がり、キッチンへ行った。流し台の下の扉を開ける。万能包丁が一本と、果物ナイフが一本。包丁では万一の時、危険だ。

秋穂はナイフを摑んでこたつまで戻った。

秋穂の手にナイフが握られているのを見て、男ははっきりと動揺した。逃げ出そうと考えたのか、戸口や窓にせわしなく視線を回している。

「怖がらなくてもいいわよ」

秋穂はクスクスと笑った。

「殺したりしないから。さてと」

秋穂はナイフを握ったままたこたつにもぐった。

「まずは名前ね。あんたの名前、教えて」

「武生」

「たけお？　どんな字」

「武道の武と、生まれる」

「ふうん。いい名前じゃない。それで名字は」

「今村」

「今村武生か。で、あいつはあんたのこと、何て呼ぶの」

「タケブー」

秋穂は笑い出した。

武生はふくれた顔で呟いた。

「でも呼ばないよ、いつもは。こいつとか、おまえとかしか言わない」

「そう。で、あんたはあいつをマーちゃんて呼んでたわね。あいつの名前は？」

「島根雅義」

「しまねまさよし！　なによ、ずいぶんまともな名前じゃないの。あんなひどい奴なのにね。だけどあんた、タケオ、どうしてあいつの言うこと、逆らわないで何でも聞いてるの？　あんた、あいつに何か弱味でも握られてるわけ？」

武生は黙って首を横に振った。

「ほんと？」

「ほんとだよ」

武生は聞き取れないくらい小さな声で言う。

「マーちゃんは優しいんだ、ほんとは」

秋穂は大笑いした。あの外道が「優しい」ですって！

「その優しいお兄さんに命令されて、あんたはあたしにあんなひどいことしたわけよね」

「ごめんなさい」

武生は膝を抱えて下を向いた。

「ごめんなさい」

「そんなんで謝ったことになると思う？」

秋穂はウキウキした気分だった。

あたしの一言一言に、こいつは脅《おび》えてる。

「謝るならちゃんと、正座しなさいよ」

武生は逆らわなかった。もしかしたらこの男は、誰かに命令されると逆らえない性格なのかも知れない。

膝を揃えて窮屈そうに座っている武生は、まるで叱《しか》られている小学生だ。

「ごめんなさい」

武生がまた言って、頭を下げた。

「服」

秋穂は喉がカラカラだ、と感じながら言った。声が掠《かす》れる。

「服脱いで。全部」

武生が顔をあげた。秋穂は、ドキリとした。そう言えば、こいつの顔をこうやって真正面から見るのは初めてかも知れない。

出て行ったマーちゃんと呼ばれる男ほど、洋風な美男子というわけではない。だがいかにもモデル風の、ごく端正な顔立ちだった。目は細いがとても切れ長で、神秘的と言えるかも知れない。

「服よ」

秋穂は、自分を見ている武生に言い放った。

「脱ぐのよ！」

武生は黙ってシャツのボタンをはずし始めた。秋穂はこたつの中に足を入れたままで、その仕草をじっと見ていた。

職業柄か、服を脱ぐ仕草もなかなか様になっている。素早くて、それに無理がない。

しかも脱いだシャツを簡単に畳んで自分の傍らに置いた。なんてお行儀のいいレイプ犯なんだろう。

だが脚の長さが禍《わざわい》してか、ジーンズを座ったまま脱ぐのには少し難儀している。秋穂はクスクスと笑いながら、その様子を楽しんだ。

下着を下ろす時に何か躊躇《ためら》いを見せるかと期待したが、意外にも武生は、さっと脱いでそれを畳んで積まれた衣類の下に隠した。全裸を観察されることよりも脱いだ下着を見られることの方が恥ずかしいという気持ちはわからなくもない。

よく日焼けしていた。最近話に聞くようになった、日焼けサロンにでも通っているのだろうか。

少し痩《や》せているが、骨と皮ばかりというわけでもない。無駄な贅肉《ぜいにく》のない滑らかな腹部は、羨《うらや》ましいほどだった。


「寒い？」

秋穂が聞くと、武生はこっくりと頷いた。無理もない。秋穂の部屋にはこたつ以外に暖房器具がないのだ。

「我慢するのね」

秋穂はまた笑った。

「死にはしないわよ」

秋穂はテレビのリモコンを手に取った。スイッチを入れる。日曜の夜はスポーツニュースばかりだ。

秋穂は、全裸で正座したままの武生を無視して、昼間川瀬と行った競馬場でのレース結果に見入った。

「冷蔵庫に缶ビールがあるの。とって来てくれない？」

秋穂は画面を見たまま言った。武生がどうするつもりなのか、試したかった。

武生は秋穂が期待した通り、黙って立ち上がるとキッチンに向かい、缶ビールをとって戻って来た。

「あんたも飲む？」

武生は首を横に振った。

「そうよね、寒いもんね」

秋穂はプルタブを引いて、冷えたビールを喉に流し込んだ。

「オシッコしたかったら行ってもいいわよ」

秋穂は武生を見ずに言って笑った。

「だけどちゃんと手は洗って来てね」

缶が空になったところでテレビを消した。だが秋穂の頭には画面の内容などもともと何も入っていない。

この異様な状況が秋穂の心にもたらした変化は劇的だった。

自分の中に何かが生まれている。これまでそんなものが自分と縁があるなどと思ってもいなかった何かが。


秋穂はわざとあくびをした。

「眠くなったわ。だけど今日は出掛けたから、髪を洗いたいな。あたしシャワー浴びるわね」

秋穂は武生の顔を見ずにキッチンへ立った。

狭いワンルームには、脱衣スペースなどはない。畳一枚ほどのキッチンの奥にトイレとバスルームとが繋がったユニットバスがある。いつもはトイレの蓋《ふた》を下ろし、そこを脱衣所代わりにしている。だが秋穂はわざと、キッチンで衣服を脱いだ。

不思議と羞恥《しゆうち》は感じなかった。全裸で正座したままの武生のことを、意識して男ではないもの、人間ではないものと思い込もうとしている自分がいる。たとえば動物、ペット。或《ある》いは奴隷。

秋穂はバスルームに入り、シャワーの栓をひねった。

武生は逃げ出すだろうか。逃げるとしたら今がチャンスだ。

だが秋穂は、武生がそのままの姿勢でじっと耐えていることを確信していた。

もし武生がその気になれば、果物ナイフなんか持っていたって女の自分ひとり殴り倒すことは簡単なのだ。逃げる気ならとっくにそうして逃げているだろうし、マーちゃんと呼ばれたあの男なら、立場を逆転させて秋穂を奴隷にするだろう。

武生には逃げるつもりなんかない。

武生は逃げられない。

いったいどういう人間なんだろう、武生は。あいつの言ったとおり、マゾヒストなんだろうか。それとも何かとんでもない弱味をあいつに握られていて絶対に逆らうことが出来ないでいるのか。

多分今夜、あいつは武生に、あたしの機嫌をとれ、あたしを懐柔しろと命じているのだ。あの二人にとっては、あたしが総てを失っても告訴すると決心してしまうことが何より恐ろしいはずだ。あいつが言ったことなど警察は信じやしない。二人はきっと、殺人の容疑で逮捕される。

復讐するつもりならそれがいちばんいいということはわかっている。だがそれでは、あたしをただ似た名前の建物に住んでいたというだけであんなひどい目に遭わせた張本人は罰せられない。

あいつの言うとおりだ。それでは腹の虫が絶対収まらない。

結局、どの男の性器があたしの中に押し入ったのかが問題なんじゃない。誰の意思があたしを犯したかが問題だ。あいつの言うことが真相だとしたら、その張本人があたしの本当の仇《かたき》なんだ。

丹念に髪を洗い、何度も鏡でチェックしてムダ毛の最後の一本まで処理してから、秋穂はやっとバスルームを出た。バスタオルを巻いただけの姿で居間に戻ると、やっぱり武生はそこに座っていた。

「バカじゃないの、あんた」

秋穂は武生を見下ろした。

「どうして出て行かないのよ」

「帰ってもいいの？」

武生が秋穂を見上げた。またあの目をしている。飼い主に哀願する犬の目。

「ダメよ」

秋穂はにっこりと微笑んでやった。

「あたしはあんたのこと許さないんだから。だけど逃げようと思えば逃げられたじゃないの。どうして逃げないのよ」

「君が」

武生はまた視線を下に落とした。

「君が帰っていいって言わないから」

「あたしを懐柔するまで帰って来るなって言われてるのね、あいつに」

武生は答えなかった。

「ともかく、あんたの好きにしたらいいわ。あたしもあたしの好きにするから。あたしはあんたに償いをさせたいの。でもあんたがしたくなければ、あたしのこと殴ってここから出て行きなさいよ」

「そうしたら君は警察に行くんだろ」

「勿論だわ」

秋穂は笑った。

「方法はあるわよ。あたしのこと殺したらどう？　そうすればもう告訴出来ないでしょ。だけどそうしたら今度こそほんとに、あんた達は殺人犯ね」

秋穂はバスタオルをはずした。武生は秋穂の方を見ていなかった。

嘘みたい。とても現実とは思えない。

こんなことがあたしの生活に起こるなんて！

全裸の美青年が正座している横に、全裸のあたしが立ってそれを見下ろしている。

秋穂はいつの間にか鼻歌を歌っていた。そのくらい、楽しかった。

秋穂は武生を無視したままランジェリーの入っている引き出しを開け、下着を取り出して身につけた。それからパジャマ。わざと、色気のないチェックを選ぶ。武生を男として意識していない、という設定を楽しむ為に。

髪にドライヤーをあて、ヘアバンドをして化粧水をはたく。ついでにクリームでマッサージまでしてから、前髪にカーラーをひとつ巻き付ける。とても恋人には見せられないスタイルだ。

それからこたつを片づけて押入から布団を出した。

あかりを消して布団に潜り込み、小さなスタンドを点けて文庫本を開く。だが文字を追っても意味はさっぱり頭に入らない。無視している振りは通していても、秋穂の頭の中は武生のことでいっぱいだった。

二十分かっきり、読書の芝居を続けてから目覚まし時計をセットし、スタンドを消した。

カーテンを通して隣のアパートの部屋から漏れる光が、次第に暗闇《くらやみ》に目が慣れて行く秋穂に、武生の姿をそっと見せてくれた。

秋穂はじっと座ったままでいる裸の男を、布団の隙間《すきま》から見つめていた。

このまま朝まで耐えるつもりなんだろうか。それとも、あたしが寝たら横になろうと考えてるのかな。

秋穂は布団を頭まで被り、数を数えた。

千二百を少し超えたところで、不意に闇の中に啜《すす》り泣きの音が聞こえた。

武生が泣いてる。

なんて奴なんだろう。どっかおかしいんだわ、きっと。本物のマゾヒストなんだ。

秋穂は布団から出た。薄闇の中で鼻を啜っている武生のそばにからだを寄せる。

「反省してる？」

秋穂が囁くと、武生の啜り泣きが大きくなった。

「あたしがどんなに傷ついたか、わかる？」

武生は頷いているのか、頭が揺れる。

「あんた達のこと、殺してやりたいって思ったんだよ、あたし」

秋穂は武生の肩に触れた。

「氷みたい……冷たいね」

秋穂が抱き寄せると、武生はまるで幼い子供が母親にするように、秋穂の胸にすっぽりと頭を埋めた。

そのまま秋穂はゆっくりと、からだを横たえた。武生の頭も秋穂の胸にくっついたまま、布団に横たわった。

掛け布団で覆ってやると、熱に反応したのか武生のからだが震え始めた。

「寒かった？」

秋穂は頬を擦《こす》ってやった。

それから、武生の両頰を掌で挟んで、唇を探した。先に舌先をこじ入れて来たのは武生の方だった。この奇妙なプレイが始まってから初めて、武生が主導権を握った瞬間だった。

だが、下手だった。

秋穂は笑い出しそうになりながら、不器用に舌を動かす武生の頭を抱え、歯と歯がぶつかりそうになるのをコントロールしてやった。

ようやく調子が出て来たのか武生は掌で秋穂の胸を撫《な》で始めたが、せわしなくてその上、どんくさい。パジャマのボタンをはずすのに手間取っている。

秋穂は時々手伝ってやりながら、武生が懸命に儀式を執り行うのを楽しんだ。そう、武生にとっては多分儀式なのだ。武生にはまだ、セックスに対する独自のペースや流儀がない。ＡＶか何かで仕入れた知識をおさらいするだけで精いっぱいなのだ。

その稚拙な動作の総てが、あることを秋穂に告げていた。そして武生が、まだほとんど触れてもいない秋穂の中心に、それをぶつけるようにこじ入れようとした時に、秋穂は確信した。武生には、その位置すらちゃんと摑めていない。

「待って」

秋穂は武生のからだを少しだけ押し戻した。

「まだダメ。そんなんじゃ、痛い」

武生ははっきりと動揺した。どうしていいかわからない、という不安が伝わって来る。

「もしかしたらあんた」

秋穂は武生の耳元で囁いた。

「この前、初めてだった？」

武生は素直に、こっくりした。

なんてひどい奴だろう。

秋穂は、島根という男に憎悪を感じた。

あいつは武生が童貞だということを知っていたのだ。知っていて、あんな状況でレイプさせた。

いったい、武生とあの男とはどういう関係なんだろうか。これほどまで武生を虐《いじ》めるのには、何かわけでもあるんだろうか。

だが不思議なのは、武生があの男を恨んではいないということだった。マーちゃんは優しい。武生はそう言った。

「いいよ」

秋穂は武生の頭を撫でた。

「あたしに任せて。ね」

秋穂はゆっくりとからだをずらし、武生の下腹部まで頭を下げた。

布団の中で、武生の長い脚はやっぱり窮屈そうに折り曲げられている。それを少しずつ伸ばさせると、脚の下三分の一は布団からはみ出した。

秋穂は布団をずり下げた。

布団から飛び出した武生の上半身がまた冷たくなっちゃうな、と思いながら、秋穂は唇を近づけた。

5

明け方まで、秋穂は何度も武生に求めた。

秋穂は多くの男を知らない。というよりも、西島が最初の男だったのだ。総てにおいて自信満々だった西島は、秋穂を教育するように扱った。それはそれで、楽だったし、自分が女として少しずつ熟して行くのを感じるのは嬉しかった。だが西島との関係が結局破綻《はたん》したのは、もしかしたら西島が自分に飽きたからなのかも知れない、と秋穂は今、気付いていた。

西島は確かに打算的な男だ。秋穂よりも結婚相手として条件のいい女と巡り合った以上、秋穂を捨てる以外に選択肢はなかったろう。だがそれでも西島が秋穂に惚れ抜いていたなら、きっと流れは違っていたはずだ。

西島に教育されることに慣れて、ただそれを受け入れ、何につけても決断は総て西島に任せて楽をしていた自分の姿が、ようやく秋穂にも見えた。

西島にとって秋穂は、刺激のない喫茶店の缶詰カレーのようなものだったのだ。業務用のカレーの缶詰を温めて出すだけだから、どこで食べても味は同じ。それならカレーそのものより、喫茶店の雰囲気で選びたくなるのは当然だ。

武生とのセックスは、秋穂にとっても初めての体験だった。自分にとって気持ちのいい強さや角度、タイミングを、相手に指示し要求して満たさせる。武生は懸命にその要求に応えようとする。そのご褒美として、秋穂も武生の快楽をめいっぱい強めてあげる為に、献身的に奉仕した。

お互いの快感の為に相互に与え合う、悦《よろこ》び。

朝日がカーテンを通して部屋を明るくする頃、ようやく秋穂は襲って来た眠気の中で、武生のからだを離れた。

「一時間しか寝られないね」

秋穂は目覚まし時計を見た。

「起きられなかったら困っちゃう」

「会社、行かないといけないの」

「うん」

秋穂はあくびをした。

「年末に向かって仕事、どんどん溜《た》まっちゃうから。あんたはどうするの」

「俺、いつも今頃寝るから。起きるの、お昼ぐらいだから」

「いいなあ。モデルしてるんでしょ」

「してたけど」

「やめたの？」

「仕事、あんまりないから」

「かっこいいのにね、あんた」

「頭悪いから」

「モデルするのに、頭が関係あるの？」

「すごくある。バカだとカメラマンが何を撮りたいのか摑めないんだ。俺、ダメなんだ、そういうの。勝手に動いてみてって言われても、いつも固まっちゃう」

秋穂は微笑んだ。その様子が目に浮かぶようだった。

「それじゃ今、何してるの？」

「いろんなバイト」

「あいつは？」

「マーちゃんは頭いいもの。だから仕事も結構、あるんだ」

「でも売れっ子ってわけじゃないんでしょ。売れっ子だったら、変な仕事引き受けたりしないもんね」

「会社、行かないでよ」

武生は秋穂に背中を向けて呟いた。

「昼までいてよ」

「口実考えるのが面倒なのよ」

「風邪だって言えば」

「それはこの前、あんたにひどい目に遭わされた次の日、使いました」


「ごめんね」

武生はまた謝った。

一晩中、武生は謝り続けていた。

だがいくら謝られても許すという気持ちにはなれなかった。だから秋穂は、武生が謝るとただ黙っていた。

武生に対する憎しみはもうなかった。怒りもだいぶ薄れてしまった。

女って、こんなもんなんだろうか。

秋穂は自分で自分が、不思議だった。

多分、あたしは特別淫乱《いんらん》なんだ。特別だらしなくて、情けないんだ。

それ以上は、考えるのが面倒だった。

数分ずつ何回かうとうとしただけで目覚まし時計が鳴りだし、秋穂は諦《あきら》めて布団から出た。

目覚ましの音にもびくともせずに眠り続けている武生を起こさないよう、そっと仕度をした。

引き出しの中から合い鍵を取り出すと、武生の服の上に置いた。取り替えたばかりの新しい鍵なので、合い鍵は一度も使ったことがない。新品で、ピカピカと綺麗だった。

*

夕方この部屋に戻ったら、武生はもういない。

そう思うと、会社に出掛けるのが少し辛《つら》くなった。

だが武生のことが好きになったというわけではなかった。

時たま餌《えさ》を貰いにやって来る野良猫がたまたまその晩は朝まで部屋にいた。そんな感じだ。

外に出て京成の駅まで歩く頃には、ゆうべのことは何もかも、夢だったような気がしていた。

そうだ、あんなこと、現実にあったはずがない。現実だとしたらあまりにも、風変わりだし淫靡《いんび》だし、不道徳だ。

会社に着くと、もう秋穂の頭の中に武生はいなかった。その代わり、川瀬の笑顔が飛び込んで来た。

「お早う」

秋穂の顔を見ると、川瀬の方から声をかけて来た。

「どうしたの？」

「え」

秋穂は川瀬が怪訝《けげん》そうな顔をしているのに気付いて、どぎまぎした。

「どうしたって……」

「目さ」

「……目？」

「少し赤いよ。ゆうべ眠れなかったみたいだ」

「あ、あの、本……推理小説を」

「ああ」

川瀬は朗らかに笑った。

「僕にもよく経験あるよ。読み出したらやめられなくなっちゃって、結局徹夜して読み終えたってこと。で、何を読んだの？」

秋穂は咄嗟《とっさ》に、もう随分前に読んでそこそこ面白いと思った小説の名前を挙げた。

「あれかぁ。そう言えばだいぶ前に評判になったよね。実は僕、まだあれを読んでないんだ。秋穂さん、今度貸してくれないかな」

川瀬は秋穂のファーストネームを呼んだ。

秋穂はそのことに気付いて、頬がほてるのを覚えた。


「海道さん」

給湯室から出ようとしていた時、同僚が秋穂を探しに来た。

「今、内線で、海道さんに来客だとか」

「来客？」

秋穂達のような事務員に外部から客があることはほとんどない。同僚は好奇心で目を輝かせていた。だが秋穂には来客が誰なのか見当がつかなかった。

受付に出向くと、受付嬢が玄関を指し示した。

秋穂は硬直した。

背の高い男の後ろ姿がそこにはあった。


「どういうつもりよ」

秋穂は島根の耳に後ろから囁いた。

「何の用？」

「話があんだ」

「仕事中よ」

「出て来れない？」

秋穂は腕時計を見た。

「あと一時間待って。十一時半になれば、早番で昼休みがとれるから」

「じゃ、十一時半に表に迎えに来る」

島根は秋穂の顔も見ようとせずに出て行った。

社内へ引き返すと、受付嬢二人が何か囁き合っているのが見えた。秋穂が無視して通り過ぎようとすると、その内のひとりが秋穂の腕を摑んだ。

「海道さん」

秋穂は島根について何か聞かれたら面倒だな、と思いながら振り返った。

「何？」

「今のひと、島根雅義でしょ」

秋穂は驚いて受付嬢の顔を見た。秋穂より後輩の、杉田というその受付嬢は、瞳を期待と興奮に輝かせている。

「……彼を知ってるの？」

二人の受付嬢は笑い合った。

「知ってますよぉ、勿論」

「勿論って……」

「元スター6《シックス》で、リーダーしてた子ですよ。やだ、海道さん、知らなかったんですか？」

スター6……

そんなグループの名前は聞いたことがある。美少年ばかりデビューさせることで知られるJ事務所に所属していた、高校生ばかり六人組のアイドルバンドだ……

「J事務所から独立する時に揉《も》めて、スター6を脱けちゃったのよね。その後全然テレビに出なくなったみたい」

「干されたのよ。J事務所って独立したタレントを干すって話、出てたわよ、女性倶楽部に！」

「だけど、モデルしてるの見たわよ」

「えー、うそぉ、何で？」

「何だったかな、そうそう、安西ユタカのショーよ、確か。写真が雑誌に載ってたもの」

「モデルになっちゃったのか」

「芸能界干されたら仕方ないもんねー。だけど時期を待ってるんじゃない？　そのうち俳優とかになってドラマか何かに出るのよ」

「パターンだよね、そういうの」

「でもかっこいいよね、やっぱり」

「だけど老けたわよぉ」

「そりゃ仕方ないわよ、もう五、六年経《た》つじゃない」

秋穂は二人の会話をボーッと聞いていた。

アイドルグループにはほとんど興味がなかった秋穂は、スター6のことも名前ぐらいしか知らない。まさかあの、変態のサド男が、そんなアイドルだったなんて想像もつかない。

「だけど海道さん、どうして島根雅義と知り合いなんですか？」

杉田が秋穂の袖《そで》を摑んだままで言った。

「あ、あの」

秋穂は思わず袖を引っ張った。

「遠い親戚《しんせき》なの」

間の抜けた言い訳だったが仕方ない。秋穂はそれ以上詮索《せんさく》されない内に階段を駆け上がった。

それにしても、何より驚いたのは、島根が自分よりも若いという事実だった。五、六年前で高校生なら、どんなに多く見積もっても現在二十四歳。

それじゃ武生はいったい、いくつなんだろう？

秋穂は突然甦《よみがえ》った武生のからだの感触に困惑して、トイレに駆け込んだ。

武生の肌は確かに、西島のものより若かった。言葉遣いも子供っぽい。だが十代ということはない。朝になって伸びて来た髭《ひげ》の太さや、顎の線、肩の張り、そんなものから判断すると、武生は自分と同じくらいの歳ではないか、秋穂はそう思っていた。

だがそんなことってあるだろうか。武生の方が島根より年上だなんてこと……


十一時半になるまで、秋穂は落ち着かない気持ちを抑えて仕事を続けた。ほとんど徹夜に近い状態でいたのに、島根の顔を見たせいかすっかり目が冴えている。だが仕事には集中出来ない。

うっかりしていて、つい書き込む場所を間違えた書類が経理に回り、十分後には経理課から内線が入った。秋穂は訂正印を手に経理課へ入って行った。小言と嫌味をまじえて書類の確認をする古株の経理課ＯＬの背中で、川瀬がにっこり微笑みかけて来た。

秋穂が経理課を出ようとすると、川瀬が呼び止めた。

「海道さん」

「はい？」

「申し訳ないけどこの書類、おたくの課長に渡してくれますか」

川瀬が差し出す書類を受け取って、秋穂は耳が赤くなるのを感じた。書類のいちばん上に、メモが載っている。

『昼飯、一緒にどう？』


秋穂は一礼して営業の部屋に戻ると、すぐに川瀬の机に内線をかけた。

「川瀬さん」

「ああ課長」

川瀬の芝居が聞こえて来る。

「その件でしたら昼に打ち合わせませんか。下で待ってますから」

「あの」

秋穂は周囲に気を付けて小声になった。

「あたし、昼はちょっと、出掛けるんです」

「そうですか」川瀬の声にははっきりと失望が感じられる。「どちらへ？」

「ぶ、部長のお遣いで……」

「それは大変ですね、課長。それでしたら夜にしましょうか」

「あ、あの……」

「場所はこっちで押さえますから。わたしの方はそうですね、七時なら。何かご予定がおありですか、課長」

「……別に、ないですけど」

「それでしたらそういうことにいたしましょう。ではのちほど」

マイホーム主義だと噂されている川瀬が、アフター5のデートに誘ってくれた。秋穂は、これで間違いない、と思った。川瀬は本気なのだ。本気で、あたしとの浮気を考えている。

そう思ってから秋穂はひとり笑いした。

本気で浮気、というのは変よね。

ふとまた、武生の顔が脳裏をよぎった。

ゆうべのことは川瀬に対する裏切りになるんだろうか。

なるわけないじゃない。

川瀬とはまだ、恋人同士になったわけじゃない。あたしが誰と寝ようと、川瀬を裏切ったことにはならない。

第一、川瀬だってゆうべは……したかも知れないじゃないの、奥さんと。

不意に、胸のいちばん底の方から苦いものが突き上がって来た。

川瀬が妻と裸で抱き合っている情景が、秋穂の瞼《まぶた》の奥に浮かぶ。思わず秋穂は、握っていたボールペンでぐりぐりと線を殴り書きした。

嫉妬《しっと》。なんてこと！

妻子持ちの男に惚れてその妻に嫉妬するなんて、そんなみっともないこと……

＊

約束した時間かっきりに、会社の前の路上に黒いＢＭＷが停まった。

運転席で島根が軽く手を振る。

秋穂は思わず後ろを気にしながら車に乗り込んだ。島根雅義と秋穂とが「遠い親戚」だという噂は、すぐに会社中に広がるに違いない。

「もう会社には来ないで」

秋穂は、島根の顔は見ないで言った。

「あんた有名人だったのね。会社の女の子が、顔を知ってたわ」

島根は笑った。

「おまえがとろいんだよ。六本木で俺の顔をまじまじ見てた時は、てっきり知ってるんだと思ったぜ」

「スター6なんて大嫌いだったもの」

秋穂が吐き捨てると、島根は爆笑した。

「おまえと初めて気が合ったじゃん。俺も大嫌いだったんだぜ」

「ともかく、用件を言ってよ」

「そんなとんがらないで、飯でも食おうぜ」

「あんたとは食べたくない」

「タケブーとならいいけど、か？」

秋穂は島根の横顔を睨み付けた。

「そうよ」

島根の笑いは下卑ていた。

「やっぱなー。あいつならおまえ、絶対気に入ると思ったんだ。ああいうの好きだろう」

「好きよ。ともかく早くしてよ。いったい何の用なのよ」

「わかったんだよ」

「……何が？」

「俺たちをハメた奴のことさ」

秋穂は目を見開いて島根を見た。

島根も秋穂の方を見て、頷いた。

「誰よ」

秋穂は思わず、島根の腕を摑んだ。

「誰なのよ！」

「危ないって」

島根はハンドルを持ったまま、からだを振って秋穂の腕をはずした。

「名前まではわかんねえよ、まだ」

「じゃ、何がわかったのよ」

「そいつが女だってこと」

「女？」

秋穂は驚いた。

「じゃ……それじゃあたしにあんな酷いことして、それで殺人の濡《ぬ》れ衣《ぎぬ》をあんた達に着せようとした犯人が女だって言うの……」

「多分な。前にも話したように、俺達は六本木の仮装パーティである男から仕事を依頼された。そいつが男だってのは、声でわかったから間違いない。それでな、あのパーティに出ていた連中を端からあたって、ドラキュラの扮装していた奴の正体を知らないかって訊いてみたんだ。ところがおかしなことに、証言が一致しない。そいつは元プロ野球選手のSだって話もあれば、いや、あれは、占い師のKだって言う奴もいた」

「どういうこと？」

「多分、ドラキュラの衣装で来た奴が何人かいたんだな。まあ、仮装としちゃ初心者向きだからな。それで角度を変えて、俺とタケブーを探してた客はいなかったかどうか訊いて回った。すると、ちゃんとそういう客がいたんだ」

「その男は誰だったの?」

「高木っていう、歯医者だってさ」

「歯医者?」

「ああ。芸能人のパーティに医者が呼ばれるってのは大して珍しいことじゃない。芸能人ってのはいろんな場合に医者の助けを借りるからな。例えばさ、不倫がバレて週刊誌に追いかけられる時なんかに入院しちゃったりさ。あの晩も、そのパーティを主催したのは芸能プロダクションだった。だから客の中に歯医者が混じっていたって不思議じゃない」

「だけど、それでどうして黒幕が女だってわかったのよ」

「その歯医者がよく遊びに行く赤坂のショーパブがあるんだ。オカマのパブだけど」

「……オカマ」

「おまえ、知らない? 最近出て来た、ニューハーフって」

「聞いたことはあるけど……男が女装してるんでしょ」

「そ。だけどおまえなんかよりずっと美人ばっかりだぜ、その店の連中は。そこにいるルミ子ってのが、その歯医者のお気に入りで、よく一緒に酒飲みに行ったりしてる。ゆうべそこまで調べて、そのルミ子ってのを待ち伏せして、店が終わってから締め上げたら白状したんだ。その高木に、ちょっとヤバい仕事でも引き受けるようなガキがいたら教えてくれと頼まれて、俺達のことを喋ったのはルミ子だったんだ。パーティにもルミ子がそいつを呼んでいた。ところがその高木ってのも、実は他の誰かに頼まれたとルミ子に話していた」

「それで、高木に会いに行ったの」

「いいや」

「どうして行かないのよ！」

「相手は歯医者だ。つまり堅気でしかも金を持ってる。俺達が、仕事を頼んだ奴が誰か知ってるとわかったら、どんな手を打つかわからない」

「まさか……お金で誰か雇ってあんた達を殺すとか……」

「そこまではしないだろ。そこまで出来るようなら、初めからアリバイ工作なんかせずにあの女を殺してるさ。ただ、俺達はいろいろあって警察とは出来るだけ関わりたくない立場だ。高木ってのはそのことも承知の上だと思う。俺がちょっとでも何かいちゃもんつけたら、すぐに警察に恐喝されたとかって訴えるつもりに違いないんだ。結果的に警察に事情を話せば、俺達は殺人の容疑者にされる」

「それじゃ……どうするのよ」

「だからそっからが頭の使いどころだよ。ルミ子の話だと、高木は誰かに頼まれて俺達に仕事の依頼をした。それが本当かどうかは、あの晩の高木のアリバイを探れば判ることだ。俺は今朝、高木が青山でやってる歯科クリニックに電話して、あの晩、高木先生と銀座でお約束していた者ですが、おいでになられなかったようですが、わたしの方が待ち合わせ日時を勘違いしていたかも知れないので、先生のスケジュールがどうなっていたかお調べ願えませんかって言ってやったんだ」

「嘘が巧《うま》いのね。それで誰に？」

「電話に出た女。受付だろ。あっさり調べてくれたよ。あの晩、先生は歯科医師会の会合で目黒にいらっしゃったはずですが、だってさ。それでその目黒のフランス料理店に今さっき行って来たんだ。今度は高木の助手のふりをして、忘れ物したようなんだけど探してくれって言って」

「よくそんなに次から次へと、口から出まかせが出て来るわね」

「アドリブだよ、アドリブ。そしたら店のボーイはちゃんと高木の名前も顔も知っていて、店に来ていたことも憶えていた」

「それじゃ……あのＯＬを殺したのは」

「高木じゃない。殺人があったのは午後八時頃だったはずだ。歯科医師会の会合とやらは、七時から十時まで開かれていた。高木が先にひとりだけ帰ったってことはなかったようだ。つまり、高木は誰かに頼まれて俺達に話を持ち込んだ。その点は本当だ」

秋穂は視線をフロントガラスの向こう側に移して、しばらく路面を眺めながら、そこまでのところを納得するまで反芻《はんすう》した。それから言った。

「で、黒幕が女、って話」

島根は頷いた。

「問題はそっからだな。高木が殺人の実行者じゃないとすると、高木が今度の事件について総ての裏事情を知っていたとは思えない面がある」

「どうして？」

「粗雑過ぎるからさ。いいか、仮にも殺人の片棒を担ごうって奴が、こんな簡単に俺達に自分の存在を探り出されるってのも変だろ。考えられることはだ、高木は誰かに、金でヤバめの仕事でも引き受けるようなガキ探しだけを頼まれた。裏事情については知らない。だから勿論、あの真藤深雪とかってOLが殺されたことと、自分が俺達に仕事を頼んだこととが結びついてるだなんて、思ってもみないんだ」

「それじゃいったい、誰が高木に？」

「ヒントがある。高木はルミ子に、お嬢様の我儘《わがまま》には付き合いきれないよ、とぼやいていたんだそうだ」

「お嬢様の、我儘……」

「うん。ルミ子がされた説明では、そのお嬢様が高木に、ちょっとぐらい危ない仕事でもお金さえ出せば引き受けてくれるような男の子を探してくれと頼んだんだと。多分、ハワイからマリファナを持ち帰って欲しいとか、そんな仕事じゃないかと高木は言っていたそうだぜ。それでルミ子が俺達の名前を出した」

「あんた達、ほんとに前にもそんなこと、したことあるわけ？」

「まあな」

島根は何でもないことのように笑った。

「それじゃこの前、あたしが警察に電話したの、いいとこついてたんだ」

「住んでる部屋に隠すようなマヌケじゃねーよ。ともかく、高木はそれで納得していたんじゃないかな。コインロッカーにメモと金を入れたのは高木じゃないわけだな」

「だけどまさか、そのお嬢様が……」

「他に考えられるか？　お嬢様ったってどんなお嬢様なんだかわかんねーもんな。どっかの金持ちの婆《ばあ》さんかも知れないし。ともかく、そいつは女だ。今はそれしかわからない。だがどっかの女が真藤深雪に恨みを抱いていて、そいつを殺すことを企《たくら》んだってことは間違いないと思う」

「女性が……そんな手の込んだ殺人なんかするもんかしら」

「女の方が頭が悪いからか？　女が女を差別してんのかよ」

「そうじゃないけど……殺人を計画するって、ある意味でひどく非現実的なことでしょう。女って……現実的なことには計画的でも、非現実的なことに綿密な計画を練れるもんかなって……」

「女の推理作家だっているだろ」

「小説って、殺人計画だけ立てるわけじゃないもの」

「どういう意味だよ」

「つまり……犯人が捕まるとか、逃げるとか、結果まで含めて書くでしょ。だから……うまく言えないんだけど、結果まで含めればそれはひとつの現実になるわけで……」

「仮想現実？」

「そう。仮想であれ何であれ、現実として認識出来れば計画的になれるのよ、女は。だけど、う〜ん、つまりね、殺人計画って、夢と似てるでしょう？」

「人殺しが夢と一緒なのかよ」

「一緒じゃないけど……ある意味では似てる。到底出来そうもないことをあれやこれやと頭の中で空想して、出来る、うまく行くって自分に思い込ませる、そうしないと手が届かない……そういうものに対しては、女ってクールなんじゃないかと思うの、もっと。そういう先のあまり見えない事柄に対しては、計画を立てている内にリスクが見えて来て諦めてしまう。手の込んだ殺人計画なんて立ててる内に面倒になる」

「だけど女だって人殺しするぜ」

「するけど、こんなに凝った計画なんて立てるかしら。どうしても殺したいとしたら、もっと簡単に、例えばどっかのビルの屋上に呼び出して突き落とすとか考えると思うのよ。だから……あ、何が言いたいのかな、あたし」

「バカじゃないの、おまえ」

島根は笑いながら、小さな駐車場のついたコーヒーハウスの前で停車した。

「どうする？　飯、食う？」

秋穂は腕時計を見た。

「あんまり時間ないわ」

「ここはすぐ出て来るよ」

島根は駐車場に車を乗り入れた。


その辺りが東京のどのへんになるのか、秋穂はよくわからなかった。会社のある銀座のはずれから車で十五分ほどのところだったから、赤坂辺りではないか。

静かな住宅地の中にぽつんとあるその店は、パリのカフェを連想させる店構えをしている。駐車場に停まっているのは総て外車だった。

島根は常連なのか、店の奥の席へとさっさと歩いて行った。

秋穂はあらためて島根の正面に座り、島根の顔を見た。

元アイドルタレント。今は……チンピラだ。

「スモークサーモンとクリームチーズ」

島根はメニューも開かずにウエイトレスに告げた。秋穂はメニューを見たが、総て英字で書かれているのに驚いた。

「肉がよければ、ローストビーフが旨い」

島根が囁いた。秋穂は反射的に、それにします、と言っていた。

「お飲物は？」

「ペリエ」

「あ……あたし、紅茶を……ミルクで」

ウエイトレスが去ると、島根は椅子《いす》に背中を預けて煙草《たばこ》を取り出した。

「おまえ、心当たりないのかよ」

島根が小声で囁く。

「……え？」

「女だよ。おまえのこと知ってて、おまえのことが気に入らないと思ってるような奴」

「……だけど」

秋穂は首を振った。

「あたしはただ、とばっちりを……」

「ただのとばっちりにしちゃ、悪質だろ」

島根がニヤニヤした。

秋穂は悔しさで頬を赤くしながら島根を睨んだ。

「悪質なのはあんたよ」

「まあさ」島根はゆっくり煙を吐き出した。「やり過ぎたのは謝る。だがそのお陰で俺達は命びろいしたわけだからな」

「悪いと思ってるなら……あの写真、返して」

「それはまだもう少し先だ。おまえがほんとに俺達の仲間になったと納得出来たら、あんなもの返してやるよ」

「仲間って何よ！」

「バカ、でかい声出すな」

「だって……あたしあんた達の仲間なんかに絶対ならないわよ」

「だけど」

島根は一層声を低めた。

「やったんだろ、ゆうべ。タケブーと」

秋穂は黙っていた。

島根は笑顔を引っ込めた。

「どうなんだよ」

「……何が」

「おまえあいつのこと、好きか」

秋穂は島根を見た。

「好きかって……そんな」

「好きになってやってくれ。あいつはおまえのこと、好きなんだ」

島根は冗談を言っているのでも、からかっているのでもない。秋穂にはそう感じられた。

　秋穂は黙ったまま、水の入ったグラスを見つめていた。

　確かにオーダーが出て来るのは早かった。五分もかかっていない。大きな皿に、野菜が少しと、ライ麦パン。それにローストビーフが何枚か載っている。オープンサンドだ。

　味は最高だった。

「おいしい」

　秋穂は素直に言った。


「武生は、おまえのことが好きだ」

　島根は自分の皿をあらかた食べ終えてから、また囁いた。

「女が初めてだったから、錯覚してるだけだとは思うけどな。でもあいつが恋したなんてのは初めてのことだから、出来ればいい思いさせてやりたいんだ」

「あなた達って……何か変ね。いったいどういう関係なの？　そんなこと言うなら、あなたなんで、彼のことあんなに虐《いじ》めるの？」

「虐めてないもん」

「虐めてるわよ。だって……初めてだってわかってたのに……あんなのって……」

「ああしなけりゃ、あいつ一生、女とできなくて終わってたんだぜ」

「……どういうこと？」

島根はウエイトレスに合図して呼んだ。

「コーヒー」

「ちょっとあたし、時間ないのよ」

「じゃ帰れよ」

秋穂は頰を膨らまして島根を睨んでいたが、やがて諦めた。この男には何言ってもムダだ。こうなったら、武生のことについてもっと聞いておく方が、残業しないことより重要だろう。

秋穂は紅茶のお代わりを頼んで、後で課長に何と言って電話しようか、と口実を考えた。

そうだ、以前に新宿にあるショールームから、パンフレットを少し貰って来てくれないかと言われたことがあったっけ。急がないのでいつでもいいとか言ってたんでそのまま放っておいたけど……

「俺の妹ってさ」

島根が突然、声の調子を変えた。

「自閉症なんだ」

「……自閉症？」

「知ってる？」

「言葉だけは」

「誤解されてるんだ、世間では。漢字が悪いんだよな、なんか、自分の殻に閉じこもって悶々《もんもん》としてるってイメージだろ」

「そういうのじゃないの？」

「全然違う。自分の殻に閉じこもって人と話をしないだけなら、ただのノイローゼかそれとも根暗なだけだよ。自閉症ってのはちゃんとした病気なんだ。ノイローゼのひとつの症状なんかじゃない。自閉症ってのは、そうだな、脳の回路の異常なんだ」

「脳の……回路。何だか難しい」

「うん。普通の人間ってのは、外から入って来た情報を正常な回路で処理して、その情報に見合った行動をとるよう脳がからだに命令する。例えば、誰かにお早う、って挨拶《あいさつ》されたら、お早うって答えるように教え込まれたとするだろ、そうしたら考えなくてもそう応えられるようになる。だけど自閉症の場合、相手がお早うって声をかけてることはちゃんと認識出来てるんだけど、自分がそれに応えないといけない、という判断が出来ない。情報のインプットとアウトプットの間の回路が切れちゃってるんだ。特に生まれつきの自閉症の場合には、周囲の環境から情報をいっぱい収集する乳児の頃にすでに回路が切れてる状態だから、少し大きくなっても当然、言葉も遅いし、他のいろんなことも普通の子みたいに出来ない。だから昔は知的障害と混同されてたらしいよ。だけど壊れてるのは回路だけで、知能は遅れてないんだ」

「あなたの妹さんも、生まれつきの？」

「そう。母親が気付いて病院で検査したのは妹が二歳の頃だったけど、その時点でははっきりと自閉症の症状が出てた。テレビ見てても人まねもしなければ歌も歌わないし、母親が呼びかけても返事をしない。初めは難聴かとも思ったらしい。だけど、自分の気に入った音楽や音には敏感に反応するんで、難聴じゃないってわかった。妹の場合、発見が早かったんで、治療とリハビリで普通の子みたいに生活することも出来ると言われてたんだけどね……結局、小学校二年の時、先生の判断で専門の養護施設に入ることになった」

秋穂は島根の整って綺麗な顔に落ちた、影を見ていた。

今の島根は、いつもの図々しく下品で、悪賢いチンピラではなかった。

「武生は、その養護施設にいた」

島根の言葉に、秋穂は唾《つば》を呑《の》み込んだ。

「じゃ……彼も……」

「武生のはごく軽いもので、ほんとなら施設なんかにいなくても普通に生活出来る程度のものだった。だけど武生の母親は武生が生まれてすぐ死んじゃってて、父親が、再婚する時に邪魔だからって武生を施設に入れちゃったんだ。武生は俺の妹と仲が良かった。ずっと年上なのに、いつも手を繋いで一緒にいたんだ。妹は武生を好いていたし、武生の症状は軽くてほとんど普通の奴と変わらなかったから、妹にとっては武生が先生みたいなもんだったと思う」

「妹さんは、今でも施設に？」

島根は秋穂を見て、ふっと笑った。

「もういない。死んだ……自閉症の人間っていうのは、恐怖やショックに対してとても弱いんだ。激しい恐怖や大きなショックに直面した時に、そうした情報を冷静に処理して対処することが出来ないからね。妹は、ある晩、施設の中庭の木に雷が落ちたのを見てパニックになり、そのまま施設を脱走してしまった。それで、車にはねられた。十三歳だった」

秋穂は、言葉を失った。

ウエイトレスがコーヒーを運んで来た。島根はそれをブラックのまま啜って、淡々と続けた。

「仲の良かった妹の死が、今度は武生にショックを与えたらしい。武生の症状は一時的に悪化した。武生は、施設の中庭を怖がるようになった。武生は何度も脱走した。そして三年前に、俺のとこにやって来た。武生は施設に戻りたくないって言ったんだ。だから俺は、そのままあいつを引き取ることにした」

「引き取る……」

「ああ。あいつの親父《おやじ》に許可を貰って、武生の保護者ってことになったんだ、正式に。でもおかしなことに、俺と暮らすようになって武生はどんどん良くなった。自閉症の治療には、時として刺激が有効なんだ。俺と普通に生活することがあいつにとっては刺激なんだ。あいつはルックスが良かったから俺がモデルクラブに所属させて、仕事も回して貰ってる。相変わらず、たまにおかしなことやったりするんで、あんまり仕事はないけどな」

「モデルはやめて他のバイトしてるって言ってたけど」

「そうだな、最近はモデルの仕事はしたがらないな」

「どんなバイトしてるの」

「いろいろ、アルバイトニュース見てはちょこちょこやってるみたいだぜ。今は確か、居酒屋で皿洗いじゃなかったかな。そういう方がいいんだな、あいつにとっては。要求されることが多すぎると、パニック起こすんだ。あいつにとっていちばん楽なのは、誰かにひとつのことをビシッと命令されて、その通りに動くことなんだ。ひとつの命令に集中していれば、情報回路がちゃんと繋がった状態でいられるらしい」

秋穂は、秋穂に命令されるままに裸になり、正座したままじっとしていた武生の姿を思い出した。

「俺はあいつを虐めてるつもりはないよ。あいつには誰かが命令してやることが必要なんだ」

「だけど……蹴《け》ったりしてるじゃないの」

「あいつは慣れてるから平気なんだよ。あいつの親父がいつも、殴ったり蹴ったりしてたらしいから」

島根は自嘲《じちよう》するように笑った。

「だけどあいつももう歳だし、女ともしてみたいだろうと思って、俺の女を何人かあてがってみた。でも駄目だった。勃《た》たないんだ。それなのにあいつ、ＳＭみたいなのが好きなんだ。ビニ本の、女が縛られてる写真見てマスかいてんだ。それでもしかしたら、そういう状態なら出来るんじゃないかって、あん時思ったんだ」

「彼は」

秋穂は紅茶を意味もなくスプーンでかき回しながら囁いた。

「普通よ。サドでもマゾでも、なかったわ」

「ちゃんと出来た？」

「……ええ」

「やっぱりおまえのこと、惚れてるんだな、あいつ」

「だけど」

秋穂はスプーンを置いた。

「一度きりよ。あたし、彼ともう一度するつもり、ないから」

「どうしてだよ」

「どうしてって……別に好きじゃないもの。あたし……他に好きな人、いるの」

「その男に黙ってりゃわかんないじゃん」

「そういう問題じゃないわ」

「かっこつけんじゃねーよ。なんだかんだ言いながら、ゆうべは寝たんだろ」

「だから一度きりだって言ってるの。彼にもそう言っておいてね」

「人助けだと思えよ」

「いやよ」

　秋穂は立ち上がった。

「ともかく、わかったのはそれだけなのね？　だったらあたし、もう仕事に戻るわ。ね、ここどのへん？　地下鉄の駅がどこかにある？」

「送って行くよ」

「いいわよ。あなたが会社に来ると、同僚が騒ぐから嫌なの」

「店出て左に真っ直《す》ぐ歩くと、２４６に出るよ。出たら左手にしばらく歩くと、銀座線の青山一丁目」

　秋穂は伝票を見て、自分の分だけ金を出すとテーブルの上に置いた。

「あなたも彼も、もうあたしのとこに来ない方がいいわよ。あんた達目立つから」

　秋穂はそれだけ言って店を出た。

短時間に随分といろいろな新事実にぶつかった。

何よりもまず、武生と島根との関係。

それは秋穂が想像していたものとはまるで違っていた。島根は武生の弱味を握って奴隷にしていたわけではないのだ。むしろ、武生を庇護《ひご》していたことになる。

自閉症。秋穂はその病気についてほとんど知らなかった。だが、それまで言葉から受ける印象から勝手に想像していた状態とは、どうやらまるで違うようだ。情報の入力と出力が脳の中でうまく繋がらない状態。それっていったい、どんな感じなんだろう?

秋穂は、武生の目を思い出した。

困ったような、哀願するようなあの目。

漠然とではあるが、微かに理解出来る気がした。

困惑。

そうだ……武生の中には、いつも困惑がある。

世の中の総ては武生にとって、理解出来ないことばかりなのに違いない。いや、世の中のことが理解出来ないのではない。武生は武生なりに、ちゃんと理解しているのだ。ただ武生にわからないのは、他の人間達の行動なのだ。

どうして他のみんなは、自分と違う動きをするのか。

武生の困惑は、そこから生じているように思える。だからこそ武生は、誰かに命じられて動くことの中に逃げ込みたがっている。そこに逃げ込んでしまえば、自分の動きが他の人のそれと違っていることに気付かれなくて済むから。


ふと、不思議な気持ちになった。

それってもしかして……あたしも同じだったんじゃない？


武生はもう、あの部屋にはいないだろう。今頃は起き出して、どこかに食事でもしに出掛けたところだ。そしてバイト先の居酒屋に出向き、真夜中までせっせと皿を洗う。黙々と、洗う。本当なら一流モデルを目指すことだって出来るルックスをしているのに、彼は皿洗いの方が好きなのだ。

そんな、武生。


今夜、彼が部屋に戻って来てくれたら。

秋穂はそう考えている自分に気付いて、立ち止まって頭をコツコツと拳で叩いた。

同情は愛とは違う。

それに、武生にだって女を犯すことが悪いことだというくらいの判断はついていたはずだ。知能が遅れているわけではないのだから。それだけじゃない。武生は島根と組んで、これまでもいろいろと悪いことをやっている。

そうよ……あいつは無垢《むく》な天使なんかじゃないのよ。

今は一時の感情に流されている時じゃない。


新事実の二つ目は高木という歯科医の存在。そしてその知り合いの「我儘なお嬢様」。

勿論、高木とその黒幕のお嬢様とがただの友達だなどとは思えない。高木というのがいくつくらいの男なのかはわからないが、恋人か、少なくとも愛人には間違いないだろう。何しろ殺人とは知らなかったにしても、「ちょっとヤバい仕事」を引き受ける人間を探す、などという頼みを聞いてやるくらいなのだから。

それにしても……

あたしは巻き添えをくっただけなのだから、あたしの知り合いの中にその「お嬢様」がいるというのは考えられない。高木、なんて歯医者も知らないし。

でも……万が一……


安西万里？

他には考えられない。西島の婚約者・安西万里なら、総ての条件に合致する。

安西万里には秋穂を疎んじる理由がある。憎んでいるとまでは思わないが、西島に捨てられたのに会社に居続ける秋穂のことを、誰よりも鬱陶しく思っているのは彼女だろう。

重役秘書室のOL安西万里とは、直接話をしたことはない。重役秘書室勤務というのは秋穂の会社では別格で、会社の得意先や政治家などの有力者の娘ばかりが、コネ入社して配属される「別天地」だった。それでも秋穂の同期にもひとり、重役秘書室勤務の者がいたので、安西万里がどんな女性なのかそれとなく聞いたことはある。ともかく美人だが、気の強いところがあり、先輩であるその女性に対して口応えすることも多いと言っていた。

そんな気性なら、我儘と言われることだってあるに違いない。

だがしかし……どうして安西万里が歯医者なんかと？

やっぱり変だ。安西万里が関係しているとはどうも思えない。

秋穂は、ようやく辿《たど》り着いた地下鉄の階段を降りると、公衆電話に近づいた。

最初は会社に電話して、ショールームに寄るので遅くなると告げた。

それから、電話の下の棚に置かれている電話帳を引っ張り出した。

歯医者の項目を開けて、高木という名を探し、青山近辺の住所を拾う。

一軒、該当した。

躊躇わずに番号をプッシュした。呼び出し音の後、若い女の明るい声がした。

「はい、高木デンタル・クリニックでございます」

「あの、そちらは予約制ですか」

「いちおうご予約はいただいておりますが」

「これからは駄目でしょうか」

「虫歯ですか？　痛みます？」

「ええ」

「そうですか……少しお待ち下さい」

秋穂は呼吸を整えて待った。

「お待たせしました。今からですと、二時からでしたら大丈夫ですが、それまで我慢出来ますか？　どうしても痛むようでしたらいらしていただいて痛みだけでも止めましょうかと、院長が申しておりますが」

「いえ、我慢出来ます。あの、場所を教えていただきたいんですが」

「はい。地下鉄銀座線の外苑前をご存じですか」

「はい」

「外苑前で、神宮球場に向かう道をそのまま歩いていただいてひとつ目の通りを渡った右側のビルの……」

秋穂は、あやうく受話器を取り落としそうになった。

それってあの、ガーネットを銀座の宝石店に忘れた女が入って行った、あのビルにあった歯医者じゃない！

混乱した頭のまま、秋穂はほとんど無意識に銀座線に乗り、外苑前で降りていた。

ただの偶然なんだろうか。

それとも、何もかも総てひとつに繋がっているのだろうか。


だが、高木デンタル・クリニックの前の廊下に立った時、秋穂は我に返った。

もし……もし島根の憶測がはずれていて、黒幕はやはり歯科医の高木本人だったとしたら？「お嬢様の我儘」なんてただの作り話かも知れないじゃないの。そうだとすると当然、高木は秋穂を知っていることになる。それがのこのこ高木のクリニックに出向いて顔を出したりすれば……

その場合、なにしろ高木は、人殺しなのだ！

アリバイのことなんて、正確なことはわからないじゃないの。フランス料理店での会合なんて途中で抜け出すことだって出来るんだから。

危険だ。

秋穂はドアを開けようとした手を下げ、引き返した。それでも高木の顔だけでも見たい、という欲求が抑えられない。

何かいい方法は、ないかしら。

秋穂は思案しながらゆっくりと階段を降りた。途中、前に咄嗟に飛び込んだ毛皮の店のドアが半開きになっているのが見える。そう言えばあの店、香川教子も贔屓《ひいき》にしてるって言ってたな。とっても安いんだって。だけど毛皮は欲しくないし、第一、あの指輪買っちゃったから、この先支払いが大変だ。

階段を降りきったところに、赤いランプが見えた。壁に取り付けられた非常ベル。

秋穂は背後を確認した。階段には誰もいない。一階の店のドアは閉まったままで、平日の昼間のせいか、客の出入りはないようだ。

秋穂は深呼吸した。それから非常ベルの上に取り付けられている薄いプラスチックのカバーを爪《つめ》で持ち上げた。胸のポケットにさしてある仕事用のボールペンを抜き、それで赤いボタンを一気に押した。

押したと同時に、秋穂は走り出した。走ってビルから出ると、信号まで全力疾走し、道路の反対側に渡った。耳の後ろに、ビルに鳴り響く警報ベルの音が聞こえて来る。

通りを渡り終えると、秋穂は丁度問題のビルの反対側にある建物の入口の中に身を隠した。

イタズラの効果は抜群だった。

ビルの中から、わらわらと人が湧いて出て来る。毛皮の店の店員の顔には見覚えがある。それから、白衣の上に紺のカーディガンを着た女性が、二人……三人。看護婦か受付嬢か、それとも歯科助手かな。患者だったのか、顎の下によだれかけのようなケープを取り付けたままの男もいる。気の毒に、ごめんなさい。見知らぬ女性が五人。他の店の店員かな。そして……白衣の男がひとりだけ。

秋穂は、視力に自信があった。

それでもやはり、自分の目を疑った。

何か、想像もしていなかった大きな陰謀の中に巻き込まれた、そんな気分だった。

あの医者は……高木は……

銀座で秋穂が「盗んだ」宝石を身につけていた女の、「パパ」だ……

第四章　秘密組織

1

不幸の星、を持っていたあの女は、高木デンタル・クリニックの上の階にある部屋に入って行った。そして高木の愛人だ。

我儘《わがまま》なお嬢様。

そう、あの女なら、その表現にぴったり当てはまる感じがする。銀座の宝石店で指輪をねだっていた時の彼女。

だけどあたしは、あの二人のことを知らなかった。なのにどうしてあの女が、あたしを殺人の囮《おとり》に使うなんてこと考えついたんだろう？　それもこれも全部、単なる偶然？

秋穂にはもう、何が何だかわからなくなっていた。

秋穂は通りの向こう側の騒ぎがそれ以上大きくなる前に、そっとその場を離れて青山通りに戻り、タクシーを拾った。

＊

午後の外出は痛い時間の浪費になった。おかげで秋穂はお茶を一口飲む暇もトイレに立つ余裕もなく、ひたすら仕事をし続けることになった。それでも、川瀬と約束した時間の五分前まで、机を離れることが出来なかった。

タイムカードを押してからトイレに駆け込み、口紅をひくだけでやっとだ。本当は、ちゃんと化粧をやり直すくらいのことはしたかったのに。

だが鏡を見ながら口紅を紅筆にとっていて、秋穂はハッとした。

朝は気付かなかった。首の付け根、肩に近いところに、丸い赤い痣《あざ》。

どうしよう……

川瀬とは朝から二度、顔を合わせた。もう気付かれているかも知れない。制服の襟は白い開襟で、角度によってはその痣はよく見える。

慌てていたのだ。寝不足の上に遅刻しそうだったから。だからファンデーションを丁寧にのばさなかった。それで見落としたんだ。

秋穂は総務部の部屋に駆け込んだ。総務部の奥に、畳の敷かれた休息室があり、救急医薬品が少し置いてある。

秋穂は休息室の鍵《かぎ》を閉めてから、救急箱を開けて大き目のバンドエイドを取り出した。だが貼《は》ろうとして裏紙を剝《は》がしてから、思い直した。そんなものを貼れば、余計に目立つだろう。どうしたのって訊《き》かれるだろう。その時、ニキビが潰《つぶ》れたのって言ったとして、信じて貰《もら》えるかどうか。

だがそのまま川瀬と夜の街に出る気にはなれなかった。他の男から貰った立派なキスマークを付けたままでは。

秋穂は化粧ポーチからパウダーファンデーションを取り出し、慎重に痣の上にパフを置いた。横着に厚塗りしたのではすぐに剝げてしまう。

薄く、何度も、丁寧に。秋穂は焦る気持ちを抑えて痣の上にファンデーションを塗り込めた。

効果はあった。ちょっと見ただけでは痣には思えない程度には、赤味が薄くなった。これで我慢するしかない。

秋穂がようやく玄関に降りた時、川瀬は帰り支度をした受付嬢と談笑していた。

約束の時間は十分過ぎていたが、川瀬は秋穂に向かって軽く手を挙げた。

「あら、珍しい」

受付の杉田がからかうように言った。

「川瀬さんと海道さんの組み合わせって、初めて見ますね」

「鈍感だな、君は」

川瀬は笑っていた。

「もう十年も不倫してんだぜ、僕達」

「やだあ」

杉田は笑い転げた。

「海道さんまだ、入社十年経《た》ってませんよ、ねぇ」

「だから入社する前から僕の恋人だったんだよ、海道さんは」

杉田は遠慮なく笑い続けた。

誰も安全だと思っている男。社内一の愛妻家だと噂《うわさ》される男。

だけど、あたしはそんな男のことを好きになってしまったんだ。

秋穂は、川瀬と肩を並べて玄関を出た。


「だけど知らなかったな」

銀座四丁目の交差点に向かってゆっくり歩きながら、川瀬は秋穂に言った。

「君のご親戚《しんせき》に、芸能人の人がいたんだってね」

「杉田さんから聞いたのね」

「うん。僕はアイドルの名前とかに弱いから。何とかいうグループで人気のあった人なんでしょ」

「ええ……スター6」

「へえ！」川瀬は感心したような声をあげた。「本当かい？　うちの女房が、確か昔、大ファンだったんだよ」

「もう六年も前に解散してるんです。川瀬さんの奥様、その当時は……」

「高校生かな」

秋穂はドキッとした。

「それじゃ奥様……あたしより？」

「うん……いや、同じくらいだと思うよ」

「気を遣わないで。歳《とし》の話は、気を遣って貰ってもどうしようもないわ」

秋穂は笑って見せた。

「あたしより若いのね、奥さん」

川瀬は答えなかった。

だが、いきなり秋穂の肩を抱いた。

「まだ……会社の近くよ」

秋穂は小声で囁《ささや》いた。

「それじゃ、遠くへ行こう」

川瀬はタクシー乗り場までそのままの姿勢で秋穂を連れて行った。

「運転手さん、湾岸高速にのって下さい」

川瀬の言葉に、秋穂はときめいた。

湾岸道路から東京ディズニーランドの夜景を見る……今いちばん人気のある、若いカップルのデートコースだ。

だがその道は同時に、西島の車で何度となく通った道でもあった。いつも西島は、シンデレラ城のあかりにうっとりした秋穂を、そのまま千葉まで連れ出してラブホテルに入った。まるで判を押したようにパターン化された、「ロマンチックな夜」。

きっと、同じにはならない。

秋穂は自分から、川瀬の肩に頭をもたせかけた。

同じなんかじゃないわ。だって、このひとは違うもの。

西島なんかとは、絶対、違うもの！

2

湾岸高速を降りて、川瀬は運転手に細かく道を指示し、タクシーは秋穂がまるで知らない街を走って行った。千葉県のどこか、新興住宅地の中らしい。

秋穂はもう、からだの力をすっかり抜いていた。川瀬の腕は秋穂の肩をずっと抱いたままだった。その腕の圧迫の中で、きらきらと輝く無数の街の灯火や白くうっすらと浮き上がったシンデレラ城の尖塔《せんとう》を見つめていると、心が少しずつ溶け、代わりに川瀬との夜に身をゆだねる決心が固まって行く。

後悔はしないわ。

秋穂は思った。そう、後悔などしない。


タクシーは住宅街を抜けて、とても淋《さび》しいところに出た。周囲は畑ばかりなのか、街灯もなく暗い。

その闇《やみ》に沈んだ黒ばかりの景色の中に、突然、まばゆい光が輝いているのが見え出した。クリスマス・イルミネーション。最近時々見かけるようになった、街路樹や庭の木に小さな電球をたくさんつけて光らせる、あれだ。

「いい店なんだよ」

川瀬が秋穂の耳元に囁いた。

「元は代官山でレストランをしていたオーナーシェフなんだけどね、自分で作った野菜を料理に使いたいからってこっちに引っ込んで、こんな場所で商売を始めたんだ。でも湾岸高速を使えば都心から三十分ちょっとだから、結構繁盛してるんだ。知る人ぞ知る店、って感じで」

タクシーは眩《まばゆ》い光の前で停《と》まった。なるほど、普通の民家を改造したらしい店構えだ。周囲には野菜の畑らしいものが広がっている。

「なんだか……素敵」

秋穂はタクシーを降りながら呟《つぶや》いた。

「川瀬さん、何でも知ってるのね。こんな素敵なお店のことまで」

「たまたまさ。でも、君が気に入ったみたいで良かった」

「だけどあたし、こんな普段着で……こんな素敵なお店に来るってわかっていたら、今朝もっとお洒落《しゃれ》してくれれば良かった」

「そのままでいいよ。この店、そんなに気を遣うような感じじゃないから。今日はちゃんと御礼、しようと思ったんだ」

「御礼？……何の？」

「何のって……競馬、付き合ってくれたお陰で儲《もう》かったじゃない」

「だって、あれはゆうべお寿司ご馳走《ちそう》して貰って」

「いや……お金じゃなくてさ」

川瀬は秋穂の顔をじっと見た。

「俺《おれ》なんかに付き合ってくれたから。俺みたいな……家庭持ちで、冴《さ》えない男と」

「あたし」

秋穂はそっと言った。

「あなたと……デート出来て、とても楽しかった」

川瀬はにっこりした。その笑みが、秋穂の心臓を摑《つか》んだ。胸が苦しくなる。

「中に入ろう」

川瀬は秋穂の背中をそっと押した。


外観もそうだったが、一歩店に入っても、そのどこか懐かしいアットホームな雰囲気は変わらなかった。古い農家を改造した店らしく、玄関はその昔土間だったことが偲《しの》ばれる広さだ。フランス料理、と看板が出ていたのに靴を脱いであがるというのも風変わりで楽しい。

古い板張りの廊下も、畳敷きの部屋も、民家のものをそのまま使っていた。それぞれの部屋に一つか二つのテーブルが入っているようだ。なかなか大きな家で、部屋の数はかなりありそうだった。だがそれでも、このぐらいゆったりとテーブルを置いていたのでは、満員になっても客の数はさほど多くはとれないに違いない。

秋穂と川瀬は、玄関のところでテーブル係に予約の確認を受けてから、廊下の奥の部屋へと通された。

八畳ほどの和室。だが、床は畳ではなく板張りで、テーブルはひとつしかない。

「贅沢《ぜいたく》ね」秋穂は感動した。「個室でフランス料理をいただくのなんて、生まれて初めて」

「今、フランス料理がブームらしいよ。だからこれからこんな店、増えるんじゃないかな」

「何だか……日本中がお金持ちになっちゃったみたいね、この頃。不思議よね……お給料とか、そんなに変わってないと思うんだけど」

「好景気が続いてるからね、気分が盛り上がっているんだよ、きっと。だけど僕にはあまり関係ないな。毎日毎日、金の計算ばかりしているとね、金に対する感覚が鈍くなる。何千万、なんて単位でも驚かなくなるんだ。それがいいことなのかどうか、わからないけどね」

　中央にがっしりとした立派な木製のテーブルがあり、椅子《いす》が二脚、添えられていた。二人が席につくのを見届けるとテーブル係は消え、代わりにギャルソンが入って来てメニューを手渡した。

　秋穂は自分の分のメニューを開いたが、すぐに閉じた。横文字ばかりで何が書いてあるのかわからない。だが、川瀬の落ち着いた様子からして、そうしたメニューに慣れているのだということがわかる。

　秋穂は安心して待った。川瀬が顔を上げ、どんなものを食べたいかと秋穂に訊《たず》ねるのを。

＊

素晴らしいディナーだった。川瀬が選んだ料理はどれもおいしかったし、ギャルソンの態度も感じがいい。それに、秋穂は初めてソムリエを見て感激していた。映画などで見たことはあるが、ソムリエのいるようなレストランに入ったことなど、西島と付き合っていた時でさえなかったのだ。

いったい、今夜のディナーに川瀬はいくら遣ったのだろう。デザートの繊細な飴《あめ》細工で飾られたフルーツとソルベの盛り合わせを食べながら、秋穂は申し訳ない気持ちになった。これではきっと、競馬の勝ち分などでは足が出ているに違いない。

これは、意思表示なのだ。

秋穂にはわかった。川瀬がはっきりと、自分との交際を求める意思表示をしたのだ。勿論《もちろん》、秋穂の心はもう決まっていた。だがそれが今夜このあと早急に進んでしまうのかと思うと、少しだけ残念な気もする。これがお互い独身同士なら、もっとじらしたり気持ちを探り合ったりして、恋が始まる過程を楽しんでいられたのに。

そんな贅沢は秋穂と川瀬には許されないのだ。これは……不倫なのだから。

コーヒーが終わって、秋穂は名残惜しい気持ちになりながらその部屋を出た。

川瀬が会計を済ませる間に、秋穂はトイレを借りておこうと考え、玄関とは反対の突き当たりへと歩いて行った。

別に他の部屋を覗《のぞ》いてみたいと思ったわけではない。ただ何となく、磨きあげられた板張りの廊下の両側に並んだ古い障子が面白くて、左右に視線を走らせていただけだった。が、その障子のひとつが不意に開いて、料理を運び終えたギャルソンが出て来た時、たまたまその障子に視線を向けていた秋穂の目に、部屋の中が見えた。

秋穂達が食事をしたのと同じくらいの広さの部屋に、やはりアベックの客が一組。

女性の顔を見て、秋穂は跳び上がるほど驚いた。

香川教子!

彼女の存在だけならそれはさほど奇妙なことでもない。金曜日の晩に教子に連れて行って貰った六本木のパブレストランもなかなか素敵な店だった。教子のように、高級なレストラン、話題になっている店をよく知っていそうな女性なら、この店のことを知っていても何もおかしくはない。

しかし川瀬とのデートの場で思いもかけずに会社の人間と出逢ってしまったことは、秋穂をひどく狼狽《ろうばい》させた。

そしてさらに、秋穂をもっと驚かせたことがあった。教子の向かい側に座っている男性客、それは……ただの思い過ごしであることを秋穂は漠然と願った。だが、秋穂の記憶の中でその男の顔ははっきりとしたイメージになっていて、今、その男性客の顔はそのイメージとぴたりと一致している。

あの男だ。あの、歯医者！

どうして、なぜ、という疑問には答えは見つからなかったが、たったひとつはっきりしたことがあった。それは、香川教子が秋穂があのビルにいたところを目撃した時、教子自身も多分、あのビルにいたのだ、ということだった。そう……毛皮を一緒に選んでくれるなんて話、教子の口から出任せだったのだ。

秋穂は、最上階から自分の後を追うようにして降りて来た派手めな女性を思い出した。あの女が、不審な行動をとった侵入者のことを教子に報告し、教子が確認の為にあの毛皮店まで降りて来て、出て行くあたしのことを見ていたというのはあり得ることだ。

何か、何か正体のはっきりしない悪意が、秋穂の周囲に立ちこめている。

秋穂にはそう感じられた。

秋穂は逃げるように玄関に戻り、会計を済ませて靴を履いた川瀬の腕に、自分から腕を絡めた。

「今、タクシー呼んで貰ったから。五分くらいで来るらしいよ」

「でも……外で待ちましょうよ」

秋穂はせかすように川瀬を店の外に連れ出した。

「どうしたの？」川瀬は敏感だった。「何かあった？」

「会社の人が来てるの」

「ほんと？　誰？」

「香川さん。営業の」

「へぇ」川瀬は頭をかいた。「彼女がこんなとこに来るとはなぁ。ここまで来ればまさか会社の連中とは会わないだろうと思ってたのに、甘かったね。しょうがないね……挨《あい》拶《さつ》したの？」

秋穂は首を横に振った。

「向こうは気付いてなかったしそれに……香川さんも男性と一緒みたいだったから。挨拶しなくても、いいと思うけど」

「そうか……そうだな」

川瀬はウィンクした。

「野暮なことはしないでおこう。でも外にいて寒くない？」

「ううん……飾りがとっても綺《き》麗《れい》だし」

秋穂は、玄関から香川教子が出て来るのを心配して、川瀬の腕をとったままイルミネーションに輝く庭木の反対側まで歩いた。

その小さな無数の電灯が点滅する裸の木は、どうやら柿《かき》の木らしい。なったままひからびてしまった実がひとつふたつ、枝から下がっている。

川瀬は楽しそうに明かりを見上げ、電球の数を数え始めた。秋穂もその川瀬の声に合わせて目で電球を数えていた。

「すごいね、五百個ぐらいありそうだ」

「そんなにあるかしら」

「だってこっち半分だけで百二十二個もあるんだよ」

川瀬は柿の木の反対側へと電球を数えながら歩いて行く。

その時、背後に声がした。

振り返ってみたが、建物の壁以外には何もない。誰もいない。声だけが聞こえている。

秋穂は、暗がりの中に目をこらした。壁に沿っている窓がいくつか開いている。声は、その開いた窓から流れて風に乗って届いているのだ。

窓はあの磨かれた板張りの廊下に沿って並んでいた部屋のものに違いない。ということは……

秋穂はそろそろと移動した。香川教子があの歯医者といた部屋がどのあたりだったか見当をつけながら。

それらしい位置の窓も、煙草《たばこ》の煙を外に出す為《ため》なのか少しだけ開いていた。

秋穂は耳を澄ませた。

神経を集中すると、やがて話し声が聞き取れるようになった。

低くしゃがれた、女の声。

香川教子の声。

「……だって、どうしようもないわよ！」

声は苛立《いらだ》って大きくなった。

「組織のことが世間に知られたら、あたしもあなたも破滅なのよ！」

「何とか抱き込めないのか」

「やってはみるけど……あの子の目的がわからないんだもの」

「金だろう」

「地味な子なのよ、金に困ってるとは思えないわ。男に捨てられたばかりなの、ヤケクソになってるかも知れない」

「名前は、何だって？」

「海道秋穂」

「え？」

「かいどうよ、かいどう。海の道って書くの。ねえあなた、ほんとに何か心当たりってないの？　どうしてあの子があなたのクリニックに目をつけたのか……」

秋穂は、それこそ口から心臓が飛び出すかと思った。そして、叫び出したいほどの恐怖も感じていた。

やっぱり余計なことをし過ぎたのだ。非常ベルを鳴らして歯医者の顔を確かめようとするなんて……

その時、タクシーが近づいて来るのが見えた。秋穂は小走りに、電球を数えている川瀬のそばに寄り、腕を摑んだ。

「寒いから……早く乗りましょう！」

一刻も早く逃げなくては。追われているわけではないのに、秋穂はそう思った。

川瀬がタクシーに目的地を告げた時、それがもよりの駅でもなければ秋穂のアパートのある葛飾区の住所でもないことに、秋穂は気付いた。だが秋穂は黙っていた。黙ったまま、川瀬の手を自分から握っていた。

恐かった。

信頼し、自分の理解者のように思っていた香川教子が、「敵」の側の人間だったという事実が秋穂を打ちのめした。

香川教子になら、秋穂のアパートが殺されたＯＬの部屋のすぐ近くにあって、しかも両方の建物の名前が酷似していることを知るチャンスはいくらでもあったに違いない。

そして秋穂を巻き添えにして殺人の罪を武生や島根になすりつけるというアイデアは、教子が思いついたものに間違いないだろう。

だがさっきの会話に出て来た「組織」という言葉。秋穂は、そこに自分や島根すらまだ摑んでいない何か得体の知れない事実が潜んでいると感じた。

いったい、香川教子はどうしてあのＯＬを殺害しなければならなかったのか。


「ごめんね」

不意に川瀬が囁いた。秋穂はなぜ川瀬が謝ったのかわからなかった。だがタクシーのドアが開き、その外に出た時、理解した。

タクシーは、リゾートホテルのような建物の前に停まっていた。

秋穂は、握っていた手を離さずにホテルに向かって歩いた。

謝って貰うようなことは何もない。むしろ……むしろ一刻も早く川瀬とそうなりたい。川瀬だけが自分の味方。秋穂には今、そうとしか思えなかった。

3

まだ暗闇に沈んでいる周囲に気後れしながら、秋穂は自分のアパートの玄関をくぐり、部屋のドアを開けた。

そのまま泊まって行きたいと願うのは、我儘だとわかっていた。川瀬はどんなに遅くなっても家庭に戻らなくてはならない。それでも、すぐ近くまで送ってくれた川瀬の温《ぬく》もりと体臭が、まだ秋穂の周囲に漂っているようで、秋穂は川瀬と二人でそのドアを開けているような錯覚をおぼえていた。

しかしその錯覚は、部屋の中に視線を移した途端、消えた。

「武生！」

秋穂は暗い部屋の中で蹲《うずくま》っている男の姿に驚き、それからその肩をゆすった。

「武生ったら！　そんなとこで寝てると風邪ひいちゃうじゃないの！」

武生は顔を上げた。瞬きして秋穂の顔を見ると、にっこりした。

「お帰り」

「お帰り、じゃないわよ。ずっと待ってたの？」

「バイトの後で来たから」

「何時頃？」

「十二時半くらい」

秋穂は柱に取り付けた時計を見た。午前三時四十分。

「そう……お腹《なか》空いてない？」

「ちょっと空いた」

秋穂は冷蔵庫からチーズを取り出し、クラッカーの箱と一緒にこたつの上に運んだ。

「あたしもちょっと空いちゃった。夕御飯はたくさん食べたんだけどね」

秋穂が一枚クラッカーにチーズをのせてかじると、武生も同じようにした。

「だけど武生、島根から聞かなかった？」

「何を？」

「もうここに来ちゃだめって」

「どうして？」

「どうしてって……あのね、武生、あたしもう、あんたとはしないの。したくない。わかる？」

武生は返事をせずにクラッカーをかじっている。

「ちゃんと聞いてる？」

「聞いてる」

「それならわかるわね。あたしはあんたの恋人じゃないの。そしてね、あたしには好きな人がいるの。だからもう、ここに来ちゃだめなの」

「でもマーちゃんが」

「島根がどうしたのよ」

「ここに行けって。行って、秋穂と暮らせって」

「ちょっと！」秋穂は思わずクラッカーの箱を武生にぶつけた。「何を図々しいこと言ってるのよっ。冗談じゃないわよ！」

武生は顔を上げた。脅《おび》えた目だった。秋穂は島根に対する怒りを武生にぶつけてしまったことを後悔した。

「帰る」

武生が立ち上がった。

「帰るって、もう電車、ないでしょう。タクシー代持ってるの?」

武生は答えないで玄関で靴を履き始めた。

「ねえ、タクシー代。貸してあげるから」

だが武生は秋穂が財布を取り出すのに手間取っている間に外に出てしまった。

「待って」

秋穂は追いかけた。足の長い武生の歩く速度は思っていたより速い。

小走りに走ってアパートから十メートルほどのところでようやく追いついた時、秋穂は、武生が啜《すす》り泣いているのに気付いた。

「武生……」

武生は幼い子供のようにべそをかいたまま、どんどん歩いて行く。

「ねえ、武生」

秋穂は後ろから武生の腕を摑んだ。

「朝までなら、いてもいいよ」

「だけどもう……来たらいけないんでしょ」

「そうだけど」

「なら、いい」

武生は振り返らないで歩いて行く。

秋穂はそのまま、武生と一緒に歩いた。

「どこに行くの？」

「帰る」

「でも」

「歩いて帰るんだ」


「ねえ武生」

秋穂は奇妙な散歩を続けながら囁いた。

「武生はどうして、悪いこと、するの？」

「どうしてって……」

「島根がしろって言ったから？」

武生は頷《うなず》いた。

「だけど、悪いことだって判ってるんでしょう？　麻薬を運んだり女の子にひどいことしたりするの、悪いことだと思うでしょう？　島根なんかと一緒にいたらダメだって、思わない？」

「マーちゃんは悪くない」

「そんなことないわよ！　あたしにあんなひどいことしたのだって、命令したのは島根じゃないの。武生はほんとはしたくなかったんでしょ、そうなんでしょ！」

　武生は首を横に振った。

「マーちゃんのせいじゃない。マーちゃんは俺のこと、いつも大事にしてくれるから。他の誰も俺のことなんか、見てないのに。俺の言うことなんか、ちゃんと聞いてくれないのに」

「武生……」

「みんな笑うだけでちゃんと聞いてくれない。昔からそうだったんだ。一所懸命答えてるのに。みんなが思ってることと違うこと言うから……俺、みんなと同じに出来ないから。だから喋《しゃべ》らないことにした。誰とも喋らなければ笑われないと思った。そしたら今度は、恐いとか、あっち行けとか言われた。そうでなければ、可哀想ねってそればかりだ。俺は可哀想なんかじゃない。マーちゃんはわかってくれる。俺を可哀想なんて言わない。俺が話せば真剣に聞いてくれる。俺……悪いことするとスッとするんだ。何も悪いことしてなくても嫌われて笑われるんだから、悪いことして嫌われた方がいい」

「武生」

　秋穂は立ち止まり、腕に力を入れた。

「そんなの、ほんとじゃないよ」

「ほんとって？」

「だから……ほんとにスッとしたことには、ならないと思うよ」

「秋穂にはわかんないよ」

「そうかも知れないけど……でも……」

「秋穂はバカだ」

「……バカ？」

「そうだ。男に騙《だま》されて捨てられて、どうして何もしないで黙ってるのさ」

「なんで」

秋穂は手に力を入れた。

「なんであんた達がそんなこと知ってるのよ！」

「マーちゃんが秋穂の会社の女の子に聞いたって。秋穂、マーちゃんのこと親戚だって言ったんだろ。夕方、マーちゃんが秋穂を迎えに会社に行ったら、女の子がサインしてくれって寄って来て、喫茶店に誘ったらついて来て、それで……」

「誰が……いったい、どんなこと……」

「笑ってたんだってさ！」

武生は振り返った。

「みんな秋穂のこと、可哀想ねって笑ってるんだぜ。それなのになんで秋穂は平気なんだよ。平気でそんな男のいる会社に行って、給料とか貰って。俺は嫌だったよ、笑われるのも可哀想ねって言われるのも。だって俺はおかしくないもの、おかしいのは周りの奴等《やつ》の方だったんだから。秘穂は知らないんだよ。悪いことしてほんとにスッとするのかしないのか、悪いことしたことのない秋穂にはわかんないじゃないか！ 俺はスッとするんだ。ざまみろ、って思うんだ。マーちゃんに命令されたからやってるんじゃないんだ。マーちゃんは俺がスッとしたがってるってわかるから、俺にしろって言うんだ。

「そんなのって」

秋穂は自分も涙声になっていた。

「そんなのって……」

「秋穂だって悪いことしてみたらいいんだよ。そしたらどんなにスッとするかわかるから。そんな男……秋穂のこと捨てたような男、やっつけてやれば良かったんだ。俺、秋穂は嘘《うそ》吐きだと思う。秋穂は嘘吐いてるんだ。ちっとも平気なんかじゃないのに会社に行ったりして……頭に来てるのに、何でもないって顔して。だけど秋穂、会社の女達はみんなわかってるんだぜ、秋穂のこと。わかってて、知ってて、可哀想ねぇって言ってるんだよ、みんな！」

「やめて！」秋穂は武生の背中を拳《こぶし》で叩《たた》いた。「そんなこと言うの、やめてよ！ あんたなんかに何がわかるの？ あたしにどうしろって……どうしたら良かったのよ！ 笑われたってなんだって、会社に行く以外に、あたしに何が出来たのよ……」

秋穂はいつの間にか大声で泣いていた。

同僚達が陰で自分を笑っていることぐらい、勿論知っていた。覚悟していた。だけどそれを他人に言われるのはたまらなかった。

知らない振りをして、鈍感な振りをして耳を塞《ふさ》いで、ようやく保っていたプライドなのに！

どうしてそれを、こんな風に無理にあたしの耳に入れるのよ！


「武生なんか、大っ嫌い！」

秋穂はアパートへと駆け戻った。

部屋に飛び込み、こたつにからだを滑り込ませ、こたつ布団の中で泣き続けた。

せっかくの川瀬の匂《にお》い。川瀬の言葉。川瀬の指先の、あの感触。それらが総《すべ》て涙で流れてしまうような、そんな気がする。

新しい恋が始まったって、捨てられた可哀想な女、というレッテルは剥がれてくれそうにない。みんな、そうしたレッテルを貼られた女を眺めているのが楽しくてしょうがないのだから。


明日、辞表を出そう。

秋穂はしゃくりあげながらそう決心していた。そうだ、朝になったら、辞表を書いて持って行こう。

西島の喜ぶ顔が目に浮かぶ。

悔しいけれど、でもそれでせいせいできるのなら、しょうがないよね。

二日にわたる睡眠不足と泣き疲れで、秋穂の意識は次第に白くなって行く。

文字どおりの、泣き寝入り。

秋穂は、半分夢の中に滑り込みながら、クスクスと笑った。

＊

何か香ばしい匂いがして目が醒《さ》めた。

秋穂は自分が服のまま寝たつで寝入ってしまったことに気付いて、慌てて飛び出した。

目覚ましをセットするのも忘れていた！

時計を見た。午前十時過ぎ！

「いやっ、どうしよう！　遅刻だわ！」

「電話ならしといたぜ」

男の声で、秋穂は驚いて台所を見た。

島根がフライパンを手にして笑っている。

「あんた……そこで何してるのよ」

「見てわかるだろうが。朝飯作ってるんじゃん」

「か」秋穂は怒りで言葉に詰まりながら怒鳴った。「勝手にあたしの部屋に入り込んでそんなことするの、やめてよっ！」

「何が勝手に、だよ。武生に鍵、渡したくせに」

「あんたは鍵なんてなくたって部屋に入り込む名人じゃないの」

「よくわかってるじゃん」

島根は笑いながらフライパンから何かを皿に移した。

「部屋の鍵なんて針金一本あればたいてい開いちゃうもんな。それはいいけどよ、おまえそのすさまじい頭、何とかしたら？　どうせ今日は休みなんだから、朝シャンでもして来いよ」

「休むなんて言ってないわよ！」

秋穂は立ち上がって皺《しわ》だらけになった服を脱ぎ始めた。

「会社には電話したって言ったろ」

「あんたがかけたの？」

「男の声じゃまずいじゃん。知り合いの女の子にかけて貰った。海道秋穂は風邪をこじらせて高熱が出ましたって言っといた」

「どうしてそんな勝手なことばかりするのよ！　ゆうべだってあんた、武生に、あたしとここで暮らせなんて言ったそうじゃないの！」

「武生がそうしたいみたいだったからさ」

「そんなこと、あたしに相談しないで決めないでよ！　あたしは迷惑なの、あんた達二人にここに入って来て欲しくないのよ！」

バスルームのドアが開いた。中から、掃除用のブラシを持った武生が出て来た。

武生は秋穂の視線を避けるように下を向いていた。

「何してたの？」

秋穂が訊くと、武生は小声でぼそっと言った。

「掃除」

「いいじゃんか。どうせおまえの男って妻子持ちなんだろ、ここに連れて来なけりゃお互い様じゃん」

「お、お互い様って」

「その男だってたまには女房抱いて寝てんだぜ、おまえだって部屋に男を飼っとく権利くらいあるって言ってんだよ。ともかく俺達、しばらくここに住むことにしたから、よろしく頼むわ」

「な、何言ってんのよ」

秋穂は怒りでまた言葉に詰まった。

「冗談はやめて」

「冗談じゃねぇんだよ。こうなったのもおまえのせいなんだ」

「あたしのせい？」

「おまえがサツに電話なんかして、ヤサがガサ入れ喰っちゃったから、俺達あそこを追い出されたんだぜ。あそこは来年取り壊して新しいビルになるんだけどさ、知り合いが持ち主で、タダで貸してくれてたんだ。だけど警察に睨《にら》まれてるってわかっちゃって、出てってくれって言われたんだよ。どうすんだよ、こんな年末によ。だからさ、行き場が決まるまでここにやっかいになることにしたんだ」

島根はボウルに新しい卵を割り入れた。作っているのはどうやら、オムレツらしい。

「だけどまあ心配すんな。俺は女のとこでもどこでも泊まるとこあるから、出来るだけ夜はいないようにするからさ。おまえはせいぜい、武生のこと可愛がってやってくれよ」

秋穂は何か言い返そうにも、何と言えばいいのかわからずに結局黙っていた。

島根のものの言い方はあまりにも「当然」という感じで、自分の電話のせいで二人が住まいを失ったのなら、これも仕方ないのかな、とまで思えて来る。だがそれが理不尽な要求であることは間違いないのだ。元々、彼等がマリファナの密輸に関係しているのは本当のことで、警察に目を付けられたのは秋穂の電話のせいばかりではない。

武生はバスルームから出て来て、今度は洗濯籠《かご》を抱えて流し台の脇《わき》の洗濯機に近寄った。秋穂はギョッとした。秋穂の下着が入った洗濯籠だ。

「武生、やめて！」

秋穂は走り寄って武生の手から洗濯籠をひったくった。

「自分でするわよ、触らないで」

「やらせてやれよ」島根はフライパンを器用にゆすってオムレツを皿に移した。「武生は洗濯が好きなんだ。水が渦になってるのを眺めてるのが大好きなんだよ、な。さあ出来たぜ、食おう」

秋穂は諦《あきら》めて、二人の男と朝食の卓についた。

何を言っても島根の図々しさにはかないそうにない。

「食費は出してよ」

秋穂は見事にふっくらと焼けたオムレツに箸を突き立てた。

「光熱費の分は、働いて貰うわよ。それと早く住むとこ見つけて、さっさと出て行ってよ」

「わかってるよ」

「これ、すごくおいしい」

秋穂は開き直って言った。

「あんた、朝御飯の係ね、これから」

「飯食いながらだけどさ、作戦会議しようか」

「作戦会議？」

「ああ。俺、昨日またあれから収穫があったんでおまえの会社に迎えに行ったんだぜ。入れ違いだったみたいだけど」

「うちの会社の女の子にサインなんかしないでよ」

「おまえこそ、勝手に俺の親戚になるなよ」

「ふん」

秋穂はむくれて、トーストをかじった。

「ともかく面白いことが判って来たんだ。昨日話したその歯医者だけどな、あいつ、借金背負ってるみたいなんだ」

「借金……いくらぐらい？」

「七千万」

「そのくらいなら、歯医者なら当たり前なんじゃないの？　開業するのにかかるらしいじゃない」

「違うんだな、それが。やばい借金なんだよ」

「やばいって」

「博打《ばくち》だよ、博打。あの医者、ヤクザにハメられたんだな。赤坂に有名なルーレット賭《と》博《ばく》やる店があってさ、そこで思いきり負けたみたいなんだ。だけどあの歯医者、婿養子なんだよ。それで女房の親父《おやじ》に金出して貰ってあのクリニックも始めたんだな。自宅の土地建物も、ぜーんぶ女房の名義なんだ。哀れだろう？　だから七千万の金をすぐに作ることなんて不可能なわけだ」

「そんな奴をどうしてヤクザが……」

「あの歯医者の母親が西新宿にひとりで住んでるらしいんだが、その古い家が目当てらしいな、どうも。その母親、地上げに抵抗して出て行かないんで不動産屋が手こずってるって話なんだ」

「つまり、息子の歯医者にのっぴきならない借金を背負わせてしまえば、母親がその土地を売ると」

「ヤクザのよく使う手だ。あの歯医者としては、博打で借金作ったなんてことが女房や女房の親に知れて離婚にでもなったら、一文無しで追い出される。だからそっちには泣きつけないもんな」

「だけどそれが今度のこととといったい……」

「さあな。ま、それもひとつの情報ってことだ。それからもうひとつ。あの歯医者には愛人がいるらしいんだが、この愛人がなかなかのタマなんだ。どうやら、売春クラブをやってるみたいなんだ」

秋穂は思わず、箸を取り落とした。

ゆうべ見た香川教子の顔が思い出される。そしてあの「組織」という言葉……

「それがちょっと変わった売春クラブでさ、一回きりの売春を斡旋《あっせん》するんじゃなくて、月々一定の金で囲われる、つまり愛人を斡旋するクラブなんだって」

「愛人の斡旋！」

「現役の女子大生とか二十歳前後のＯＬなんかを、会員のおっさん達に斡旋するって話なんだ」

「前にあったわね……愛人バンク？」

「あれだな。あれは結局法律違反ってことになっただろ、だから地下に潜って秘密クラブみたいなのが出来たんじゃないかな。あの歯医者の愛人の女が、そのクラブを経営してる」

「それって……南青山で？」

「ああ」

島根は皿から顔を上げた。

「おまえ、何か知ってるのか？」

「ねえ、その愛人っていくつぐらいの女なのかわかってる？」

「いいや、昨日調べられたのはただ、愛人がいてその女がヤバイ商売してるってとこまでだ。実はそのクラブの存在は、俺の業界でも結構知られてたらしくて、この話がわかったのも俺の事務所の専務がそこで斡旋して貰った愛人を囲ってるって噂があったからだ。おまえ、何か知ってるんだろう」

島根は油断ない目つきで秋穂を見た。

「隠し事はするなよ。俺達は運命共同体なんだぜ」

「あたしは被害者よ」

秋穂はコーヒーをぐいっと飲んだ。

「あなた、あたしの弱味を握ったようなつもりでいるのかも知れないけど……あたしはあの指輪、人のハンドバッグごと置き引きしたりしてないわよ。あの指輪はある女が銀座の宝石店に忘れて行ったものなの。本当なんだから」

「何が本当かなんてどうでもいいさ」

島根は薄ら笑いを浮かべた。

「世間様が何を本当だと思うかが重要なんだ。おまえがいくら言い訳したって無駄だ」

「世間のことなんて関係ないわ。真実は真実よ。いい？　勘違いだけはしないでね。あたしはあたしをこんな目に遭わせる計画を立てたのが誰で、何の為だったか知りたいの。それだけの為にあんた達を警察に突き出さないで我慢してるんだから。あたしの我慢が限界に来たら、あんた達は刑務所行きよ」

電話のベルが鳴った。箸を置いて受話器をとると、川瀬の声が聞こえて来た。

「大丈夫？」

川瀬は心配そうに声を低めた。

「高熱が出たって聞いたもんだから。俺、今日は税理士の事務所に行く予定があるんだ。ついでに君のとこに寄ろうか？」

「あ」

秋穂は川瀬の声が聞けた嬉《うれ》しさで思わず弾みそうになる声を無理して低めた。

「いいのよ、大丈夫。友達に来て貰ってるから」

「今朝会社に電話してくれた人だね」

「ええ。ちょっと大袈裟《おおげさ》なの、彼女」

「大袈裟なくらいで丁度いいんだよ、こういう時は。だけど……責任感じちゃうよ。君に風邪なんかひかせちゃって」

「元々ひいてたのよ。ちょっとこじらせちゃっただけ」

「だから……ゆうべ、やっぱり泊まったら良かったね。無理して帰ったりするから」

秋穂は、熱くほてって来た頰《ほお》を受話器で冷やすようにしながら、川瀬の声に酔った。

だがふと視線を上げた時、箸を持ったままじっと自分を見ている武生の表情に気付いた。

武生は、またあの従順で健気《けなげ》な犬の目で、秋穂をじっと見つめていた。

4

秋穂は武生のその視線に思わず釘付《くぎづ》けになっている自分に気付いた。まるで金縛りにでもあっているかのように、言葉を発することが出来なかった。

「もしもし、もしもし？」

川瀬の声が耳に響く。

「秋ちゃん？　どうしたの、熱、そんなに高いの？」

「あ」

秋穂はようやく、瞬きした。

「ごめんなさい、違うの。ちょっとお湯沸かしてたの忘れてたものだから」

「ごめん、長くなった」

「いいえ！」

秋穂は思わず大きな声で言った。

「電話、とっても嬉しかった。ほんとよ、嬉しかったの。ごめんなさい、大丈夫です。心配しないで下さい」

「それならいいけど」

「ええ……あのね、川瀬さん」

「何？」

「あたし……会社、辞めることにしました。決心、つきました」

「うん……だけどそれは、新しい就職先が決まってからって」

「いいの。もういいんです。取りあえず、辞めます」

「秋ちゃん」

「心に区切り、つけたいの。辞めて少しの間、考えてみたいんです。これからのこととか……」

「そう」

川瀬は優しい声で言った。

「わかった。だけど無理はしないで」

「はい」

「じゃ、また電話する」

「ありがとう」

秋穂は受話器を元に戻した。

「おまえ、会社辞めんの」

島根が訊いた。

「ええ」

「貯金、あんの」

「少しね」

「もったいないんじゃねーの？」

「何が？」

「もう少しでボーナスだろ」

「あんたのボーナスじゃないから心配して貰わなくてもいいわよ」

秋穂はトーストをガリッとかじった。

「それより、あたしにも情報があるのよ。聞く？」

「情報？」

「そう。あの歯医者がゆうべ、千葉にあるレストランで女と会ってたの」

「女？　どんな女だよ」

「あたしの会社の、ベテランＯＬ。あんたさっき言ってたじゃない、あの歯医者の愛人が秘密の愛人クラブやってるって。あたし、いろいろ見えて来たような気がするんだ」

「見えて来たって？」

「あの殺されたＯＬさ……その愛人クラブの会員だったんじゃない？　もしかして」

島根の眼光が鋭くなった。用心深く、魚を泥棒しようとしている野良猫のように、秋穂を見る。

「あの歯医者のあるビルの一番上の階ね、あそこがその愛人クラブの事務所になってたことは間違いないと思うの。あの階にはちゃんと人の出入りがあったのに、看板も何も出てなかった」

「おまえ、どうしてそんなこと知ってんだよ」

「行ったことあるのよ、その最上階に。あのね……今考えてみると、あまりにもいろんな偶然が重なり過ぎていた気がする。いちばん最初はあたし、銀座の宝石店であの歯医者に出逢った」

「銀座の宝石店？」

「ええ。あの男は、若い女と一緒だった。女子大生みたいな感じの子。その時、その若い女があの指輪をしていたのよ……ラッキースターの00番」

「だけど」

　島根は煙草に火を点《つ》けた。

「ラッキースターの00は、俺の事務所のエリナってモデルがデパートでバッグごと置き引きされたんだぜ」

「その話は確かなの？」

「確かかって言われてもな。だけどエリナがそんなことで嘘つく理由はないしな」

「だとしたら」

　秋穂は島根の吐き出す煙草の煙を手で払った。

「あの女は、そのエリナってモデルのバッグを盗んだのね。ラッキースターの00を手に入れる為に」

「まさか」島根は笑った。「まあ店では安いもんでもないが、質屋に持ってってったら二万にもなんないぜ、ああいうのは。元々デザイン料が高くて、石は安物なんだから」

「勿論、お金の為に盗んだんじゃないわ。何か他の目的があって盗んだのよ。そしてその目的を達して、あの女は、あの指輪が邪魔になった。彼女はそれを銀座の宝石店ではずして、さりげなく店に放置した」

「いらなくなったんなら、ごみ箱に捨てたらよかったじゃんか」

「それが出来ないのが、女なの」

秋穂は立ち上がり、自分がローンで買ったラッキースター01を、小さな宝石箱から取り出してこたつの上に置いた。

「こんなに綺麗なデザインって、ちょっと他にはないでしょう？　女なら誰でも、これをごみ箱に捨ててしまうことなんか、簡単には出来ない。彼女はこの指輪を手放したいとずっと思っていた。だけどどうしても捨てる気持ちになれないでいた。あの日、彼女は、宝石店でまばゆく光る他の指輪の中に立って、ようやくあの指輪を捨てる決心をしたのよ。ううん……もっと衝動的なものだったのかもね。あそこにいて他の指輪を見ている内に、不意に決心したのかも知れない。彼女はラッキースター00を指からはずし、ショーケースの上に置いて立ち去った」

「それをおまえががめちゃったってわけか」

島根は笑いながら、自分のポケットからラッキースター00を取り出し、01の隣に置いた。

「ともかく」

秋穂は二つの赤い宝石を見つめながら囁いた。

「あたしがこれを手に入れたのは、まったくの偶然だったはず。そしてあたしはその偶然に導かれて、あのビルに出掛けた」

「何だよ、偶然に導かれてって」

「あの翌日、あたし、地下鉄の中で、これを宝石店に置き去りにした女を見かけたの。そして後をつけたのよ」

「なんで後なんかつけんだよ」

「わからないわよ！」

秋穂は首を振った。

「自分でもわからなかったわ。あたし……あんた達のせいで……ショックだったし、何でもいいから気が紛れることとしてないと、叫び出しちゃいそうだったのよ！　気が付いたらあの女の後について歩いていた。そしてあの女が入って行ったのが、あのビルだったの。あたしの想像が当たっていれば、その女子大生みたいな感じの女の子も、やっぱり愛人クラブの子だわ」

「ふん」島根は軽く頷いた。「それで？」

「あたしがそのビルに入ったのを、見ていた人がいたの。それが、さっき話した、あたしの会社のＯＬ。その次の日、あたし彼女にジャズのコンサートに誘われたのよ。考えたら……彼女があたしを遊びに誘ってくれたことなんてこれまでなかった。それどころか、親しく口をきくことすら、たびたびあったわけじゃない。なのにあたしをジャズに誘って、食事までご馳走してくれた」

「おまえに探りを入れたかったってわけか」

「そう」秋穂は頷いた。「きっとそうだわ。そのＯＬ……香川教子っていうんだけど」

「香川教子」

島根は秋穂の電話の横からメモ用紙とペンを取った。

「ノリコってどんな字だ？」

「教える子」

「所属は」

「営業四課。でも仕事は営業全般について任されてるわ。口うるさいって女の子の間では煙たがられてるけど、仕事はすごく出来る。それと、人事考課の手伝いみたいなこともしてるから、社員の情報には詳しい」

「なるほどな」

島根はボールペンをドラムスティックのように動かしてこたつを叩いた。

「つまりその女が、おまえと俺達をハメた張本人だった可能性があるってことだな？」

秋穂は、自分の正面に座って話をしていた時の教子を思い出した。信じたくはなかった。彼女が、自分を罠《わな》にかけたことなど。いや、罠にかけたんじゃない、あたしは、罠を仕掛ける餌《えさ》にされた！

だが……それでも秋穂は、教子があの時話してくれたこと、名古屋支社にいる佐久間という社員との婚約解消のこと、あれは嘘ではなかったと思うし、あのことを話している時の教子は、自分と西島のことで親身になってくれていたような気がした。

それだけは信じたかった。

「香川教子が歯医者の愛人で、秘密クラブの経営者なのかどうかは俺が調べてやる。しかし辻褄《つじつま》は合うな。その女は、社内情報でおまえの住所が殺したい女とよく似てて、しかもおまえがご丁寧に殺したい女と同じ部屋番号に住んでいることを知った。それでおまえを利用することを思いついた。俺達を雇っておまえを襲わせ、おまえが警察に訴え、その後すぐに狙《ねら》った女が同じ様な強盗に殺されれば、警察は二件の事件が同じ奴の仕業だと思うもんな。俺達はもともと警察に目を付けられてるから、おまえの供述から俺達が割り出されるのは時間の問題だとその女は考えたわけだ。そして自分は、俺達がおまえを襲っている間だけ確固としたアリバイを確保しておけばいい。だが俺だってバカじゃない、俺とこいつの二人組がそこそこ目立つってことは理解してる。だから俺は、保険のつもりでおまえをヤッた。俺の狙い通り、おまえは警察には訴えなかった。しかしその女は、おまえが警察に訴えなかったことが不思議で仕方なかった。しかもおまえが、あろうことか秘密クラブの事務所にまで現れた。その女はびっくりして、おまえのことを探ろうと誘い出した」

「このラッキースターだけど」

　秋穂は01を手に取った。

「香川教子に連れて行って貰ったパブの真ん前のブティックで売ってたわ。あなたも来てたわね、モデルのマリーと」

「パブ？」

「ラムのおいしい店よ」

「ああ、『バグパイプ』か」

「あたし、このラッキースターが何かの鍵を握っているんだと思うのよ……ねえ、あんたこの指輪についても少し、調べてくれない？」

「わかった」

　島根は00をまたポケットにしまった。

「いずれにしても、俺達をハメたのがその女だってはっきりしたら、どうやって借りを返すかじっくり考えねぇとな。おまえ、どうせ会社辞めて暇になんだろ。あの殺された女について、ちょっと調べられるか？　俺達は警察に目を付けられてるから、殺人事件の被害者の周りなんかウロウロ出来ないしな」

「いいわ」

秋穂は頷いて、皿の上に残っていた卵をフォークですくった。

「やってみる」


「ねえ、テレビ、つけていい？」

秋穂と島根の会話には無関心に食べ物を口に詰めていた武生が突然言った。

「いいわよ。リモコン、その上」

武生はテレビのスイッチを入れた。

平日の午前中の番組など、ほとんど見たこともない。だが画面には、どこか懐かしいような場面が映っていた。よく知っている俳優達が次々と出て来る。

「二時間ドラマの再放送なんてやってんのね、この時間」

「こいつ、これ観るの好きなんだ」

島根がおかしそうに笑った。

「まあ結構、面白いけどな。昔は人気があったタレントとかがよく出てて」

「あんたは出たことないの？」

「出して貰えねぇんだよ」

島根は煙草を皿の上で潰した。

「俺は干されちゃったの」

「じゃ、独立して干されたって噂、本当なんだ……でもわかってたんでしょ、そうなるかもって。どうして独立なんかしたの？　あんなに人気あったのに」

「おまえには、関係ねぇだろ」

「そうだけど」

武生が歓声を上げた。

画面では馬が走るシーンになっている。

「武生、馬、好きなのね」

「ああ」

島根は一瞬だけ、とても優しい顔になった。

「こいつは動物はみんな好きだけどな、特に馬が好きだな」

「それで競馬場にいたんだ」

「おまえ、バカか」

島根は笑った。

「競馬は儲ける為にやるんだぜ。だけどまあ武生は、そうでもないな。こいつ、自分の好きな馬には有り金全部つぎ込んじまうんだ。だから滅多に儲からない。ま、自分で稼いだ金だから何に使おうとこいつの勝手だけどさ」

「……そうなんだ」

「そうって、何がだよ」

「うん……あんた、武生に働かせてそのお金もあんたがとっちゃってるのかと、思ってた」

「こいつの稼ぎなんかあてにしてたまるかよ。こいつ、今時時給五百円くらいのとこで平気でこき使われてんだぜ。どうせ働くならもうちっと時給の高いとこ探せって言ってんのに、めんどくさいからって、アルバイト情報で最初に電話したとこにすぐ働きに行っちゃうんだ」

「欲がないのよ」

「バカなんだよ」

「あなたを信じてるんだわ」

「何の話だよ」

「武生はあんたのこと、信じて頼りにしてるのよ。あんたがいるから、自分は大丈夫だと思ってる。だから欲が湧かないのよ」

秋穂はふと、嫉妬《しっと》を感じた。

島根がそれほど武生に信頼されていることに。武生が、ほとんど無条件に島根に自分の存在そのものを、預けてしまっていることに。

「あんた、これから武生のこと、どうするの？」

「どうするって？」

「一生武生の面倒みて暮らすつもりがあるの？」

武生はテレビの画面に没頭している。多分、秋穂と島根が自分のことを話題にしていると知っても、気にもしないだろう。武生は常に、自分の意思で拾おうとした情報にしか反応しない。

「おまえ、なんか勘違いしてんな」

「勘違い？」

「おまえ、武生のこと、特別な奴だと思ってないか？」

「特別な奴？」

「可哀想な奴だってさ。自分たちより劣った奴だって」

秋穂は言葉を呑《の》み込んだ。

劣った、という認識こそなかったが、自分とは違う……普通とは違う存在なのだとは思っていたのだ。

「前にも言ったろ。自閉症ってのは知的障害じゃないんだ。頭はごくまともで、場合によっちゃ普通の奴等より知能指数が高いことだってある。ただちょっと、物事を考える回路が風変わりなだけなんだぜ。この世の中ってのはまったく、変だ。これだけたくさんの人間がいるんだからさ、ちょっとぐらい風変わりだって別にどうってことねぇじゃんか、な。武生のしたいようにさせといたって、そんなに迷惑でもないだろうが。武生は別に誰に危害を加えるわけでもねぇし、ただちょっと、人と会話がかみ合わなかったりするだけだ。時々何かに怯《おび》えたりすると、奇声ぐらいは出すかも知れない。でもよ、そんくらいのこと、目くじら立てるようなことでもないだろ？　だから俺は、武生と普通に暮らしてる。武生はしたい仕事をして、自分の金で好きな馬の馬券を買って、それで機嫌良く生きてんだ。俺はただ、そんな武生と一緒に暮らしてるだけだ。そうしないと武生が施設に連れ戻されちまうから、取りあえず保護者ってことになってるが、別に俺は武生のこと、保護してるわけじゃない」

島根は、テレビの方に完全にからだを向けてしまった武生の背中を見ながら言った。

「こいつにはこいつの人生があんのさ。そして俺にも俺の人生がある。その時が来たら、俺達は別々なところへ行くことになる」

「それって……いつかは武生のこと、捨てるつもりだってこと？」

「そんなふうに考えてるなら」

島根は秋穂に向かって、へっと笑った。

「おまえが拾ってやりゃいいだろ」

秋穂は島根と一瞬睨み合った。だがすぐに視線を自分からそらした。

喉元《のどもと》まで、それならあたしが武生の面倒、みるわよ、という言葉が出かかったのに、秋穂は自分で驚いていた。

そんなことは出来るはずがないのに。

あたしはもう、川瀬との新しい恋愛を始めたのだ。武生とのことは、一晩だけの、夢だ。

「武生」

秋穂は手を伸ばして、テレビの前で膝《ひざ》を抱えている武生の肩を叩いた。

「ご飯もう、いいの？　片付けるよ」

「そいつはテレビに夢中の時は、返事しないぜ」

「だめよ、そういうの」

秋穂は武生の肩を強く叩いた。

「武生！」

武生がビクッとして振り返った。

「ご飯をきちんと済ませなさい。食べたお皿、ちゃんと片付けて！」

「おっかねー」

島根が笑った。武生は秋穂の顔をじっと見てから、こくんと頷くと、皿を持って台所まで歩いて行った。

「結構コツ、摑んでんじゃん」

島根はニヤニヤした。

「やっぱりさ、おまえ、あいつに合ってるよ」

島根は立ち上がった。

「さてっと。俺、出掛けるわ。夕飯は外で食って来るから、武生と二人で済ませてくれりゃいいぜ」

「そんなこと」秋穂はふくれた。「あんたにいちいち心配して貰わなくてもいいわよ。それより、指輪の調査も頼んだわよ」

「ああ。おまえもうまくやれよ。じゃな」


島根が出て行くと、武生はまた洗濯の続きを始めた。島根の言葉通り、そうしているのが楽しいのか、武生は動いている洗濯機の蓋《ふた》を開けて、ぐるぐる回る水をじっと見ている。

秋穂は、島根の言ったことを漠然と考えた。

確かに武生は、こうやって自分がしたいことをして機嫌良く生きているだけなのだ。武生の思考回路が他の人間と多少かみ合っていなくたって、それで誰が困ることがある？　誰が迷惑だ？　もしそんな武生を足手まといだと言うとしたら、この世の中は、なんと不寛容なのだろう。

秋穂は武生が洗濯を続ける間、自分も皿を洗っていた。

もし、この皿洗いがあたしにとってとても楽しいことだったとして、あたしがずっと機嫌良く皿を洗い続けていたとしたら、やっぱりこの世の中はあたしのことを、可哀想だと決めつけるのだろうか。

人々は、「可哀想な」存在を求めてる。探してる。「ああ可哀想に」と言いたくてうずうずしている。西島との破局を社内の女達が嬉しそうに話している様子が目に浮かぶ。

「可哀想にね、海道秋穂って。ほんとに可哀想にね」

そして彼女達は笑うのだ。高らかに。


秋穂のからだの中に、不意に自分でも恐いと思うほどの怒りがこみ上げて来た。

何に対する怒りなのか、秋穂自身にもはっきりとはわからない。ただ、とにかく許せない。そうやって笑われることが。そうやって、世の中が「可哀想」と言いたくてうずうずしていることが！

どうして武生が島根と一緒に、「悪いこと」をするようになったのか、秋穂はようやく少し理解出来た気がした。

きっと武生も、怒りを感じているのだ。いや、武生自身は何も意識していないのかも知れないが、無意識の底で、武生は憎んでいる……この社会を。


「武生」

秋穂は皿を片付け、洗濯機の中に顔を突っ込むようにして渦巻く濁った水を見つめ続けている武生のそばに立った。

「あとは洗濯機に任せない？」

「うん」

武生は屈《かが》めていた腰を伸ばした。隣に並ぶと、武生の頭は秋穂の視線の遥かに上の方へと行ってしまう。

「少ししたらあたし、出掛けるけど、留守番出来る？　鍵は持ってるよね」

「どこに行くの？　会社は辞めたんでしょ」

「まだ辞めてないのよ。辞めるってそんなに簡単には行かないの」

「なんでさ」

「なんでって、いろいろ手続きもあるし、仕事の引継ぎだってしないとならないし」

「俺が仕事辞める時はいっつも、辞めますって言って終わりだよ」

「武生のはアルバイトじゃない。あたしは正社員だから、厚生年金のこととか失業手当のこととか、退職金の計算とか、ごちゃごちゃとあるのよ。ともかく、そういうの済ませないとならないから、一度会社に行くわ。武生は今日、仕事あるの？」

「夜。居酒屋」

「何時に出る？」

「八時くらい」

「だったら夕飯、一緒に食べよう。材料買って来るから」

武生はとても嬉しそうな顔になった。秋穂は、武生の喜ぶ顔に思わず自分も微笑《ほほえ》んだ。

秋穂は武生を促して洗濯機のそばから離れ、居間へ戻った。

「武生は馬、好きなのね」

「うん」

「また来週、競馬行く？」

武生は首を横に振った。

「どうして？」

「少し、金貯《た》めておく」

「何か買いたいものがあるの？」

武生はにっこりした。

「有馬記念」

「有馬記念？　それって競馬のレースね」

「最後のレースなんだ」

「今年の？」

「そうじゃなくて」

武生はこたつに入って背中を丸めた。

「引退するんだ……ギャロップ」

「ギャロップ……そういう名前の馬？」

「ギャロップダイナ。日本でいちばん、強い馬」

秋穂はチェストの上からキャンディの瓶を取り、中からキャンディをいくつか摑んでこたつの上に置いた。

赤と青と、金色の包み紙。秋穂は武生がどの包みに手を伸ばすのか、何となく楽しみに見ていた。

武生は迷わずに金色をつまんだ。

やっぱり！　そんな気がしたの。

秋穂は心の中で、小さくはしゃいだ。

「日本でいちばん強いなら、きっと勝つね」

「うん」

武生は金色の包みを広げ、キャンディを見てかすかな失望をその目に宿らせた。秋穂には武生の気持ちがわかった。武生は、せっかく金色の紙にくるまれているのに、中のキャンディが平凡な白いものだったことに、ちょっとがっかりしたのだ。

秋穂には今ようやく、武生の心の動きが摑めていた。武生の思考の回路を辿《たど》って、武生の心の奥の部屋へと入ってみたい。秋穂は純粋に、武生を知りたかった。

もっと。もっともっと。

「勝つさ」

武生は頬にキャンディを押し込み、力強く頷いた。

「ギャロップは勝つんだ。だから俺、たくさん金が欲しいんだ」

「全部、馬券にしちゃうの？」

「うん」

「それでもし、当たったらどうする？　何を買う？」

武生は、下を向いた。だがその唇には笑みが浮かんでいた。

「どうしたの？　教えてよ」

「北海道に行く」

「……北海道？　馬を見に？」

「暮らすんだ。北海道で暮らす。秋穂、知ってる？　北海道ってすごく土地が安いんだ。ものすごく広いのを買っても、一千万くらいなんだって。ギャロップダイナは今年、調子が悪くて人気がないんだ。歳もとってるし。だから倍率が高くなる。二十万くらいあったら、一千万円になる。そしたら北海道で暮らす」

「だけど武生」

秋穂は囁いた。

「あいつは北海道なんて、一緒に行ってくれないかもよ」

武生は黙っていた。

秋穂は、武生が島根との別れを意識していることを、感じた。

辞表を提出しても、上司は特に驚くふうもなく、ただ形式として「残念だな」と言っただけだった。その声の底には、安堵《あんど》がある。

秋穂はあらためて、自分がこの会社でいつのまにかやっかい者になっていたことを知った。誰も本気で引き止めてくれる人間など、いない。

総務部でいくつかの書類を貰い、秋穂は出来るだけ知り合いに顔を合わせないようにして会社を出た。それらの書類を提出して、退職金の支払いを受ければそれで総て終わりだ。川瀬に会って話をしたい気持ちはあったが、社内では親しくすることも出来ない。川瀬の前で他人行儀な言葉を遣うくらいなら、会わない方がいい。

これからは、いつだって逢えるのだから。

5

秋穂は書類を持ったまま、自分のアパートのある駅まで戻った。だがそのままアパートへは向かわずに、一本手前の角を曲がった。『メゾン・フレール』の方向へ。

真藤深雪が殺されたその小さなマンションは、何事もなかったかのようにちゃんとそこにあった。

さて、どうしようか。

秋穂は勿論、生前の真藤深雪とはまったく面識がなかったし、彼女について知っていることと言えば、都内の繊維メーカーに勤務していたOLで、歳が二十六歳だったということだけだ。それも総て、新聞に書いてあったことである。

秋穂の想像では、真藤深雪は香川教子がやっていたという裏の商売、愛人を斡旋するクラブに所属していた「愛人」だった。そして香川教子と何らかのトラブルを起こし、教子に殺意を抱かれた。

だが、秋穂にはまだ信じられない気がしている。あの香川教子が……愛人の斡旋商売をしていたことはわかるとしても、殺人というのは。

それでも、島根が言っていたように、今のところはそれが一番辻褄の合う解釈なのだ。ともかく秋穂の住んでいたのがこの真藤深雪の住んでいた『メゾン・フレール』とたった一字違いの『メゾン・ド・フレール』で、それもほんの百メートルほどしか離れていない場所にあると知っていた人間しか、あんな手の込んだ罠は思いつかなかっただろう。秋穂は会社の外に友人と呼べる存在を持っていたわけではないし、秋穂の住所を知っている者は限られていた。営業の女子社員の情報ならいくらでも手に入れることの出来た香川教子には、それを知るチャンスが多い。

秋穂は様々な言い訳を考えながら、メゾン・フレールに近づいた。丁度、建物から出て来た、秋穂とおない歳くらいの女性がいた。

「あの」秋穂は思い切って声を掛けた。「あの、ここにお住まいの方でしょうか」

「ええ、そうですけど」

「あの、あたしも仕事の関係でこの近くに引っ越そうと思っているんですけど、ここだと駅から近いし、それに建物も綺麗なんでどうかなと思って。空いてる部屋ってありますか？」

「さあ」女性は鬱陶《うっとう》しそうに頭を振った。「そういうことは大家さんに聞いた方がいいんじゃないですか。空き部屋があるかどうかなんてあたし、よく知らないから」

「大家さんは、こちらに？」

女性は首を横に振った。

「全然違うとこに住んでますよ。実を言うとあたしも会ったことないの。だって家賃は振り込みだし、管理のこととかは不動産屋さんと管理会社が間に入ってやってるから。だけど」

女性はマンションのドアのところを指さした。

「あそこに管理会社の連絡先が貼ってありますよ。何なら電話してみたらどうですか」

秋穂は礼を言ってマンションの玄関ドアに近づいた。確かに、ガラス戸にシールが貼ってあって、そのシールに管理会社の連絡先が印刷されている。

秋穂はその電話番号をメモした。

それからドアを押して中に入ってみた。事件のあった部屋はすぐにわかった。入ってすぐ右手のドアに、大きく立ち入り禁止の紙が貼ってある。

秋穂はしばらくその紙を眺めていたが、そっとドアノブに手を伸ばしてみた。当たり前のことだが、施錠されていた。

秋穂は諦めてまた外に出た。そして歩き出した。

「あの」

秋穂は背中から声を掛けられてビクッとした。振り返ると、さっきの女性が立っていた。

「あの、もしかしたらご存じないのかなと思って、その」

「え？」

「あのね……このマンションに住むのって、どうかなって。勿論ご存じの上でしたらいいんですけど」

「何をでしょう？」

秋穂はうまくとぼけられたか少し心配になりながら、曖昧《あいまい》な笑顔を作った。

「ご存じないんですか。あのね、このマンション……先週、殺人事件が起こっちゃったんです」

秋穂はこんな場面でテレビドラマの女優達が見せるリアクションを懸命に思いだそうと努めた。そして出来るだけそれを真似しようと必死になった。

「ごめんなさい、驚かせちゃって」

「あ、いえ、いえ……」

「一階に住んでいた女の人が、強盗に入られて殺されてしまったんです。一階ってやっぱり、不用心ですよね……それでもう何人も引っ越して行っちゃったんですよ。だから空き部屋はたくさんあると思うんだけど、でも……何となく気味が悪いですよね。あたしも出来たら引っ越したいなと思ってるくらいなんです」

「そ、それは」秋穂は唾《つば》を呑み込みながら頭を下げた。「わざわざご親切に教えていただいて助かりました」

「いいえ、いらないおせっかいしちゃって」

「とんでもない。あたしもそんなところに住むのは嫌ですから。それで、犯人は捕まったんですか？」

「まだなんですよ。早く捕まってくれるといいんだけど。でもね、犯人は若い男の二人組だったんですって」

「若い男の、二人組」

「ええ。そういう噂です。誰か目撃した人がいたみたい。でもほんとに、気の毒ですよね」

「まだお若い方だったんですか」

「若かったですよ。あたしは話をしたことってなかったけど、とても綺麗な人で。でもあたしの隣に住んでいる方が、その被害者の方と友達だったんです。その方の話だと、もうすぐ結婚することになっていたんですって」

「まあ」

「嬉しそうにそう話してくれた矢先にあんなことになって、ほんとに気の毒だって言ってました。東京ってやっぱり恐いですね。あたし、一人暮らしが心配になっちゃって、今度はルームメイトでも探そうかと思っているところなんです」

＊

犯人は若い男の二人組。

勿論、そんなはずはない。島根と武生は真藤深雪を殺したりしてはいない。

今ではもう、その点だけは秋穂にも確信があった。

二人は確かに、品行方正というわけではない。どちらかと言えば俗に言うチンピラ、自堕落な生活をおくっている不良青年達だ。だが、二人が殺人など犯せるような性格ではないことは、理屈ではなく秋穂にはわかった。武生には勿論、そんな野蛮なことは出来ないし、島根だって、なんだかんだ言っても結局、親からやっかい者にされていた武生を施設の外の世界で生きて行かそうとしている、そんな人間なのだ。ひねくれてはいるが、腐ってはいない。

やっぱり、誰かが彼等を罠にはめたのだ。そしてその真犯人が、彼等が犯人であるかのような噂を流している。

早く真犯人を探し出さないと、彼等は逮捕されてしまうだろう。あたしを襲った晩にもし彼等がこの近所で誰かに目撃されていたりしたら、万事休すだ。

秋穂は駅に向かって引き返した。公衆電話のある場所まで行くと、メモした番号をプッシュした。

「はい、東永土地建物管理でございます」

「あの、葛飾区青戸のマンションのことについてお尋ねしたいんですが」

「何というマンションでしょうか」

「メゾン・フレールです」

「少々お待ち下さいませ」

受け付けた女性の声に代わって、中年の男の声がした。

「はい、どんなことでしょう」

「メゾン・フレールに以前お住まいだった方の荷物のことなんですが」

「賃借人の方の私物に関しては、当管理会社は一切関与しておりませんが」

「でも、でも」

秋穂は必死に聞こえるように声を荒げた。

「困るんです！　あたしの……あたしのテレビ、貸してあったんです。それなのにあの部屋にはもう入れなくなってるし……あの立ち入り禁止の紙はおたくが貼られたんでしょう？　いったい、どうしたんですか？　真藤さんはどこに行っちゃったの？」

　しばらく、受話器の向こう側で沈黙があった。

「失礼ですが」男の声は前より低かった。

「お名前をお願いしたいんですが」

　秋穂は適当に思いついた名前を告げた。

「真藤さんの事件については何もご存じないんですね」

「事件って、あたし、昨日まで海外にいたものですから。何かあったんですか？」

「真藤さんは亡くなられました」

　秋穂はまた、驚いた演技をした。だが今度は相手に顔を見せられない。声だけでそれが伝わったか不安だった。

「真藤さんのお部屋にあった荷物は総て、昨日警察の許可があったのでご実家の方が引き取られました。何でしたら、ご実家に連絡されてご相談になってみたらいかがでしょう。お宅様のテレビも多分、他の荷物と一緒にご実家の方に行っていると思いますから。ご実家はご存じですか」

「いいえ」

「そうですか。えっと、ではお宅様のお電話番号をお願い出来ますか。私どもの方から真藤さんのご実家に連絡して、直接お宅様に連絡させるようにいたしますから」

　秋穂は迷ったが、電話番号だけは本当のものを告げた。注意して電話に出れば、偽名がばれたりはしないだろう。

秋穂は、駅前の大型スーパーに入り、夕飯の材料を買った。武生は何が好きなんだろう？ いや、嫌いなものってあるのかしら。

朝食の食べ方からすると、小食な方ではない。

輸入肉の安売りに目がとまった。サーロインステーキが三枚で二千円。秋穂の普段の夕飯予算からすると奮発だ。だけど三枚って……二枚でいいのに。でも武生が気に入ってもう一枚食べるかも知れないし。

肉と付け合わせに野菜が少し、それに缶詰のスープと、デザート用に林檎《りんご》を買って、秋穂は店を出た。秋穂のマンションへの途中に小さな酒屋がある。あそこに寄って、ビールを少し、買おう。

「秋ちゃん！」

後ろから、秋穂は肩を抱かれるように背中を包まれた。

「昼間、会社に来たんだってね。総務に聞いたよ」

「川瀬さん……」

「辞表のことも、聞いた。淋しくなるけど、秋ちゃんの為には良かったと思う。でもこれからのことを相談しなくちゃね」

「あの」

「何だか落ち着かなくてさ。子供が病気だからって言って、残業しないで出て来ちゃったんだ。ね、秋ちゃんのとこに寄らせて貰ってもいいかな？　実はね、秋ちゃんに向いてそうな会社の情報をいろいろ集めて来たんだ……」

鞄《かばん》から数枚の会社案内のパンフレットを取り出した川瀬に、秋穂は何と言えばいいのかわからず、困惑して立ちすくんだ。

「あ、ありがとう、あの」

秋穂は川瀬の手から数枚のパンフレットを受け取った。川瀬は何の躊躇《ためら》いも見せずに、秋穂の肩を押すように歩き出させる。当然のことながら、このまま一緒に秋穂のアパートへ行くつもりなのだ。

アパートには武生がいる。

だが、川瀬をアパートに来させない言い訳も、武生を川瀬に気付かれないようにアパートから外出させる方法も、秋穂には思いつかなかった。川瀬の言葉に半分上の空で応えながら、ようやく思いついたことといえば、武生を親戚の子ということにして川瀬に紹介する、その程度のことだった。

「秋ちゃんは計算も強いしワープロも扱えるから、経理事務みたいな仕事なら僕の紹介ですぐにでも見つかると思うんだ。何しろ今はほら、人手不足で売り手市場だからね」

「でも、ワープロなんか特技というほどのものでもないし……」

「その気があるならパソコンを習いに行くといいよ。これからはやっぱり、パソコンが絶対必要になるからね。だけど秋ちゃん、秋ちゃんがもし、もう事務みたいな仕事は飽きたって言うなら、発想を変えてみてもいいと思うんだ」

「発想を変える？」

「うん。何かまだあまり他の人がしていないような仕事を始めてみるのもいいんじゃないかな。秋ちゃん、何か就職する前にやりたかったこととか、ないの？　学生時代の夢とかさ。今は景気もいいし、新しいこと始めるにはいい時期だと思うんだよ」

「やりたかった……こと」

秋穂は歩きながら川瀬の言葉を頭の中で反芻《はんすう》した。だが、いくら思い出そうとしてみても、学生時代やそのずっと前までさかのぼって考えてみても、自分が何をやりたかったのか、何になりたかったのか、答えがすぐには出て来なかった。

秋穂は愕然《がくぜん》とした。

あたしには、目標も希望も、ない。


ふと、武生の夢が秋穂の頭をよぎった。

大好きな馬に全財産を賭《か》けて、それで稼いだ金で北海道に土地を買って暮らす。バカみたいだ。バカみたいだけど……

秋穂の胸の奥がきゅんと痛んだ。武生の夢があたしの夢だったら良かったのに、と、本気で思えた。

だがその次の瞬間、秋穂は隣りを歩く川瀬の息づかいを意識した。

何だか、泣き出してしまいそうな変な気分だった。いったい自分が、武生と川瀬のそれぞれに対して、この先どう接して行くつもりでいるのか、自分でもわからない。勿論、恋愛の対象としては川瀬しか考えられない。川瀬との逢瀬《おうせ》は、秋穂にとってとても現実的な幸福だ。だがそれなら武生は？

武生を見ている時、武生の言葉を思い返している時、そして武生のことを考える時。あたしの心の中に満ちて来る、この奇妙な興奮はいったい何なのだろう？

遠浅の海岸で次第に足首に高く満ち始めた波を見ている時にも似た、どこか危険な、喜び。

「秋ちゃん」

川瀬の声で秋穂は我に返った。もう、自分のアパートの前に立っている。

「ごめんなさい」秋穂は慌てた。「あの、川瀬さん、実は今日、従弟《いとこ》が遊びに来ていて……」

「従弟さん？　あ、それじゃまずかったかな」

「あの、いいえ、あのちょっと待って下さる？　実はその従弟、人見知りするもんだから」

秋穂はもどかしくドアを開けると中に飛び込んだ。

「武生」

武生は見当たらない。呼んでも返事がない。今夜のバイトは八時からだと言っていたのに。夕飯を一緒に食べようと言ったら、喜んだ顔していたのに。

「武生、いないの？」

間抜けな問いかけだ、と秋穂は思いながら部屋の中を歩き回った。いなければ「いないよ」とは返事出来ないのにね。

仕方ない。きっと気まぐれで散歩にでも行ったのだろう。

秋穂はドアを出て、外で待っていた川瀬に言った。

「買い物にでも行ったみたい」

「じゃ、日を改めようか？」

「ううん、いいのよ。気にしないで。ちょっと変わってるの、従弟」

川瀬は初めて入った秋穂の部屋でも、すぐにくつろいだ様子を見せた。パンフレットの会社の説明を一通り聞き終わると、秋穂はエプロンを着けた。

「お夕飯作るけど、川瀬さん、食べて行って下さいます？」

「いいのかな」

「もちろんよ。もっとも、川瀬さんが奥様に叱《しか》られなければいいんだけど」

言ってしまってから、余計なことだったと思った。川瀬が妻帯者であることは、少なくとも二人切りでいる間は忘れているべきなのだ。そうでなければ、川瀬と恋愛など出来やしない。だが川瀬は気にした様子もなかった。

「今夜は付き合いで遅くなるって電話してあるんだ」

秋穂はふと、川瀬がそうした関係……つまり、不倫に慣れているのではないか、と気付いた。愛妻家だという社内での評判は、もしかしたらかなり見当違いなものだったのかも知れない。

秋穂は、その方が気が楽だわ、と思った。そう、愛妻家でマイホームパパな男と付き合うよりは、妻があっても他の女とうまくやっている男と不倫する方が、面倒がなくていい。

だがそう思う端から、秋穂の心にはそれまで感じたことのない不安が広がった。

結局、川瀬にとっては総て、遊び……

電話のベルが鳴った。秋穂は点けたばかりのガスの火を消そうとしたが、あわてていて油の容器を倒してしまった。

「ごめんなさい、川瀬さん。電話お願いできます？」

秋穂はこぼれた油の処理で一瞬上の空になり、ついそう言ってしまってからハッと気づいた。だが、秋穂が電話のところまで走り寄るより一歩早く、川瀬が受話器を取ってしまった。

「え？　いえ、そういう人は……」

川瀬が怪訝《けげん》な顔で秋穂を見た。

しまった。やっぱり真藤深雪の実家からだ！

不動産管理会社には偽名を名乗ってあったから……

秋穂は川瀬の手から受話器を取った。


「あ、あの、もしもし」

「山本幸子さんのお宅ではないんですか？」

受話器の向こうの声が尖《とが》る。

「いえ」秋穂は思わず川瀬に背を向け、小声になった。

「間違いありません。真藤さんですね？」

「そうです。先程不動産屋から電話貰ったんですが、なんでもうちの娘がお宅様のテレビをお借りしたままだったとかで」

「あ、はい」

「そんなはずないんですがねぇ。娘の荷物は総てうちに引き取りましたが、テレビは娘が就職して東京に出た時にわたしが買ってやったやつが一台あったきりなんですよ」

「あ、あの、それが故障したと言うんで、あの、あたしが旅行に出ている間お貸ししていたものなんです」

「そうですかぁ。しかしほんとになかったんですよ。ああ、もしかしたら、娘の婚約者だった男のとこにあるのかもわかりません」

「婚約者……」

「ご存じありませんか。井上という人なんですが。井上篤志」

そう言われても知っているはずがなかった。だがテレビの貸し借りをするほどの仲だったのに婚約者についてまるで知らないというのでは不自然だろう。

「あ、お名前だけは」秋穂は嘘を重ねた。「でもお会いしたことはなくて。けれどきっとその人のところにありますね。あの、連絡先はわかりますでしょうか。お手数なんですが」

真藤深雪の父親らしい人物は、井上篤志の電話番号を教えてくれた。秋穂はメモをし、それから深雪の死について丁寧に悔やみの言葉を述べてから電話を切った。

振り返ると、川瀬がじっと秋穂を見ていた。

「どなたか、亡くなったの？」

川瀬の心配そうな顔が、秋穂の胸を打った。

「あの……友達。昔の」

「君の友達？　どうしたの！」

「事故よ、事故。交通事故……あ、でも心配しないで。亡くなったのはもう随分前なの。ただあたし最近まで知らなかったものだから」

「そうか」

川瀬は頷いて、優しく微笑んだ。

「気の毒なことしたね」

「ええ、ほんと」

秋穂はメモをエプロンのポケットに入れて台所に戻った。


ステーキを二人で食べ終えても、武生は戻って来なかった。八時を過ぎている。今夜は戻らずにバイトに出てしまったのだろう。

秋穂は焼かずに残った肉を冷凍庫に入れようとして、思い直した。もし……もし武生が帰って来てお腹空《なかす》いてると可哀想。肉は冷蔵室に入れた。

川瀬はすっかりくつろいで、食後のコーヒーを楽しんでいる。急いで帰るつもりなどやはりないようだ……今夜はこの部屋で……そう考えている男の心が、秋穂には手に取るようにわかった。西島がそうだったように。

結局、一度許してしまえば男はみんな同じなのかも。

秋穂はハッとした。なぜそんな、つまらないことを考えてしまったのだろう！

西島と川瀬は違う。違うに決まっている！

それでも、時間は西島がこの部屋に来ていた時とそっくりに進んで行った。コーヒーの後、少しの酒。そしてキス。

そのまま押し倒されるのを拒んで、シャワー。入れ代わりに川瀬がバスルームに入ると、こたつを片付けて布団を敷く。

何もかも、一緒だ。

武生となら……時間はとても風変わりに流れて行く。予想もしなかった方向に。

秋穂は、川瀬の優しくて手慣れた愛撫《あいぶ》を受けている間中、武生のことを考えている自分に気付いていた。だが気付いていても、川瀬を拒みたくない自分が同時にそこにいる。

もう、どうにでもなれ。

秋穂は川瀬の優しさに苛立ったかのように、自分から川瀬の首を引き寄せ、しがみついた。川瀬が秋穂の高まりに応えて手つきを荒々しくする。秋穂は武生と抱き合った夜の余韻を消し去りたかった。武生と感じたあの幸福以上の悦楽を、川瀬を相手に得たかった。自分は川瀬を選ぶのだ、絶対。だって……だって武生は……武生は……

川瀬は終電にはまだ余裕のある時刻に部屋を出て行った。どんなに遅くなっても、必ず家へは戻るのだ。当たり前のこと、わかっていたことなのに、いざ川瀬が去って行って、ひとり布団の上に座り込むと涙が出た。

これからはずっと、この恋愛が続く。

秋穂にはもう理解出来た。川瀬は決して家庭を捨てたりはしないだろう。

川瀬は優しい。秋穂にも、そして多分、妻にも。それが川瀬という男だった。

自分が欲しかったもの、望んだものは、本当にこんなものだったのだろうか。

なぜこんなに、こんなに味気ない？


時計を見た。十時半。

武生のバイトが終わるのは多分、真夜中だ。

川瀬の持って来てくれたパンフレットをめくる。そうだ、ほんとに就職のこと、真面目に考えないと。貯金だってそうあるわけじゃないし、失業手当は半年しか貰えない。

あれ？

パンフレットの中の一枚が、秋穂の目をひいた。パールドレス化学株式会社。合成繊維のメーカー。秋穂の知らない会社だ。だが、どうしてなのだろう、その社名には憶《おぼ》えがあるような気がする。何かつい最近、どこかで……

ガタン。

玄関のドアが音をたてた。秋穂は耳を澄ませた。気のせい？

ガタガタッ！

気のせいじゃない。誰かがドアを叩いている。いや、叩いているというよりは、からだをぶつけている。

秋穂は立ち上がった。

「どなた？」

秋穂は玄関の内側から声をかけた。

「どちら様でしょう？」

「あ……けて……」

武生！


秋穂はドアの鍵をはずした。

開けたドアから、武生が倒れ込んだ。

「武生！　ちょっと、どうしたの！」

秋穂は倒れた武生のからだに触れた。

ヌルッとした感触。血！

「武生っ！　大丈夫、しっかりして。しっかりしてぇっ」

秋穂は武生を裏返した。武生の顔は、血まみれだった。

＊

「ほんと、びっくりした」

秋穂は横になった武生の額をそっと撫《な》でた。

「大怪我《けが》したのかと思った。鼻血が出ただけだったのね」

冷たい水で絞ったタオルを武生の鼻にあてると、武生は冷たさにヒクッとした。

「だけど、どうしたの？　誰かと喧嘩《けんか》？」

「わかんない」

「わかんないって……」

「わかんないよ。近道して公園の中歩いていたら、いきなり」

「殴られたの？　誰に？」

「だから、わかんなかった。ブランコの横から誰か飛び出して来て、殴った。棒みたいなので」

「棒！」

「逃げたんだ。俺の方が足、速かった」

何がなんだかわからなかった。武生はいろいろなことを総合してものを考えることが下手なのだ。きっと、また自分だけの世界にひたって歩いていた最中に誰かに襲われたのだろう。だから相手のことをまるで見ていなかった。

しかしいったい誰が？

「武生、アルバイトはどうしたの？」

「クビ」

武生はタオルを鼻に当てたまま横を向いた。

「そう」

秋穂はそれ以上訊かなかった。

どうして世の中は、武生とうまく折り合ってくれようとはしないのだろうか。秋穂は漠然と悲しくなった。武生が少しぐらい他の人間と違う行動をとったからって、そのくらい気にしないでくれればいいのに。包み込んであげればいいのに。

秋穂は、武生の髪を撫で、額にそっと唇をあてた。

「ねえ武生、ギャロップダイナのこと、話してよ。どうして武生は、その馬のことがそんなに好きなの？」

「強いからさ。ルドルフより強いんだ」

「ルドルフって去年引退した？」

「海外遠征したんだ。でもだめだったよ、故障して。当たり前だよ、だってギャロップダイナの方が強いんだもの。ギャロップダイナは凄《すご》いんだ。ルドルフを負かした。天皇賞で負かしたんだよ、天皇賞で！」

「凄いのね」

秋穂は相槌《あいづち》を打ったが、天皇賞というのがどんなレースなのかは知らない。

「だったら今度も絶対に勝てるわね」

「うん」

武生はようやく秋穂の方を向いて微笑んだ。

「勝てるよ。みんな信じてないけどね」

「どうして信じないのかしら」

「最近勝ってないからさ。でもみんな知らないんだ。ギャロップダイナは弱くなってなんかいない。シンボリルドルフを負かしたのだってフロックなんかじゃない。ギャロップは勝つんだ。だから俺は北海道に行けるんだ……秋穂と二人で」

「武生……」

「ねえ、行くだろう？　二人で北海道へ、行くだろう」


秋穂はじっと武生の目を見つめた。

切れ長の、とても涼やかな目だ。その睫毛《まつげ》の奥には、きらきらと熱っぽく光りながら自分を求めている瞳《ひとみ》がある。


「武生、あのね」

秋穂はその瞳の奥を覗き込んだ。

「ギャロップダイナは勝てないって、みんなは思っているのね？」

「うん」

「本命とかじゃないのね？」

「穴の印もつかないだろうってマーちゃんが言ってる」

「万馬券とかになるのね」

「きっと」

「だったら」

秋穂は小さく深呼吸した。

「ギャロップダイナが勝ったら、武生と行く。北海道に武生と行くわ」

どうしてそんな馬鹿なことを！

秋穂には自分で自分が理解出来なくなっていた。たった今川瀬に激しく抱かれたばかりなのに、自分でそう望んで、武生と得たよりも強い悦《よろこ》びを川瀬から得ようとしたばかりなのに！

武生は起きあがった。タオルが転がり落ちる。

「秋穂」

武生は秋穂のからだを抱いた。

「だめ」

秋穂は小さく首を振った。

「あたしね、さっき、セックスしたの。他の男の人と、したの」

武生の長い腕を押しのけて、秋穂は立ちあがった。

「その人のことも好きなのよ。好きなの。きっとまだ武生のことより好き。だからあなたのギャロップが勝つまでは、あなたはあたしのこと、抱けない。あの夜みたいにあたしのこと、犯す？ そうしてもいいわよ。だけどそうしたら、あたしはもう二度とあなたのこと、好きにならない。嫌いになって、ずっとずっと嫌いなままで、死ぬまで嫌いでいるわ。それでもいい？」

「いやだ」

「だったら祈るの」

秋穂は武生の目を見据えた。

「祈りなさい。神様に祈るのよ。あなたのギャロップが勝てますように、あたしがあなたのこと、嫌いになりませんようにって神様に祈って！」

武生は秋穂を見上げた。哀《かな》しい犬の目で。だが次第にその犬の瞳は妖《あや》しい光を放ち出した。やがて、秋穂が息を呑んだほどの神々しさで、武生の透き通った視線が秋穂を貫いた。

武生は純粋だった。痛いほど、苦しいほど純粋だった。

武生は正座し、両方の手を胸の前で不器用に組み合わせると、大声で祈り始めた。

ギャロップダイナが勝てますように！

有馬記念で勝てますように！

秋穂が俺のこと、嫌いになりませんように！

秋穂が俺のこと、好きになりますように！

好きになって、もう一度秋穂とセックスが出来ますように！

笑い出しながら、秋穂はこぼれてしまう涙を手の甲で拭《ぬぐ》った。

こんな変なお祈りなんて、他にある？

あたしの為に、こんなあたしなんかの為に祈ってくれる男なんて、他にいる？

6

武生とは手だけ繋《つな》いで眠った。そうしているだけでそれなりに安心出来るのか、武生はスースーと寝息をたててぐっすりと寝ていた。

秋穂は、闇の中でじっと考えたままだった。

ほんとにギャロップダイナが勝ったりしたら、あたしは武生と北海道に行くんだろうか？

自分のことなのに、まるでひと事みたいにしか感じられないのは、武生の存在そのものがどこか非現実的で突拍子もないからだろう。

そう、武生はまるでお伽噺《とぎばなし》だ、あたしにとって。

もし武生と一緒に暮らしたら……きっと毎日がこんな、半分夢みたいな状態で過ぎて行くのだろう。それって、もしかしたらとてもとても素敵なことなのかも知れない。だけど夢は夢、お伽噺はお伽噺。大人の男と女はそんな幻の中でいつまでも幸せに生きて行くことなんか出来ないわ。

そうだ……ギャロップダイナはきっと負けるだろう。いくら昔は強かったからって、世間が揃《そろ》って負けると思っている馬が勝てるわけがない。

ガチャ。

暗がりの中で、鍵がまわる音がした。

「どうしたのよ」

秋穂は、入って来た島根に小声で囁いた。

「今夜は帰らないはずじゃなかったの？」

「武生は」

「寝てる。だけどね、この子、バイトをクビになったみたい」

秋穂は布団を抜け出して台所に行った。島根がコップで水を飲んでいる。

「何か食べる？」

「いい。武生、またクビか」

「よくあるの？」

「ああ。自分から辞めることも多いけどな。しょうがねえよ、武生は自分の好きなようにしか生きない奴だから。おまえ、あの女のこと調べた？」

「少しだけね」

秋穂は鍋摑《なべつか》みと一緒に下げてあったエプロンのポケットからメモを取り出した。

「あの真藤深雪って人、婚約者がいたらしいわ。井上篤志って人。これがそいつの電話番号」

「ふぅん」

島根はニヤニヤした。

「なかなかやるじゃん。だけど俺はもっとでかいのを摑んだぜ」

「でかいのって？」

「指輪だよ、ラッキースター。CERI－MAKITAがデザインしてあの六本木の店で売ってるやつだ。あれにはとんでもない秘密があったんだ」

「秘密……」

「何だと思う？」

「見当がつかない」

島根は秋穂の頰を指先で撫でた。

「何もかもあんたのお陰だ、あんたは幸運の女神だぜ、まったく」

「どういうことよ」

「あんたがラッキースターの00をがめてくれたお陰で、俺達は金持ちになれる」

「ラッキースターを売ってる六本木のあのブティックのオーナー、伊藤悦子っていうんだけどな」

島根はニヤッとした。

「前身はポルノ女優で、引退してからは銀座のクラブに勤めてた。例の歯医者、あいつとはどうやら、一時期男と女の大人の関係ってやつだったみたいだな。もっともとっくに関係は清算して、彼女は別の男をくわえ込んで愛人に収まってる。和原《かずはら》走馬ってさ、聞いたことない？」

秋穂は首を横に振った。

「競馬の調教師だ。一時は名騎手と言われた男で、そこそこ名は知れてるぜ。親父さんも騎手だった、いわば競馬エリートだな。だが競馬エリートってのはつまり、小さい頃から競馬界の人脈の中で生きて来ていろんなしがらみを抱えてるってことなんだろうな」

「つまり……八百長を頼まれることもあるってこと？」

「まあそこまで露骨じゃなくても、内部の人間しか知らない特別な情報を握るチャンスが山ほどある。たとえば、絶対の本命、とされてた馬がだらしなく負けたような時は必ず、後になってからその馬が体調をひどく崩していたなんてことがいろんな奴の口から語られるもんだが、そうした情報の総てが出走前にちゃんと発表されるわけじゃない。だが内部の連中はみんな知ってるわけだ。だから競馬会に就職すると馬券は買えないのさ。いわば、株で言うところのインサイダー情報ってやつだ。そして、そうしたインサイダー情報を、寝物語に愛人の伊藤悦子が引き出していたってこともあったろう」

「それじゃ、ラッキースターは……」

「その情報を伝達する伝書鳩《ばと》だった」

「つまり、あの指輪にそうした情報を仕込んで、何も知らない女に運ばせた……あ、あの、あの歯医者に！」

「あいつは賭博で暴力団に借金つくってにっちもさっちも行かなかった。それでどうしても、金が必要だったんだ。で、昔なじみだった伊藤悦子に相談した。伊藤悦子は多分、金がつくれないと命がなくなるとでも泣きつかれて、和原から得た極秘情報をあいつに流した」

「だけど……情報を漏らしただけだって法律違反でしょう？」

「少なくとも、そのことが表沙汰《ざた》になったら和原走馬は厳重処分されるか、悪くすると競馬界を追放されるな」

「だったらそんなこと、愛人が簡単に承知するかしら」

「さあな、歯医者と伊藤悦子との関係にもよるだろ。俺の想像じゃ、伊藤悦子はあの男にかなりの借りがあるんじゃないかな。まあ多分、一度きりってことで悦子も承諾したんだろうな」

「和原走馬は知ってたのかしら」

「普通に考えて、自分の愛人が元のイロを助ける協力を、自分のクビをかけてまでホイホイしてやる奴はいねぇだろ」

「それじゃ、伊藤悦子は愛人を裏切ったことになるわけね」

「そうだ。だから伊藤悦子としては、情報が歯医者に渡った痕跡《こんせき》は絶対に残すわけにいかなかったんだ。電話だって勿論危ない。最近はやり出した盗聴器だってある。そこで彼女は店の商品を伝書鳩にすることを思いついた。まず歯医者が悦子の店に指輪の注文を入れる。悦子はそれを歯医者に納品する。そしてその指輪にはインサイダー情報が仕込まれていたってわけだ」

「そんなこと」

秋穂は本当に目を丸くして島根を見つめた。

「いったいどうやって調べたのよ」

「大したことはしてない」

島根は冷蔵庫を開けて缶ビールを取り出した。

「ここの問題だ」

島根は缶ビールでコツコツと自分の頭を叩いた。

「まずあの指輪を売った店について調べる。オーナーの伊藤悦子は元女優だ。そっちの情報ならツテがいくらでもある。結果、和原走馬の愛人だと判れば、ははん、といくらかの見当はつくさ。だってそうだろ、盗んででもエリナからあんな大した値打ちもない指輪を取り返そうとしたからには、その指輪に何かよほど重大な秘密があったたってことだ。それで俺は、ここ数カ月に和原走馬の所属する厩舎の馬が走ったレースについて調べてみた。そしたらあの日」

島根は音をたててビールを飲んだ。

「あの日だよ、一昨日の日曜。おまえとも府中で遭ったろ？　あの日、京都で和原走馬が調教師としてついていたダントツの本命馬が五着に敗れたってのがちゃんとあったぜ。追い込み馬でいつもなら京都の坂越えからの直線を一気にまくる馬なのに、そのレースではどうしたわけか、騎手がムチをあてるのが遅くて馬混みから追い出し切れないで終わったんだ。わざと負けたのかどうかまではわからねぇが、何か事情があって思いきり追えなかったのは確かだろう。その事情ってのを前もって知ってりゃ、本命はずして対抗から総流ししても大儲けだぜ」

「つまり……そのことが、あのラッキースターに……」

「そこまで見当をつけりゃ後は確認作業だけだ。俺はあのブティックに行って、店員の女の子にちょっと色目をつかったんだ。それで、最近ラッキースターを売った客のリストを見せて貰った。モデルのエリナとおまえ、それに歯医者の親父。このうち親父は一度買っておきながら後で返品していた。これで何が起こったかは想像できる。普通、CERI－MAKITAの指輪で売り物にされるのは01だけだ」

島根はポケットから二つの指輪を取り出して片手の掌《てのひら》の上で転がした。

「おまえの買ったのがどっちか、わかるか？」

秋穂は目をこらした。だが区別がつかない。

「右だ」

「どうしてわかるの？　裏の番号を読んでないのに」

「左は石をはめ込んでる爪《つめ》のひとつが、僅《わず》かだが折れてるんだ。ちょっと見ただけじゃわからない。石に爪が触れてるところをじっと見てみな、光り方がほんの少し、違うだろ」

秋穂は納得した。本当だ……左の指輪は石を支える爪のひとつが欠けて、その分だけ石の赤い部分が僅かに多く露出している。だからなんだ……あたしの買った指輪と最初に宝石店から持って来た指輪とで、表情が違っているように思えたのは。

「00は試作品なので少しぐらい爪が折れていてもよかったってことだな。勿論普通は売り物にしないが、伊藤悦子が頼めば工房も出してくれていたんだろうな。悦子は珍しい00を歯医者への伝達に使うつもりでいた。そして店頭には01を並べ、00は別にしておいた。ところが店員が勘違いして、別にしてあった00をエリナに売っちまった。そして01が歯医者の元に届けられた。こいつは大騒ぎだ」

島根はおかしそうに笑った。

「売った相手がエリナだってのはわかってる。そこで歯医者はおまえがあとをつけた女にエリナのバッグを盗ませ、首尾良く00を取り戻し、情報を得る。そして盗みのご褒美として、00をそのまま女にくれてやった。勿論、他にもご褒美はあったろうけどな」

秋穂は、宝石店で女が買った豪華なオパールを思い出した。

「だが女は何となく気持ち悪くて、00を宝石店に捨てた。それを、おまえが自分のものにしたわけだ。そしてまた、歯医者は無用の長物の01を返品し、01は店頭に並べられてこれまたおまえの指に収まることになった」

「だけど」

秋穂は島根の掌から00をつまみ上げ、ガーネットの部分を指先で引っ張った。

「こんなものの中にいったい、どんな情報を？　どう見たって何か隠せそうには思えないんだけど」

「問題は指輪じゃないのさ。おまえ、こいつが入っていた小さな箱、まだ持ってるか？」

秋穂は頷いて、武生を起こさないよう注意しながら居間に行き、引き出しから紺色の小さな箱を取り出して台所に戻った。

箱とは言っても、口紅の半分ほどの大きさで濃紺のスエードの革が貼られたとてもしゃれたものだ。CERI－MAKITAのジュエリーにはみなこのデザインの小さなケースがついていて、それが人気の理由のひとつになっている。会社などでジュエリーが邪魔な時にはこのケースに入れたままバッグにしまってあっても、化粧品のようで違和感がないのだ。

島根は箱を開けると、無造作に中のビロードを引っ張って破った。

「あっ、何するのよ」

「ここだ」

島根が破り取ったビロードの下には、箱の内張りの白い台紙が覗いた。

「ここに何か書いておく手筈《てはず》だったんだな、きっと。ほら、このビロードは一度剝がして接着剤でまた張り付けたもんだぜ、接着剤の痕《あと》が汚くよれてるだろ？　歯医者はここを剝がして何も書いてなかったんで店で間違えたと気付いたわけだ。店員はエリナに01を売ろうとした時、箱に入れられてきちんとしまわれている00を見つけた。多分、その時は伊藤悦子が店にいなくて、確認出来なかったんだろう。しかし普通に考えて、ちゃんと箱にしまわれている方が試作品だとは思わないよな。それでそっちの方が正規の商品だと勘違いしたわけだ。運良くというか、運悪くそれを買ってしまったエリナは、CERI－MAKITAの00商品を偶然手に入れたと、ところかまわず吹聴した。俺の他にもその話を聞いたモデルはたくさんいる」

「それを洩《も》れ聞いたのかしら、連中」

「いや、顧客リストがあるんだ。00を買ったのがエリナだってことはわかっていたさ。ただ問題はそれをどうやって取り返すかだった。無論、取り返すのは箱だけで良かったわけだが、CERI－MAKITAの商品はこの箱が売り物だ。買った奴はみんな、このケースごと持ち歩く。エリナもそうだった。だからエリナの留守にマンションに忍び込んで箱だけ取り返すってわけに行かなかったんだな。それで、いちばん簡単なのはエリナの後をつけて、隙《すき》を見てバッグを盗むことだと考えたわけだ」

「あんたって」

秋穂は半ば感心し、半ば呆《あき》れて肩を竦《すく》めた。

「探偵みたい」

「なりたかったぜ、私立探偵に」

「そうなの？」

「ああ。だがこの顔は探偵やるにはちょっと知られ過ぎてるからな、もう。ともかく、ラッキースターのからくりはわかった。わかった以上、俺達だって利用させて貰って悪いということはあるまい」

「まさか！」

秋穂は思わず島根の腕を摑んだ。

「まさかあんた、伊藤悦子を脅して自分も八百長競馬しようってんじゃないでしょうね！」

「そうしたいけどよ」

島根は顎《あご》で居間の方をしゃくった。

「今度の有馬記念だけは、あいつの為に、汚したくないからな」

「知ってるのね」

秋穂は囁いた。

「武生が儲けたお金で北海道に住みたいって言ってること」

「ああ」

「じゃ……一緒に行くのね？　行ってあげるのね」

「いいや」

島根は何でもないことのように首を振った。

「俺は北海道なんかまっぴらだぜ」


「だったら」

秋穂は涙を堪《こら》えた。

どうして自分が、島根と武生の別れを想像して泣かなければならないのか、まったくわけがわからないまま。

「あんたいったい……何するのよ」

「俺達をハメた奴等を逆にハメてやる」

「どうやって？」

「あの歯医者とおまえの会社の香川って女に、煮え湯を飲ませてやるのさ。このラッキースターを使って、な」

島根は二つの指輪を、器用にぽんと放って掌を返し、手の甲にのせて笑った。

第五章　ファンファーレ

1

朝になり、目覚めた武生に島根と二人でいろいろ訊《き》いてはみたが、武生は自分を殴った男の人相をまるで憶《おぼ》えていなかった。

島根は気にしていなかった。以前にも武生は、盛り場を歩いていていきなり殴られたことがあったらしい。武生は自分の頭の中で様々なことを考え始めると、周囲のほとんどのものが目に入らなくなる。それで、知らない内に他人とからだをぶつけたりしてしまうのだという。

だが秋穂は何となく納得出来なかった。武生は相手がブランコのそばからいきなり出て来たことをちゃんと見ているのだ。知らない間にぶつかっていちゃもんをつけられ、殴られたというのとは明らかに違う。

だが怪我《けが》は軽く、鼻血の他には取り立てて何もなかったし、どっちみち警察に通報するわけには行かない二人だった。

秋穂は、真藤深雪が殺されたマンションで、犯人が二人組の若い男だという噂《うわさ》がたっていることを話した。

もはや時間がないことは明らかだ。島根が何を考えているのかはわからないが、ケチな復讐《ふくしゅう》をしている暇なんてない。早く決定的な証拠を掴《つか》まないと、二人は早晩、殺人容疑で逮捕されてしまうだろう。


秋穂は島根と相談して、井上篤志に電話してみることにした。だが、応答したのは留守番電話のメッセージで、それも井上自身が吹き込んだものではなく、電話機にセットされているものだった。

秋穂は一〇四に電話して、局番から大体の住所を聞き出そうとした。局番が品川区のものだということはわかったが、いくつもの町名を言われてメモし切れない。品川区の井上。これではどうしようもない。

「会社の同僚に探りを入れてみるのが早いな」

島根が言った。なるほど、それはそうだ。

秋穂は真藤深雪の事件が載っていた新聞を探した。しかし出ていたのは、中央区の大手繊維メーカー、という記述だけだった。

「大手って書いてあるんだから、中央区の電話帳を探したら出てるわね」

「中央区の電話帳なんて、どこにあんだよ」

「それは……」

会社だ！

二時間ドラマの再放送に見入ってしまった武生を残して、秋穂は島根の車で会社に向かった。

もう島根と一緒のところを受付の女の子達に見られても平気だった。どうせあたしは、この会社の人間じゃないんだ。

退職手続きを口実に総務部へ行き、ここに置いてあった中央区の職業別電話帳を開く。出来るだけ素早く、繊維メーカーの名前をメモする。大手かどうかは、代表電話を使っていることと、他にいくつもの部署別電話をもっていることで見当がつく。

いくつかメモして行く内に、ふと秋穂の手が止まった。

パールドレス化学株式会社
川瀬がくれたパンフレットにあった、あの会社だ。どこかで見覚えのある、聞いた憶えのあるその社名。

次第に秋穂には、自分の記憶の源がわかって来た。週刊誌だ。さもなければテレビのワイドショー。

真藤深雪の事件は週刊誌でも記事にされたし、テレビでも流された。被害者のプライバシーはないも同然のこの国だ、真藤深雪が勤めていた会社の社名も、どこかで流されていたに違いない。それをあたしの頭がかすかに憶えていたのだろう。

そうだ、これなのだ。きっと間違いない。

ツイている。川瀬がこの会社についていくらかでも知っていたなんて。就職する気があると言えば、川瀬はこの会社の人間を誰か紹介してくれるだろう。そこを突破口にすれば、真藤深雪についてもっと情報を得られるかも知れない!

秋穂は、自分が川瀬の厚意を利用してまで、島根と武生の殺人容疑を晴らそうとしていることをもう、不思議とは思わなかった。

あたしは二人とも、好きなんだ。そう、二人とも。その気持ちに嘘はないし、その気持ちは変えられそうにない。総《すべ》ては、そのうち神様が決めてくれるだろう。武生のあの滑稽《こっけい》だが純粋な祈りが天に通じるか、それとも川瀬が今以上にあたしの心を摑んでしまうことになるのか、未来のことはあたしにもわからない。

「川瀬さん」

秋穂は堂々と経理に顔を出し、電卓を叩いていた川瀬に声を掛けた。

「よう」

川瀬はいつもの笑顔で秋穂に手をあげた。経理課中の他の社員達が、そんな二人を見るとはなしに見ていた。

川瀬は自然な仕草で立ち上がると、秋穂のそばに来た。

「ゆうべは、ありがとう」

川瀬が秋穂の耳元でそっと囁《ささや》いた。

「ステーキおいしかった。だけど君はもっと、おいしかった」

月並みだ、と思った。川瀬にはそんなセリフを吐いてほしくないような気がした。だが秋穂はにっこりした。

「川瀬さん、あたし、昨日いただいたパンフレットをよく読んだんですけど」

「うん、どこか気に入った会社、あった」

「ええ。パールドレス化学、あそこはどうかしらと」

「へえ」

川瀬は言って、一瞬目を細めた。

「繊維メーカーに興味、あるの」

「いいえ、特に繊維ということもないんですけど」

「いいよ、あそこは」

川瀬は秋穂の肩にそっと手を置いた。

「給料もうちなんかよりずっと高いし、福利厚生もしっかりしてると評判だ」

「川瀬さん、どうしてあの会社知ってらっしゃったんですか」

「どうしてって」

川瀬は笑った。照れているように。

「話してなかったかな。僕の、女房が結婚前に勤めていた会社なんだよ」

「そうだったんですか」

秋穂は川瀬の目を見つめたままで頷《うなず》いた。

その時、秋穂は自分の心の底に、不意に冷たい水が流れたように感じた。

川瀬という男の中にある、得体の知れない無神経さに触れた、という感覚。それは、西島の持っていたようなわかり易《やす》い身勝手さとは明らかに性質の違うものだった。

西島は姑息《こそく》だったが、器用ではなかった。一見して女に慣れ、女で遊ぶことに自信を持っている風ではあるが、複数の女と同時に付き合い続けて行くだけの我慢強さや融通性を、実は持ち合わせていない。だから条件のいい結婚を決めた途端に、秋穂を放り出すような真似をしたのだ。だが川瀬は違っている。自分の妻が勤めていた会社を不倫相手の再就職先に平気で勧めるような、大胆というよりはほとんど無頓着《むとんじゃく》とも思える行動が、川瀬が習慣的に複数の女と付き合っていたことを秋穂に教えていた。川瀬にとって、妻を含めた複数の女と交際することは、面倒でもやっかいでもないし、珍しいことでもないのだ。いやむしろ、川瀬という男はもしかしたら、常に複数の女と付き合っていなければ落ち着かないような男なのかも知れない。

そして川瀬は、自分がそういう類の男だということを、ことさら隠そうと振る舞ったりもしない。だからかえって、女は川瀬の本質を見誤る。社内の女子社員が揃《そろ》って、川瀬を愛妻家で浮気などと縁のない男だと信じていたのがいい例だ。

川瀬にはやましさがない。複数の女と付き合うことをやましいこと、相手の女性に申し訳ないことだと考える常識が、もともと川瀬には欠落しているのかも知れない。だから川瀬に悪気はなく、川瀬の態度はいつも悪びれず自然だ。そしてその自然さが、また女の判断を狂わせる。

秋穂は今、自分が川瀬の本性に触れたことで動揺しながらも、本当はもうとっくにそのことに気付いていた自分を意識した。

そうだ。あたしはただ、新しい恋がしたかっただけだった。

人々が好景気に浮かれ、クリスマスに浮かれているこの季節に、恋を失った乾いた心でいるのにうんざりしていただけなのだ。

たった数日で川瀬にこれほど夢中になったのは、落ちたい、溺《おぼ》れたいと願っていた矢先にちょうど手頃な恋と出逢ったからだった。

だがそのことに気付いた今でも、秋穂は後悔は感じなかった。

別にいいじゃないの。川瀬がそういう男ならそれはそれで。

そうだ。

恋なんてどうせ、自分が楽しいと思えばそれでいいんだから。

「どなたか紹介していただけると嬉《うれ》しいんですけど」

秋穂は微笑《ほほえ》みながら言った。

「出来れば……今日にでも」

「今日？」

川瀬は一瞬、戸惑ったような表情をつくった。だがすぐに頷いた。

「わかった。えっと、じゃ会社の隣の、『ブルー』で待っていて。今からパール化学に電話してみるから」


秋穂は馴染《なじ》みの喫茶店の窓際の椅子《いす》に座り、ミルクティーを啜《すす》りながら待った。

もとより、パールドレス化学に入社する気などはない。川瀬の妻のいた会社なんてまっぴらだ。だが真藤深雪がパールドレス化学に勤めていたことはまず確実だ。

これも何かの巡り合わせなのだろうか。

真藤深雪を殺す為のアリバイづくりに、香川教子があたしを利用したのは、あたしの住んでいるアパートが真藤深雪の住んでいたマンションとそっくりな名前で、住所も近かったからだ。そしてその真藤深雪の勤めていた会社にやはり勤めていた女の亭主と、あたしは関係を持った。

だけど……

秋穂はまだ、香川教子が総ての黒幕だという島根の説には、何となく無理があるような気がしていた。

香川教子が歯医者の高木と組んで、愛人バンクのような裏商売をしていたことは間違いないだろう。そして偶然その売春の拠点になっているビルへと現れたあたしを見て、香川教子が驚いたことは事実だ。だからあたしをコンサートや食事に誘い、真意を探ろうとした。その歯医者が六本木のディスコで島根と武生をスカウトしたのだから、確かに真藤深雪を殺す為のアリバイ工作を仕組んだのは香川教子と高木であり、真藤深雪も愛人バンクに登録して売春していたと考えれば総ての辻褄《つじつま》は合う。しかしそれならば、今になっても秋穂が警察に訴えないのに、香川教子がそれ以上秋穂に対して何もして来なかったのはなぜなのだろう。どうしてもっと探りを入れるとかしないまま、秋穂が退職しても何も言って来ないのだろう。

香川教子は勿論《もちろん》、秋穂が会社を辞めてほっとしているに違いない。だが殺人のアリバイの鍵《かぎ》を握っている秋穂が、そのままただ去って行くのを放っておくというのは変だ。もし……もし香川教子が殺人とは無関係で、ただ愛人バンクのことを秋穂に知られているのではと恐れていただけだったとしたら、会社を辞めてホッとしただけ、というのもわからなくはないけど……

「お客様に海道様、いらっしゃいますか？」

店員が声を張り上げた。秋穂は立ち上がった。

「お電話です」

店員が受話器を差し出した。

「秋ちゃん？」川瀬の声がした。「パール化学の知り合いと連絡が取れたよ。今から面接に来れるなら会ってもいいそうだ。人事部の上田さん。受付で言えばわかるようにしといてくれるらしいよ」

秋穂は川瀬に礼を言って承知した。川瀬は激励の言葉をいくつか並べると、また後でアパートに行くから、と言って電話を切った。

パールドレス化学は京橋にあった。

人事部の上田というのは係長らしかったが、受付で名前を告げると秋穂は人事部の待合室に通された。

待合室とは言っても、人事部の部屋の一部分に上半分が透明の仕切がしてあるだけで、ソファの上で少し背筋を伸ばせば部屋の中を見渡すことが出来る。秋穂のいた会社の人事部よりも少し広い室内には、いくつかの事務机が整然と並べられ、それぞれに座った事務員が静粛に仕事をしていた。

その机のひとつが秋穂の目をひいた。

机の上には何も載っていずに、ただ一輪ざしの花瓶がひとつ。そして活《い》けられているのが、白い百合の花。

その唐突な白百合は、その机の持ち主の死を秋穂に知らせた。

やはり、真藤深雪はこの人事部に勤めていたのだ！

秋穂の背筋を弱い電気が流れた。

総ては、死んだ真藤深雪が秋穂にさせていることなのだ。自分を殺した真犯人を秋穂に名指しさせたくて、彼女の浮かばれない魂が秋穂をここまで導いて来た。

「お待たせしました。上田と言います」

現れた男が秋穂の前に座った。

「えっと、まずご承知とは思いますが、うちでは中途採用の方は最初はすべて試用期間ということで、アルバイトということにさせていただいてます。それでですね、三ヵ月を目安にしまして……」

秋穂は、その想像にひそかに震えながら、ほとんど上の空で上田の説明を聞き、質問に答えた。

面接があらかた終わり、採用不採用の通知を後で郵送します、と言われてから、秋穂は思い切って口を開いた。

「あの、真藤深雪さん、お気の毒でしたね」

上田は驚いた顔で秋穂を見た。

「海道さんは、真藤をご存じだったんですか」

「ええ」

「そうですか。いや、川瀬くんは何も言ってなかったもんだから」

……川瀬？

「あの」秋穂は唾《つば》を呑み込んだ。「川瀬さんも真藤さんとお知り合いだったんですか？」

上田は頷いた。

「勿論。真藤も海道さんのように、アルバイトからを条件にうちに入社してその後正式に採用になったんですが、彼女も川瀬くんからの紹介でしたから。そうでしたか、海道さんも真藤をご存じでしたか。いや、まったく可哀想なことをしました。うちでは人事部でわたしの下で働いて貰《もら》っていたんですが、しっかりした優秀な女性でした。それにしてもまったく警察は何をやっているんでしょうかね、犯人は二人組のマンション強盗だとわかっているそうなんですが、未《いま》だに捕まっていないなんて……」

＊

結論に飛びつくには早すぎる。

秋穂は自分に言い聞かせながら歩いた。だが頭の中に砂でも詰まっているような不快感で、今にも胃の中のものを戻してしまいそうだった。

秋穂の想像は今や、どうしようもないところまで膨れ上がっている。しかも厄介なことに、それらは辻褄が合っていた。

まだ判らないこともたくさんある。しかしそれらをすべて無視しても、自分がどんな罠《わな》にはめられていたのかは、もはや疑いようがないように秋穂には思えた。

それでも、信じたくはなかった。

いくら落ちたくて落ちた恋とはいえ、それではあんまり惨めだ。


ふと気付くと、歩いたことのない場所にいた。京橋の駅へ行こうとしていつのまにか間違った方向へ進んでいたらしい。

秋穂は通行人の奇異の視線も気にせずに、手近なガードレールに腰掛けた。こんな時、煙草《たばこ》が喫《す》えたらよかったのに。

無意識にポケットに手を入れる。紙の切れ端が指に触った。取り出してみると、秋穂自身の筆跡で数字がメモしてある。

真藤深雪の婚約者だという男の電話番号だ。ゆうべ島根に渡したもの。きっと島根が、番号を書き写してからハンガーにかかっていた秋穂のコートのポケットに返しておいたのだ。

秋穂は公衆電話を探した。ボックスが百メートルほど先に見える。

だがなかなか腰が上がらなかった。もしその電話によって、何もかも秋穂の想像通りだということが証明されてしまったら。

五分迷って、秋穂はガードレールを降り、電話ボックスに向かって歩き出した。

2

ドアを開けると、テレビの音がしていた。出掛けた時に見たままの姿で、武生がテレビの前に座っている。放映されていた二時間ドラマはとっくに終わっているが、その後でまた古い連続ドラマの再放送でも見つけたのだろう。

「お昼、食べたの？」

秋穂が声をかけると、武生は画面を見たままで頭を横に振った。

「島根は？」

「買い物」

「そう」

二時前だった。昼食でも買いに出掛けたのだろうか。

秋穂自身はまったく食欲がなかった。頭痛がする。

頭痛薬を探して水で流し込むと、秋穂は武生のそばに横になった。

武生は秋穂の様子を気にしているふうでもなく、テレビに夢中になっている。その背中を見つめながら横になっているうちに、秋穂は武生がわかり始めた。

武生はこれからも、ずっとこうなのだろう。好きな女がそばにいても、見たいテレビがあればそれを見ることをやめない。確かにそれは、些細《ささい》なことなのかも知れない。だが、ある意味では決定的なことだった。

あたしは、武生の心の中に住むことが出来ない。

世間はこうした武生の振る舞いを「病気のせい」だと言うだろう。コミュニケーション障害は自閉症のせいだと。だが原因が何であれ、それが武生なのだから、あたしは選ばなくてはならない。武生と暮らして行こうと思えば、その淋《さび》しさに慣れてしまうことが絶対に必要なのだ。島根のように、武生との間に線をひいて生活することが。

あたしには、出来そうにない。

秋穂は瞼《まぶた》を閉じた。

武生との生活はお伽噺《とぎばなし》のようにスリルに満ち、新鮮な驚きでいっぱいに違いない。そしてやはりお伽噺のように、掌で摑《つか》むことの出来ない、幻なのだ。永遠に。

ドアが開く音がした。島根だろう。秋穂は構わずにそのまま、瞼を閉じていた。

「仕掛けて来たぜ」

島根が何かをこたつテーブルの上に置いた。

「ともかく飯」

「食べたくない」

秋穂は横になったまま言った。

「頭痛がひどいの」

「しっかりしろよ。おい、武生、飯」

武生は島根に背中を蹴飛ばされてようやくテレビの前から離れた。秋穂も仕方なく、上半身だけ起こした。

島根は弁当屋の袋から持ち帰り弁当と缶のウーロン茶を取り出した。

「何の話？」

「大きなレースだと疑われるからな、有馬記念の前にはことを終わらせねえと」

「だから、仕掛けだよ。おまえにも活躍して貰うことになるんだから、しっかり聞いとけ」

「あたし？」

「そうだ。おまえはあの歯医者を脅す役だ」

「脅す……」

「そうだ。あいつらはもう、おまえと俺達《おれ》が組んだのに勘づいてる。おまえが俺達を警察に売らないばかりか俺達と組んでると知って、焦ってるはずだ。そこでおまえがラッキースターのからくりを知ってるぞと匂《にお》わせれば、おまえの真意がどこにあるか摑もうとするだろう。そこでおまえは、金が欲しいんだとあいつらにわからせる。あの歯医者に金なんてねえから、あいつはまた伊藤悦子に泣きつくだろう」

「だけど伊藤悦子がもう取引に応じなければ？」

「応じないわけにはいかないさ。いいか、ラッキースターのからくりを世間にばらされたら、伊藤悦子だって大変なトラブルに巻き込まれる。大切な愛人の和原走馬もおしまいだ。そのことも含めて歯医者に伊藤悦子を説得させれば、彼女は必ず、和原走馬から使えるネタを引き出してくれるだろう。だが勿論、準備時間は与えてやらねぇとな。有馬記念は十二月の最後の開催、それまでにはまだ一カ月ある。土・日と開催があるから計九日、その間には和原の調教した馬が出るレースも結構あるはずだ。一回ぐらいは、わけありのレースだって含まれてるだろ」

「でも確実じゃないでしょう？」

「確実かどうかなんてどうでもいい。別に俺達は、そのネタで馬券を買うわけじゃないんだ」

「……どういうこと？」

「俺達が騙《だま》すのはあの歯医者のクソ親父《おやじ》だけさ。ま、そっちの方は俺に任せな」

秋穂は、真藤深雪を殺したのは高木ではないと言おうとして、結局言葉が出なかった。

どのみち、高木が真藤深雪殺しにも何らかの関わりを持っていたことは確かなのだ。

島根と武生を雇ってあの晩秋穂を襲わせたのは高木なのだから。

秋穂は島根から、どうやって高木に近づいたらいいかのレクチャーを受けながら、ぼんやりした頭で考えていた。

島根がどんな方法で高木から金を巻き上げるのかは知らない。が、秋穂の復讐がそれで終わらないことは確かだ。

いったい、あたしはどんなふうにしてあいつに復讐してやればいいんだろう。

あたしをこんなに踏みつけにした、あの男に。

＊

夕方、秋穂は島根の指示通りに赤坂のクラブの面接を受けた。アルバイトのホステスになる為《ため》に。島根が顔をきかせて裏工作していたせいか、面接は形だけのものだったようだ。秋穂は翌日から出勤することになった。

様々なことが、秋穂とは関係のないところで起こっているような気さえした。初めて水商売で働くことを島根に勝手に決められていても、腹も立たない。

秋穂は自分が、次第に島根や武生の住んでいる世界の住人へと変化していることを感じていた。

それならそれでいい。

どうせ世の中だってあたしに対して誠実であってくれたためしがないのだ。あたしが世の中に対して誠実でなければいけない理由なんか、ないはずだ。

夜になると島根は自分の女のところへと行ってしまった。武生は有馬記念で馬券を買う為に貯金したいのだと、アルバイトニュースをめくってさっそく新しい皿洗いの募集に応募しに出掛けてしまった。

秋穂はひとり部屋に残された。

午後八時過ぎ、玄関のドアをノックする音がした。秋穂は黙っていた。

「秋ちゃん？　留守かな？」

川瀬の声だった。そんな気がしていた。もう川瀬は電話で秋穂の都合を確認する手間も省いてしまうだろうという気が。

秋穂はじっと、ドアを睨《にら》み付けていた。

川瀬が諦《あきら》めて帰るまで、じっと。それから留守番電話のボタンをセットした。案の定、十分もしない内に電話が入った。川瀬は留守電のメッセージに、面接がうまく行ったかどうか心配なので連絡下さい、と吹き込んで切った。

秋穂はそのメッセージが終わった途端、堪《こら》えきれなくなって顔を覆って泣いた。

川瀬の優しさを嘘《うそ》だったとは思いたくない。

川瀬は本当に優しかったのだ。束《つか》の間であっても、傷ついて頑《かたく》なになりかけていた秋穂の心を、柔らかく包んだ川瀬の言葉、笑顔、温かな掌。そうしたものの一切が偽物だったはずはない。
だが川瀬が秋穂を利用しようとしていたことはもう、間違いようのない事実だった。
　そのことは許せない。決して、許せない。

　パールドレス化学からアルバイトに採用したので、都合がつき次第出社してほしいという電話がかかったのは翌日の朝だった。

　秋穂は、真夜中に戻って来て秋穂の隣で眠っている武生の頭をそっと撫《な》でてから、支度して会社に向かった。

　今は、川瀬に気付かれてはいけない。川瀬と高木との関係を摑み、島根が企《たくら》んでいる復讐とは別の形で復讐する計画を立てるまでは、川瀬とは今まで通りに付き合っていなければ。それが、一晩まんじりともせずに泣きながら考えて出した結論だった。

　秋穂は五時までアルバイトの事務をこなし、一度アパートに戻って七時過ぎからクラブへと出勤する生活に入った。

　島根はいちおうモデルの仕事を続けているのか不定期に外出し、武生はいつも午前中はごろごろとテレビの前で過ごして昼からはどこへともなく散歩に出掛け、夜は皿洗いのバイトに出る。三人は、奇妙な共同生活を続けながら「その日」を待つことになった。

　秋穂がクラブで働き始めて四日目、ようやく店に歯医者の高木が姿を現した。

高木は秋穂の名前は香川教子から聞いていても、顔は知らないようだった。あらかじめ島根が店のボーイ頭に話をつけてあったので、秋穂はすぐに高木のテーブルについた。秋穂はそっと、それまで石を内側に回して目立たないようにしていた指輪を回転させた。左手の中指に輝く、赤い石。

高木は新顔の秋穂に興味を示した。秋穂はその店では取り立てて目立つ容姿をしていたわけではないが、全体の雰囲気が素人臭かったところが高木の気に入ったらしい。秋穂は高木の手が次第に遠慮なく自分のからだに触れ始めても、じっと我慢して笑顔のままでいた。

だが巧みに、ラッキースターを高木の視界の中で輝かせることには注意した。それでも高木は一向に気付かない。何という鈍い男なのだろう。いや、高木はそもそもラッキースターの箱にしか興味はなかったのだ。箱の中の宝石などじっくり見ようとも思わなかったのだろう。

秋穂の最初の目論見《もくろみ》ははずれた。ラッキースターを目の前でちらつかせれば、それで総てを察した高木の方から秋穂と話し合うことを求めて来ると期待していたのだが、どうやらそんなに簡単には行かないらしい。

仕方なく、秋穂は作戦を変えた。それとなく自分の方から高木にからだを擦り寄せ、その気があるかのような振る舞いをして見せることにしたのだ。これには高木もすぐ乗って来た。

高木は閉店まで粘り、数名のホステスを引き連れて近くの寿司屋に行った。高木の目当てが新人の秋穂であることは既にみな、気付いている。だが気前良く奢《おご》ってくれる遅い夕飯にはみんな付き合う。そして、そこそこに腹を満たしてから、ひとり、またひとりと彼女達は消え、寿司屋を出た時には秋穂は高木に肩を抱かれてタクシーを待っていた。

秋穂の腹は決まっていた。もちろん、そこまで行く前に勝負は決めるつもりでいる。だが必要とあれば、このスケベ医者と寝ても構わない、と秋穂は覚悟していた。

自分の中に、もう止められない何かがある。

島根が計画している詐欺に荷担することを躊躇《ためら》うどころか、ある種の興奮を感じながらそれをさせる何か。

あの悪夢のような晩から、それは始まったのだ。転がる坂道とその先の、未知の大海。前代未聞の好景気と、消費を最大の快楽とするこの時代の風が、秋穂の頰《ほお》をあぶって焦がしている。おまえも早く金を摑んで参加しないと、いちばんおいしいとこを取り逃がしちゃうぜ、と耳元で悪魔が囁き続ける。

二十代のＯＬが不動産を買うこの時代。

何かが狂っているこの時代。

あたしも狂いたいのだ。みんなと同じように、刹那《せつな》の快感を味わいたい。踊り明かしたい。

その為に必要があるのなら、男と寝るくらいのこと、どうってことない！

手慣れた高木の指先が秋穂の首筋をくすぐるように愛撫《あいぶ》している。タクシーは高木が告げた都内のホテルに向かっている。

左手には、ラッキースターが窓ガラスの外の師走の都会の煌《きら》めきを反射して、異様なほど赤く輝いている。

この男から騙し取る金はいくらくらいなんだろう。想像すると、思わず口元がほころんだ。勿論、億という大金ではない。そんな金は、この借金まみれの見栄っ張りな歯医者につくれるはずがない。だが島根のような奴《やつ》が計画するのだから、百万や二百万ということもないだろう。

タクシーが着いた先は高木の行き付けのホテルらしく、予約がないはずなのに、フロントでは保証金の類も払わずに部屋が用意された。けばけばしい電飾のついたラブホテルに連れ込まれなかっただけ良かった、と秋穂は内心思った。それにしても、秋穂達の他にも男女のカップルが次々とホテルに入って来る。深夜一時を過ぎているのに。最近の若いアベックの高級志向ブームが、こうしたシティホテルをラブホテル化してしまったらしい。

部屋はジュニアスイートとかいう最近流行《はや》り出したスタイルで、普通のツインルームより少し広く、リビングスペースが設けられている。目の玉が飛び出すほどではないにしても、一晩の宿泊料は数万になるだろう。こんな部屋でとっかえひっかえクラブホステスを抱いていれば、博打《ばくち》をしなくたって金に困るのは当たり前のような気がする。しかしそれでも歯医者というのはよほど儲《もう》かるのか、博打さえしなければ高木も借金を負うことはなかったのだ。

秋穂はうまく高木をシャワー室に追いやると、高木の脱いだ服をまとめて室内に備えつけてある冷蔵庫の中に押し込んだ。そして、高木がバスタオル一枚を下半身に巻いて鼻歌を歌いながらシャワー室から出て来るのを待った。

「気持ちよかったよ、君も早くあびて来なさい」

高木は中年太りというほどでもないが、そろそろたるみ出した肉体を恥ずかしげもなく秋穂の前に晒《さら》しながらにやついている。

「そうしたいけど」

秋穂はにっこりしてやった。

「湯冷めするとイヤだから部屋に戻ってからあびることにするわ」

「湯冷めなんてしやしないさ。これからまた汗をかくことになるんだからね」

露骨な言い方が秋穂に嫌悪感を催させる。やはり、早く勝負を決めてここを立ち去ろう。

「話し合いだけだから汗なんてかかなくてよ、高木さん」

「話し合い？」

高木はベッドに腰掛け、秋穂が冷蔵庫から出しておいた缶ビールをあけた。

「何を話し合うのかな？　勿論君とはいろんなことを話していたいが、今夜はもう少しいいことしたいな」

「大切なことなの」

秋穂はそっと深呼吸した。

「あなたの未来にとって、とても大切なこと」

「わたしの……未来？」

秋穂は左手を突き出し、手の甲を高木の前にかざした。

「綺麗《きれい》でしょう？　CERI－MAKITAのデザインで、ラッキースター、という名前の指輪よ。この血の色をした石はガーネット。高木さん、この指輪に見覚えはありませんか？」

「見覚えと言われても」

高木は手を伸ばした。だが秋穂は高木に握られることを避けて手を引っ込めた。

「CERI－MAKITAの作品ですよ。六本木のブティック、ETSUKOの商品です」

高木の顔に激しい驚きが表れた。見る間にこめかみがひきつり、口がぱくぱくと数回開いたり閉じたりする。

「おまえは……おまえはいったい……」

「この指輪の箱には何かとても素敵な呪文《じゅもん》が書いてあったそうですね。残念なことに、わたしは見なかったんですけど。でもその呪文を唱えると少しばかりお小遣いが稼げたという話は聞きましたわ。羨《うらや》ましいわ。あたしもぜひ、その呪文を教えて貰いたいものだわ」

「あんたはいったい、どうしてそのことを……」

「この世の中に、絶対の秘密なんてものは存在しないんですよ、高木さん。どんな秘密だって漏れる時には漏れます。でもあなた達はとても幸運だったわ。だって裏情報で愛人が金儲けしたなんて世間に知れたら、和原走馬はもうおしまいですものね。そして伊藤悦子さんもあなたも無事じゃ済まない。あなたが無事でなくなるということは、あたしの良き先輩だった香川教子さんも困ったことになるということ」

「君は……それじゃ君が、教子の言っていた……」

「海道です。海道秋穂。あなた達が人殺しのアリバイ工作の餌《えさ》に利用しようとした女よ」

高木の顔が恐怖に歪《ゆが》んだ。

「ひ、人殺しっ？　いったい何のことだ、わたしは教子から、君が教子のビジネスをかぎつけたらしいという話を聞いただけだぞ」

「愛人バンクの経営、ですか？　そう言うと聞こえはいいけど、要は売春グループを組織していたってことですよね？　確かにわたしはそのことを知ってます」

「君の目的はいったい何なんだ？　教子は気味が悪いと言ってたんだ、君が何度もわたしのビルの周囲をうろついているのはサイドビジネスに気付いているからに違いないのに、どうして自分に直接何も要求しないんだろうってな。そればかりか教子に一言もなく会社を辞めたそうじゃないか」

秋穂は高木の顔を見つめた。とぼけているようには見えない。高木の額には脂汗が浮いているし、こめかみには青筋も立っている。

「教子は君がいつか金を要求して来るに違いないと踏んでたんだ。そうなのか？　金が目当てなら、相談しようじゃないか。いったいいくらで教子のビジネスのことを忘れてくれる？」

「それだけ忘れればいいの？」

「いや」

高木は慌てて首を振った。

「もちろん、もちろん悦子のことも、あの指輪の箱のこともだ！」

「二つも忘れるなんて、大変だわ」

「だから！」高木の声は上擦って悲鳴のようだった。「だから金なら相談すると言ってるだろう」

「あなた、暴力団から借金していてお金なんて全然ないんでしょう？」

「何とかする！　ちゃんと何とかするから……」

「そうね」

秋穂は手の甲をゆらゆらさせた。赤い光がちらちらと瞬く。

「またこれの呪文で、少しくらいならお金がつくれるわね。だけどあなただって借金があるんだから、もっとたくさんお金が必要なんじゃない？」

「競馬ではそんなにつくれんよ」

高木は肩で大きく息を吐いた。

「大穴に大金をぶち込めば、オッズが下がって結局儲からない。それに大穴を大量買いしたりすれば何かあると目を付けられる。危険なんだ」

「中央競馬会に手数料を払わなければいいじゃないの」

秋穂は、意味はわからないまま、島根に言われていた通りにセリフを喋《しゃべ》った。

「馬券を買わなくても、配当を受け取る方法はあるんじゃない？」

高木の瞳《ひとみ》に狡《ずる》そうな色が宿った。

「君は……ノミ屋を使えと言ってるのか……？」

「あたしは詳しいことは何も知りません。ただ、どっちみちお金は用意していただきたいと思っているの。それに忘れないといけない事柄がもうひとつ、あるでしょう？　あたしの友達はとても迷惑してるって言ってるのよ、あなたに紹介されたアルバイトをしたばっかりに、殺人事件の容疑者にされてしまったってね。そのことも忘れて、その上にお友達にあなたから慰謝料を支払って貰わないとならないとすると、ちょっと高くついちゃうと思うわ」

「さっきから、さっきからあんたはいったい、何の話をしてる？　人殺しとか殺人事件とか……教子のサイドビジネスにわたしが協力していたことは事実だし、和原走馬のことも認める。だが断じて、殺人事件なんてそんなことには……」

「でも高木さん、あなた、六本木のパーティでモデルの男の子二人組に仕事の依頼、したでしょう？」

「いいや」高木は首を激しく振った。「わたしは知らない。パーティっていったい、いつのパーティなんだ？」

「仮装パーティよ。あなた、ドラキュラの扮装《ふんそう》で出なかった？」

「仮装パーティ……確かに半月くらい前に出たが、わたしは海賊のフック船長の格好をしていたんだ。嘘じゃない、わたしの知り合いに確かめてみてくれ」

「でもあなたは、ちょっとヤバい仕事でも引き受けるような二人組の若い男を探していた。知り合いに相談しましたよね？　それでその仮装パーティにも出たんでしょう？」

「ああ」高木は青い顔のまま首を動かした。

「それは確かに……探していたよ。探していたが、だが……結局わたしは別のところから目的に合った連中を探し出してそっちを紹介したんだ」

「紹介？」

「ああ……教子の客に、変態がいたんだよ」

「変態……」

「そうだ。その客は……大手の銀行の偉い奴なんだが、サンドイッチが好きで」

「何の話をしてるの？」

「だから、その……男二人でだね、女の子を間に挟んで……でもそれだけじゃ飽きたらなくなって、自分の囲ってる女の子を他の男でサンドイッチして楽しみたいなんて言い出したらしいんだ。それで後腐れのない若い男を二人探せないかと相談されて……だが見栄えのいい男じゃないと見ていて見苦しいからイヤだと言うんで、モデル崩れみたいなのがいいだろうと……それに、その客はセックスの時にドラッグを使う癖もあったんで……」

「それじゃ」

秋穂は用心深く高木の表情を読んだ。

「その為に、ドラッグや乱交が出来るような若い男を探していたってこと？」

高木は頷いた。

「そんなヤバイ客なんか相手にするなと教子には言ったんだが、契約料の他に余分なイロを付けてくれる上客らしくてな。教子はあのビジネスのこととなると、節度をなくしてしまうようなところがあったんだ。どうしても条件に合った若い男二人をすぐに探せってせっつかれて……」

秋穂は、高木がこぼしていた「お嬢様の我儘」とは何のことだったのか、ようやく納得した。

「仮装パーティでは二人組に声をかけなかったのね？」

高木は首を横に振った。

秋穂は、自分もひとつ溜息《ためいき》をついた。

これで謎は総て解けた。なるほど……偶然というのは、実に面白いものだ。いや、これはやっぱり偶然なんかじゃないんだろう。総ては真藤深雪が望んでいることなのだ。気の毒な女性の魂が、求めていることなのだ。


「ともかく」

秋穂は立ち上がった。

「後はあたしの友達と話し合ってちょうだい」

「いくら欲しいんだ！」

「金額も友達が決めるわ。それじゃさようなら、歯医者さん」

秋穂は呆気《あっけ》に取られている高木を残して部屋を出た。高木がすぐに追って来る心配はない。服が冷蔵庫に入っていることに気付くには、まあ五分はかかるだろう。

だが秋穂は小走りにホテルを出ると、タクシーに飛び乗った。

問題はまだ、半分しか片付いていない。

川瀬のスイートホームがある団地は北区のはずれにある。土地勘はまるでなかったが、団地は有名なのですぐにわかった。

電話をすると、五分ほどで川瀬は、秋穂が指定した団地内の児童公園に姿を現した。

3

「びっくりしたよ、秋ちゃん。こんな真夜中に……」

「おうちの方達、起こしちゃった?」

「うん。まあ仕事で大変なミスが見つかったらしいから今から会社に行くと言ったら納得してくれたけどね」

川瀬の口調には微《かす》かな苛立《いらだ》ちがあった。自分は秋穂の都合も訊かずに突然訪問しても、秋穂が川瀬の家庭に連絡を取ることは迷惑なのだ。

だが川瀬はその苛立ちまでも、持ち前の愛想の良さに包み隠して笑顔をつくっていた。

「ほんとにどうしたの、秋ちゃん。最近ずっと留守みたいだったし、心配してたんだ。でもパールドレスの方にはちゃんと行ってるみたいだから、どうしようかな、明日にでも会社の方に会いに行こうかなと考えていたとこだったんだよ」

「ねえ、川瀬さん」

秋穂は小さな声で訊いた。

「あたしのこと、愛してる？」

深夜の児童公園は半分闇《やみ》の中だ。川瀬の表情は、街灯の逆光の中に消えて見えない。

「勿論さ」

川瀬は即座に答えた。

「愛してるよ。決まってるじゃないか」

「あたしも」

秋穂はゆっくりと、自分自身に確認しながら呟《つぶや》いた。

「あたしも愛してる。今でも。こんなことになっちゃった今でも、あなたのこと、嫌いになれないわ、まだ」

「秋ちゃん……？」

「だからお願いよ……自首して。お願い」

川瀬の表情が見えないことに、秋穂は密《ひそ》かに安堵《あんど》していた。もし川瀬が悲しそうな顔でいたとしたら、秋穂も耐えられなかっただろうし、逆に鬼のような形相だったとしたら、大声で悲鳴をあげてしまっていただろう。

秋穂は川瀬との距離を慎重にたもっていた。もし川瀬が逆上して秋穂に摑みかかったりすれば、すぐに逃げられる。足には自信があったし、川瀬と秋穂の間には小さな砂場が横たわっていた。

だが川瀬は逆上したりしなかった。ただ黙って、逆光の中から秋穂を見つめていた。

「あなたは、可哀想なひと。ひとりの女で満足することが出来ない。ううん、淋し過ぎて、ひとりの女の人だけでは不安なのね、きっと。あたし、何となくわかるの。あなたはひとりぼっちにされたくないのよ。だから、いつひとつの愛が終わってもいいように、もうひとつの愛を必ず同時に摑んでいようとした。その気持ちって、男の人に特有のものかしら？　そうじゃないわよね、あたしだって……あたしにだってわかるもの。複数の人を同時に好きになっちゃうってこと、ほんとは誰にだってあり得ることなのよね。でも普通は女ってみんな、自分の気持ちを騙してどれかひとつの愛を選んだふりをする。男の人はその点、正直ね。だけど……あなたみたいに、いつでもどの愛にでも優しくいようとしたら、やっぱり無理が来るのよ。あなたは真藤深雪さんとずっと付き合っていた。多分、奥様と結婚する以前から。ううん、もしかしたらそうじゃなくて、ただ二人の独身女性と、二つの恋を同時進行させていただけなのかも。でもその内の一人と、結婚という次の状態に進んでしまった」

「どうして……」

川瀬の声は掠《かす》れていた。

「どうして真藤さんとの関係があたしにわかったか、知りたい？　想像出来ないの？　川瀬さんあなたって……」

秋穂はクスッと笑った。

「無邪気なのよね。少しも悪びれてない。奥さんが昔勤めていた会社に不倫相手を勤めさせる変な癖、女が変に思うかも知れないなんて、まるで考えないのね。今はあたしにもその気持ち、わかるわ。あなたは、真藤さんのことが心配だった。心配で、目の届くところに置いておきたかった。だから、奥さんの元の職場で知り合いのいる会社に勤めさせていたのよ。それとなく様子を聞く為に。だからあたし……あなたが嫌いになれないのかも知れない。あなたがあたしのこと、ただ利用しようとしていただけじゃなくて……今では、可愛いと思ってくれているってこと、心配してくれてるってことが、わかったから。だけど真藤さんは、あまりに長い不倫関係に嫌気がさして、他に恋人をつくってしまった。あたし……真藤さんの婚約者に電話しました。それでわかったの。真藤さんは、妻子のある男と付き合っていた話をちゃんと婚約者にしていたのよ。その関係を総て清算して、きちんとして結婚するつもりだったのね。川瀬さん、それなのにあなたは、いよいよとなって彼女を失うことが耐えられなくなった」

「違う」

逆光の中で低い声がした。

「違うよ、秋ちゃん」

川瀬は静かに笑った。

「僕にだって分別くらいはあったさ。深雪が本当に何もかも忘れて結婚するって言うなら、諦めれば済むことだ。だけど……ねえ秋ちゃん、もし深雪が秋ちゃんみたいな女だったら、あんなことはしなくて済んだんだけどな。深雪はね……欲張りだったんだよ」

「欲張り？」

「うん。自分の貴重な青春を捧《ささ》げた報酬が欲しいと言い出したのさ。新婚生活をおくるのに丁度いい、ちょっと小綺麗なマンションの頭金を出してくれって。確かに、大した金じゃないのかも知れない。深雪みたいに稼いだ金を自由に使える独身の女にとってはね。だけど八百万というのは、家庭があって、赤ん坊が生まれたばかりの男にとっては大変な金だったんだ。そのくらいの貯金は何とかある。だがいったいどうやって、女房に知られずに貯金のほぼ全額なんて、通帳から下ろせるんだ？　僕達だっていつかは郊外に小さな一戸建てを買って住むのが夢だったんだ。だけどこの地価のものすごい高騰だ、ぐずぐずしていたら家なんて手の届かないものになってしまう。女房はすぐにでも家を買おうと口癖のように言っている。そんな中で、通帳からそんな大金を下ろして使うなんてこと不可能だ」

真藤深雪もまた、この時代の風に頬を焼かれたひとりだったのだ。不倫の手切れ金に八百万。それも、自分の新婚生活を分譲マンションでスタートする為に。

「だけど川瀬さん……他に方法は、なかったんですか？　彼女ともっとよく話し合えば……」

「そんな猶予をあの子は僕に与えてくれなかった。あの子は、僕にちょうどそのくらいの貯金があることを知っていたんだよ。と言うよりももしかしたら」

「もしかしたら？」

「うん……深雪はそのまま、僕の妻が何も知らずにいることが悔しかったのかも知れないな。金のことであんなに騒いだのは、結局僕が不倫の事実を妻に打ち明けざるを得ないようにする為だったのかも」


「それであなたは、殺人計画を立てたのね。真藤さんが誰か他の男とも交際していて、その男に殺されたと偽装しようとした。その為に、まず真藤さんが住んでいたマンションと名前がそっくりのアパートに住んでいるあたしを、雇った男達に襲わせた。その時間に確固としたアリバイをつくっておけば、真藤さんの事件の時にアリバイがはっきりしなくても嫌疑を免れると考えた。でも川瀬さん、あたしのバニティケースの中に入っていたメモのこと、彼等は知らないって言ってた。あれを入れたのは誰？」

「君の住所を、住民税の台帳で見てね」

川瀬はまた、静かに笑った。

「あまりに偶然だったんでびっくりしたんだ。そしてそこから計画を思いついてしまった。計画に都合のいい男達を探して六本木の店を回ってね、顔見知りになった女の子から、あのパーティの話を聞いて出掛けて行って、奴等を見つけたんだ。マリファナの運び屋なんかやってるモデル崩れ。ぴったりだと思った。……だけど雇った連中が君のとこに押し入った時に捕っちゃったりしたら元も子もないからね、君の住んでるとこがどんなとこで、セキュリティはどうなってるか、下調べに行ったんだ。その時、君の部屋の鍵穴から鍵をコピーした」

「じゃ、それを使って、あなたが？」

「うん。雇った連中が君のとこに行く予定になってたあの日……やっぱり僕は不安だったんだな。アリバイを作る為に知り合いの家へ行く前に、君のところへ寄ってメモを置いて来た。余計なことはしない方が安全だとはわかっていても、何かせずにはいられない、そんな感じだった。計画が動き出せば、次にしなくちゃいけないのは……深雪を殺すことだものな。今になってみても、自分のしたことが自分で信じられないよ。魔がさしたんだろうな。そうとしか思えないよね、今考えてみると」

「魔がさしたなんて」

　秋穂は川瀬の言葉に苛立った。

「そんなの、言い訳にならない。お金のことだけで愛していた女を殺してしまえるなんて……あたし、信じられない。あなたがそんな人だってこと、今になってもまだ」

秋穂はじっと、逆光の中に川瀬のシルエットを睨み続けた。睨んでいる内に目頭が焼けるように熱くなり、やがて涙が溢《あふ》れて止まらなくなった。

なぜなんだろう。

憎しみはもう、感じなかった。今、心に一杯に溢れているもの、それは哀れみだ。

みんな可哀想だ。

みんなみんな。

川瀬も、高木も。

島根だって。

それに武生も。

みんな溺れかけている。この奇妙な時代に。この狂った、時の波に。

欲しいものは何でも手が届くと、皆が思っている今。だけど本当は、いくら手を伸ばしても届かない、今。

川瀬は愛を欲しがった。

高木は金を。

島根はきっと、本心では昔の華やかな日々に戻りたいと思っている。

そして武生は、絶対に勝てない馬に総てを賭《か》けてしまう。

みんな、失うのだ。溺れて失う。

秋穂は顔を覆って大声で泣いた。

悔しいからでも悲しいからでもなく、ただ、男達が可哀想で、可哀想で。


「秋ちゃん」

川瀬が砂場に足を踏み入れ、一歩ずつゆっくり秋穂のそばに近づいた。

「ほんとはさ……許せなかったんだ。深雪が許せなかった。俺は深雪が好きだった。好きで好きで、たまらなかった。それなのに彼女は、結婚出来ない、ただそれだけの理由で、他の男に乗り換えた。どうしてなんだ？　深雪はどうして、そんなに結婚したかった？　いや、結婚したいならそれでもいい、結婚したっていいさ、だけどだからってどうして、俺と別れるんだ？　何もかも俺が悪いなんて言う？　愛し合ったのに。俺だけのせいじゃないじゃないか……そう思ったら、どうしても許せなくてさ」

川瀬の影が秋穂のからだの上に重なった。

「馬鹿みたいだって思うだろ。いいさ、俺は馬鹿なんだ。だけど俺にはわからないよ……俺は深雪を捨てたわけじゃない。深雪はまだ若いんだから人生を楽しみたいなんて言って、俺と結婚する気はまるで見せなかった。妻の方は結婚を望んでた。だから妻と結婚した。不倫状態になることは深雪だってわかっていた。それなのにどうして、愛を終わらせるのに結婚を持ち出したんだろう。おかしいじゃないか……どう考えても、女って、変だ。深雪は俺が結婚して変わったと責めた。だが俺はちっとも変わってないよ。変わったのは、深雪自身の方なんだ……不倫に疲れたなんて……」

川瀬は大きく肩で息をした。

「女はどうして……そんなに結婚したがるんだろう？　結婚すると変わってしまうんだろう……俺の女房、昔はすごくお洒落《しゃれ》だったんだよ。デートのたびに洗いたての髪からシャンプーの匂いがして、服だって一度も同じのを着て来たことがなかった。俺は女房に夢中になったよ。好きで好きで、プロポーズにOKして貰った夜は、こんな女と結婚出来る俺は何て幸せなんだって、本当に泣いて喜んだくらいだ。それなのに、結婚した途端、新しい服を買うのももったいない、化粧品ももったいない、それればかりか光熱費や水道代がもったいないから朝からシャワー浴びるなんてやめて、なんて言い出した。子供が出来たらもっとエスカレートして、破れたストッキングでも捨てないでジーンズの下に穿《は》いたりしてるんだ。あんなに綺麗な女だったのに。あんなにお洒落でかっこいい女だったのに……夢みたいに華やかだったのに。結婚した途端、馬車はかぼちゃに逆戻り、さ。女はみんなそうなんだ。綺麗に見えるのもみんな魔法だ。結婚する為にかけた魔法なんだよ。結婚出来ればもう魔法は必要なくなる。だけど俺は……俺はそんなの嫌だったんだ。そういうの、我慢出来なかった」

秋穂は手を伸ばした。その手に川瀬の頬が触れた。濡《ぬ》れている。

秋穂は両腕を伸ばして川瀬の頭を抱き寄せた。

「だから」

秋穂は川瀬の頭を撫でた。

「だから他の女の人を求めたのね。新しい魔法を見せてくれる人を。でもその人も、やっぱりかぼちゃの馬車に乗っていた」


「女はみんな、嘘つきだ」

川瀬は秋穂の肩に額を擦りつけた。

「秋ちゃん、君もだ。君はあいつらのことを警察に訴えなかった。それどころか、あの背の高い方の奴と一緒に暮らしてた。なんでだ？　強盗に入るような奴なのに。顔がいいからか？　それとも……それとも……」

「川瀬さん、あの子のこと殴った？」

「ああ」

「あたしが強盗に入られたことを警察に訴えなかったから、変だと思ってあたしに近づいたのね？」

「……最初はね。だけど……好きだよ、秋ちゃんのこと、今では……ほんとに好きだ」

「あの晩、あたしの部屋から帰る時、あの子を公園で見かけた？」

「いや。駅の近くで擦れ違ったんだ。どうしてあいつがまたあんなとこにいたのか不思議で、後をつけて……そうしたらあいつ、ぶつぶつ独り言を言いながら歩いていた」

「独り言？」

川瀬は笑い出した。

「秋穂、大好きだ。一緒に北海道に行こう。秋穂、秋穂、大好きだ……そう言いながら歩いていたのさ、あいつ。腹が立って、許せなかったよ。公園にさしかかった時、野球のバットが置き忘れてあったのを見つけて、咄嗟《とっさ》に拾って隠れた……白状させてやろうと思ったんだ。どうして強盗に入ったはずなのに秋ちゃんとそんな関係になったのか。でも、数回殴ったら逃げられた。俺の言葉なんかまるで聞いてなかったな、あいつ。変な奴だ」

「変じゃないわ」

秋穂は川瀬の頭をそっと、自分の肩から持ち上げた。

「あの子は変じゃない。あたし、あたしね、多分……あの子のこと、愛してる。だけど川瀬さん、あなたを愛してるって思った気持ちも本物なのよ。深雪さんもきっと、あたしと同じだった。川瀬さん、あなたは女が男とは違う何かだと思ってる。自分とは違う何かだと。そうあって欲しいと願ってる。だけど、女は男の夢でばかりいられないのよ。結婚して二人で生活するようになれば、水道代のことも考えないといけない。子供が生まれてお金がかかれば、破れたストッキングだって捨てられない。あなたが探している、永遠に男の夢であり続ける女なんて、この世にはいないの」

秋穂は川瀬の頬を両手の掌《てのひら》で挟んだ。

「あなたは優しかった。あたしにも、他の女性にも。あなたもあたしにとって、短い夢だったわ。だけどあなただって、永遠にあたしの夢でいてはくれなかった。男も女も同じね、お互いがお互いのお伽噺なのね。いつかは、総て嘘だったとわかる日が来て幻滅する。でもね、その幻滅の中からもしかしたら、また別のお伽噺が始まるのかも知れないわ。でもあなたは、それが始まるのを待てずに、自分から物語を壊してしまった。あたし……あたしはもう、何も言わない。後はあなたが決めて下さい。あたしの部屋には強盗なんて入らなかったし、変なメモがバニティケースに入っていたりもしなかった。あたしは真藤深雪さんの事件とは何の関係もない。そしてあなたは、殺人の計画なんて立てなかった。あなたは深雪さんと話し合っていて逆上してあんなことになっちゃったの。そうよね？」


川瀬は何も言わずに秋穂を見ていた。

もう、秋穂には川瀬の心の中が読みとれなかった。

川瀬はゆっくりと一歩後ずさり、それから黙ったまま後ろを向くと、秋穂から離れて行った。

秋穂も声をかけずにじっとしていた。

やがて、川瀬の背中は夜の闇の中に溶けて消えた。

秋穂の瞼には、土曜日の午後、泣いていた秋穂に声をかけてくれた時の川瀬の微笑《ほほえ》みが、残像のように浮かんでいた。

4

タクシーで部屋に戻ると、新しいバイト先から帰った武生がひとりで洗濯機を回していた。

「駄目よ」

秋穂はくたくたに疲れていたが、じっと回る水を見つめている武生の肩に手を置いた。

「洗濯は夜中にしたら駄目」

「どうして？」

「音がうるさいでしょ、洗濯機の」

「別にうるさくないよ」

秋穂は思わずフフッと笑って武生の頭に手を伸ばして撫でた。

「そうね。でも隣の人はうるさいと思うかも知れないから」

「訊いて来ようか」

「え？」

「隣の人にうるさいかどうか、訊いて来るよ」

「いいのよ」

秋穂は武生の手をひいて洗濯機のそばを離れさせた。

「普通はね、そういうことはわざわざ訊いたりしないの。うるさいんじゃないかな、と思ったら夜中に洗濯はしないでおくものよ」

「変だな」

武生は軽く首を傾《かし》げてから、居間のこたつに潜った。

「そうね……世の中って変なこと、多いよね。あたしも、疲れた」

秋穂は武生の向かい側に座って背を丸めた。

「お金、貯《た》まった？」

「あんまり。でも大丈夫なんだ。マーちゃんがもうじき、お金が入るって言ってるから」

「どのくらい入るって？」

「知らない。あの歯医者がどのくらい用意出来るか、まだわからないって」

「そのことなんだけどさ……武生、あの人からお金を騙し取るのって、平気？」

「平気って？」

「だって……可哀想だとは思わない？」

「別に」

武生はあくびをした。

「あいつ、変なことして金儲けしてたんだってマーちゃん、言ってたよ。だから少しぐらい騙したっていいんじゃないかな」

「でも、人を騙してお金を取るのって、悪いことなんだよ」

武生は答えないで、下を向いて額をこたつテーブルにこつこつとぶつけた。

武生にはもちろん、善悪の判断はついている。だが島根と暮らして様々な悪事の片棒を担ぐ内に、それでいいのだ、と自分自身を納得させてしまったのだろう、きっと。そしてそれ以上考えることをやめたのだ。他のいろいろな物事に関してと同様、社会と武生の「考え方」はなかなか折り合えない。だから武生は、考えないでいることを選んだ。

秋穂も今、何も考えないでいたいと思い始めていた。川瀬がこの先どうするのか、そしてそれによって武生や島根はどうなるのか、或《あ》るいは、秋穂自身はどうなるのか。

たったひとつのことだけは、決まっていた。

武生の馬、決して勝てないはずのその馬がもし勝ったら、武生と二人で北海道へ行く。たとえその先の未来に何が待っていようとも。

明け方近くになって、少し酔った島根が戻って来た。武生はこたつに入ったまま寝てしまっている。

「決まったぜ」

島根は秋穂の隣に無理に足を突っ込んだ。

「歯医者の奴、まんまと乗って来た。おまえ、うまいことやったじゃん」

「ちっとも」

秋穂は肩を竦《すく》めた。

「大義名分はなくなっちゃったわよ」

「何だ、それ」

「復讐を言い訳には出来なくなったってこと。あんた達を雇ったのはあいつじゃなかったの」

島根は驚いた顔になった。

「そんなわけねえよ。あいつがアルバイト探してたのは確かなんだ」

「そうなんだけど、あいつが探してたのはね、乱交ドラッグパーティで女の子を前と後ろから挟めるくらい、破廉恥な二人だったのよ」

「何の話してんだよ、おまえ」

「何でもいいのよ。ともかく、あんた達に人殺しの濡れ衣《ぎぬ》を着せようとした犯人は、別の人間だったの」

「誰なんだ！」

「そのうちわかると思うわ、多分ね。そいつは警察に自首するか、或いは……」

秋穂は脳裏をよぎった暗い想像を頭から追い払う為に、首を振った。

「どっちみち、もうあんた達が裏のやり方で復讐することは出来ないわ。あんた達の濡れ衣も近い内にはれる。で、どうする？ それでも歯医者からお金、騙し取る？」

しばらく島根は黙って何かを考えていた。

秋穂は別に何も期待せずに待った。島根の答えはわかっている。

「ま、どうでもいっか」

やがて島根は笑った。

想像通りに。

「こんなチャンス滅多にないもんな。いただける金はいただいとかないとな」

「悪党ね」

秋穂も笑った。

「でもすっきりしたわね。復讐の為だなんて、みっともないもの」

「おまえもわかって来たじゃん」

島根は秋穂の肩を抱いた。

「俺達をハメようとした野郎はあったま来るけどよ、まあそいつのおかげで思わぬ稼ぎになるんだから、感謝しとかねぇとな」

「で、いつなのよ」

「うん……レースはこれだ」

島根は競馬の雑誌をテーブルの上に放った。開いたページに赤いサインペンで印がしてある。

「有馬記念の前の週のレースってのがちょっと慌ただしいんだけどな、伊藤悦子が指定して来たらしい。このレースに歯医者は二千万、賭けることになった」

「二千万！」

「ほんとはもっと出させたかったんだけど、あいつもう限界だな、二千万でもようやっと用意するみたいだぜ。まあそれでもあいつにしてみたら、二千万が確実に五〜六倍になると思い込んでるんだから、必死でかき集めるよな。一億あれば、俺達に三千万払ったって五千万残る」

「それがほんとなら、何も詐欺みたいなことしなくたって、そのお金をノミ屋で賭けた方がいいんじゃない？」

「まとめてひとつのレースに二千万だなんて、そんな多額な賭けを受けてくれるノミ屋なんてそうはいない。いたとしても、当たればそいつら夜逃げしちまうよ、きっとな。最近はノミ屋もヤバそうなのはちゃんと馬券買って押さえてるから、逃げちまうようなのは減ったらしいが、一億となればまともに払えるようなのはいない。何しろノミ行為は客になっても犯罪だから、ノミ屋が踏み倒した金を民事に訴えて取り戻すなんてことは出来ないもんな。第一、今度のはどう考えたってあやし過ぎるだろ。ひとつのレースにどかんと、堅気の人間が賭けようっていうんだ、裏に何かあるなって普通のノミ屋なら疑うさ」

「じゃ、どうするのよ」

「どうもしねえよ」

島根はケラケラと笑った。

「どっちみちその金はノミ屋にもＪＲＡにも行かない金だ。俺達がいただくのさ」

「そんなにうまく行くのかしら」

「ま、任しとけって。芝居のシナリオは俺が作ってやるから、おまえと武生はしくじらないようにやればいいんだ。三人だけじゃ無理なんで、あと一人参加する。そいつに百万も払ってやればいいから、残りを俺達三人で分けて一人六百万。余った百万は俺のアイデア料だな。一時間で稼ぐ金としては、まあまあだろ。おまえと武生はその金持って北海道へ行けよ」

「あんたはどうするのよ」

「しばらくロスにでも行ってる」

「ロス……」

「友達がいるんだ。俺と同期でデビューした奴なんだけど、とっくに引退して向こうで商売やってる。前から手伝ってくれって誘われてたんだ」

「それじゃ……ロスに移住しちゃうの」

「そこまでは考えてねえな。向こうの水が合うかどうかわかんないもんな。ま、いずれにしても武生のことがちょっと心配だったんだが、おまえがいてくれて助かったぜ」

「武生をロスにつれて行ってあげればいいのに」

「行きたがらないさ」

島根は眠っている武生に、優しい視線を向けた。

「こいつは日本を離れない。変だよな、この国は武生に何もしてやんないのに、冷たくしてばかりいるのに、こいつはこの国が好きなんだ」

秋穂は武生の寝顔を眺めた。

穏やかな顔だった。

武生はどんな夢を見ているのだろう。北海道の緑の草原を、地平線が見渡せる大地を、馬の背に乗って走っている夢だろうか。

*

数日後、川瀬は警察に自首した。

秋穂は、新聞記事を目にした朝、安堵して泣いた。

だがその日一日部屋で待っていても、警察は訪ねて来なかった。

川瀬は二人組に強盗を依頼したことを黙っているつもりなのだろうか。秋穂はその方がいい、と思った。川瀬の罪を軽くする為ではなく、島根と武生の為に。だが仮に警察に訊かれても、秋穂はあの晩のことを話すつもりはなかった。二人は強盗などに入らなかった。そう言って押し通そう。

行為そのものを許したわけではない。武生には少しずつ、そうした行為が破壊する幸福について教えて行かなくては。それはあたしの仕事だ、あたしだけの。警察にも他の誰にも、武生に女を愛することを教える手伝いは、して欲しくない。

＊

「そんなに大事そうに抱えたら、かえって人目をひきますよ」

秋穂は高木の腕にそっと、自分の腕を絡めた。

「大丈夫、心配しないで、先生。そのお金はただ見せるだけでいいんですから。ほんとなら身元照会だけでＯＫのはずなんですけど、何しろ先生……いろんなとこでお金借りてらっしゃるでしょう？　向こうがどうしても、現金を持ってることを確認したいと」

「わたしに信用がないのは仕方ない」

高木は神経質に大きな紙袋を抱き直した。

「ともかくこうやって金は用意したんだ、賭《かけ》は受けて貰えるんだろうね？」

「それは大丈夫です。二千万くらいでびびっちゃう人達じゃないですから」

「しかし当たったら夜逃げ、なんてことにはならないだろうな」

「億単位の支払いになりますものね」

秋穂がいたずらっぽくウィンクすると、高木は咳払《せきばら》いした。

「でも最悪の場合でも、そのお金を先に渡すわけじゃないですから」

「それじゃ困るんだよ」

高木は小声で囁いた。

「どうしても、配当が欲しいんだ。島根くんが絶対大丈夫と言うから」

「ともかく、信じて貰うしかありません。さ、早く行きましょう。出走まであまり時間がありませんよ、先生」

秋穂にせかされて高木は早足になった。だが胸に抱えた紙袋だけはしっかりと抱きしめている。

秋穂は島根が立てた計画の通りに、高木と二千万とを競馬場の隅の、あまり人のいない一角へと誘導した。そこに、島根と、サングラスをかけアポロキャップを目深に被《かぶ》った、細身で長身の男が立っていた。二人の姿を見つけて島根が片手をあげた。

「時間通りですね、先生」

島根は愛想良く言うと、高木の抱えている紙袋に手を伸ばした。高木は緊張して腕に力を入れた。

「大丈夫、確認するだけです」

高木はそれでも数秒ためらってからようやく紙袋を島根に渡した。

「わ、こりゃ重いや」

島根は笑いながら紙袋の口を広く開け、それをサングラスの男に見せた。男は頷いて袋に手を突っ込み、百万円の束をひとつだけ掴むと袋の外に出して目の前にかざし、それから袋に戻した。さらに、束を数えているのか、袋に頭を突っ込むようにした。

やがてサングラスの男は顔を上げ、小さく頷いた。

「間違いないみたいですね。じゃ先生、数字を渡して下さい」

高木はポケットからメモを取り出してサングラスの男に手渡した。

「大きな取引ですからね、間違いがあるといけない」

島根が言うと、サングラスの男は頷いてメモをポケットにしまった。

「じゃ、これで完了です。後は勝利の女神を信じましょう。女神が微笑めば、明日の夕方までには先生の口座四つに配当が分かれて振り込まれます。残念ながら微笑まなかったら、今日ここから帰る途中でこの袋をそっくり、錦糸町駅のコインロッカーに入れないとなりません」

島根はサングラスの男から紙袋を取り戻した。サングラスの男は黙ったまま回れ右すると、歩き去った。

「さ、せっかくだからレースを見学しましょうよ」

島根に言われ、緊張がとけてようやく頰に赤味がさした高木は歩き出した。その後ろを、紙袋を抱えたまま、島根が従う。秋穂は高木と並んで歩いた。

「それにしても、よく受けたな」

高木が呟くように言った。

「ちょっと仕掛けをしたんです」

「仕掛け？」

「ええ。ガセネタ掴まされてその気になってる素人がいるって吹き込んだんですよ。そういうことは時々あるんです。飲み屋で知り合った胡散臭《うさんくさ》い奴から裏情報を大金はたいて買って、それでがっぽり儲かると信じ込むおっさんとかね。今回もそのケースだと思わせたんで、受けてくれたんです。でも先生が借金まみれだってのはけっこう有名なんで、現金を見せろと言われた時は困りましたよ。先生、よくつくれましたね、現金」

「機械を買うからと言って、医療法人から借りたんだよ。妻の実家がやってる法人だ。配当を受け取ったらほんとに機械を買っておかないと、後で問題になる」

「大丈夫です、ちゃんと買えますよ」

「それにしても嘘ついて受けさせた勝負だと、君が後であいつらから責められるんじゃないのか」

「そうですね」

島根は笑った。

「明日、先生の口座に金が入ったらすぐ僕の分をいただきます。それであさってには旅の空です」

「高飛びするのか」

「もともと、日本に未練はないんでね」

「金はちゃんと振り込まれるんだろうね」

「彼等はヤクザじゃありません、これをビジネスにしてる連中です。億単位の支払いが出たくらいでいちいち逃げたりしませんから。それより、配当はどのくらいなんです？」

「最終オッズを見てみないと正確にはわからんが、いちばん安いとこに入っても10・2倍くらいだ。そこに七百突っ込んでる」

「最低でも七千万にはなるわけだ」

「他はどれに来ても一億は超えるよ」

「ネタは確実なんですね？」

「和原の後輩二人が乗る本命対抗のどっちも来ないって話だから、確実だ。勝つことは約束出来なくても、負けることは約束出来るからな。このレースは三番人気までとそれ以外とでは力の差があるんだ。つまり、どの馬が勝つか和原にはわかってるってことだ」

島根は、さも納得した、というように首を振った。その時、秋穂は島根の視線が前方の人混みに固定されたのに気付いた。人混みの中から、体格のいい、短く髪を刈った中年の男が、真直ぐに島根を目指して足早に近づいて来る。

「島根雅義だね。ちょっと訊きたいことがあるんだ。一緒に来てくれ」

男が胸ポケットから黒い手帳を半分引っ張り出した。

秋穂は島根を振り返った。島根の顔が強張《こわば》った。

次の瞬間、島根は脱兎《だっと》のごとく駆け出した。

「待て！　島根、止まれ！」

中年の男も走り出した。

呆気にとられてその様子を見ていた高木の腕を秋穂は摑んだ。

「逃げましょう！」

「に、逃げるって」

「とにかく逃げるのよ！　あれ、刑事だわ。何があったのかわからないけど、あの様子だと相当まずいことよ。先生、あいつと知り合いだってことになったら、ノミ屋を使ったことばれちゃいますよ！　新聞に名前、出ちゃうんですよ！」

せっかく血の気が戻っていた高木の顔がまた蒼白《そうはく》になった。

秋穂は高木の腕を引っ張って早足で競馬場を抜け、出口のところに列を作っている空きタクシーに高木のからだを押し込んだ。

「真っ直《す》ぐご自宅に戻って、警察から問い合わせがあっても、何も知らない、で通して下さい。いいですね？」

秋穂が耳元で囁くと、高木は何度も瞬《まばた》きしながら頷いた。

高木の乗ったタクシーが消えてから、秋穂もゆっくりと競馬場を出た。

高飛び、か。

秋穂はひとりでクスクスと笑った。

あたしも準備しなくちゃ。

真っ直ぐ家には戻らずに、駅前の大きなスーパーに寄った。旅行鞄《かばん》と下着、それに旅に便利そうな細かいものを数点。それらを鞄に入れてスーパーを出る。不動産屋の前を通りかかった。ガラスのドアに貼《は》られた見取り図。分譲マンションがいくつも売り出されている。何気なく眺めると、どれも数千万の値段がついていた。また値上がりしている。東京の土地はいったいどれだけ値上がりするのだろう、この先。確かに狭い国で、土地はもともと少ない。土地の値段は永久に下がらない、と新聞もテレビも言っている。だから、いくら高くても今買わないともっと高くなる、と買い急ぐのは、やっぱり正しいのだろう。

だがそれでも、秋穂にはやはり、何かがおかしい、としか思えなかった。こんなちっぽけな空間、たった三部屋しかない隙間《すきま》を手に入れるのに、何千万ものお金が必要だなんて。

みんなおかしい。みんなの頭も、おかしくなってる。

現に、ついさっき、二千万の金があたし達のものになったじゃないの。

そういう時代が来てるんだ。

無性に、腹が立った。

秋穂にわかっていることは、きっと自分は取り残されるだろう、ということだ。この時代はあたしを必要としていない。この時代にとって必要な人間は、もっと要領よく、もっと積極的に金と関われる人間なのだ。こんな風に疎外感を覚えること自体、これからの時代を生きる資格がないことの証拠なんだろう。

酒屋の前を通りかかって、秋穂は足を止め、店に入った。それまで降りたことのない、その店の地下へ続く階段を降りる。地下は二坪ほどのワイン倉庫になっている。狭い空間に、ぎっしりとワインの瓶が詰め込まれていた。二千万の金が手に入っても、財布の中は昨日と一緒だ。だが秋穂は、五千円以上するワインの棚に手を伸ばした。

何だっていい。高ければいい。

それがコツなんだ。これから生きて行く為の、コツ。

ワインの代金を支払うと、財布には百円玉三枚しか残らなかった。それでチーズを買って、秋穂はアパートに戻った。

武生は部屋に帰っていた。サングラスとアポロキャップがこたつテーブルの上に置かれている。

「あいつはまだ？」

秋穂が訊くと、武生は首を横に振った。

秋穂はワインの瓶とチーズをテーブルに置いた。

「お祝いしよっか」

「何の？」

武生が不思議そうな顔で秋穂を見る。

「お金持ちになったお祝い」

武生は頷いた。

「そうだね。これ、マーちゃんが秋穂に渡してって」

武生は白い封筒を秋穂に手渡した。

予感がした。多分、最初からしていた、予感。
秋穂は封筒を開けた。一万円札が数枚と、畳まれた便箋《びんせん》。
『海道秋穂殿
出演ご苦労様でした。出演料をお支払いいたします。領収書は不要です』
秋穂はゆっくりと札を数えた。十枚ちょうど。

「俺も貰ったんだ」

武生は嬉しそうに白い封筒を振った。

「これで有馬記念、思いきり突っ込めるよ」

あたしは取り残される。

そして武生も。


「良かったね」

秋穂はグラスとオープナーを台所から取って来て、ワインを開けた。

「綺麗だ」

武生はグラスに注がれた暗い赤色をうっとりと見つめた。

「お祝い」

秋穂は二つのグラスをカチンと打ち合わせた。

「あたしの分も、武生にあげる」

秋穂は白い封筒をテーブルの上に置いた。

「これも全部、賭けようよ。ギャロップダイナに」

「いいの？」

「うん」

武生は歓声をあげてワインを飲み干した。

「さっきのレース、どうだった？」

「さっきのって？」

「あのおじさんが二千万賭けるはずだった、レースよ。武生、ラジオ聴いたんでしょ」

「ああ、あれか。面白かったよ。落馬したんだ」

「落馬？」

「うん。三番人気の何とかいう馬。スタートしてすぐ、落馬しちゃった。そいつ先行馬でペースメーカーだったから、そいつがいなくてすごいスローペースになっちゃってさ、その上一番人気も二番人気も馬混みから出るのが遅れて、結局変な馬が飛び出して万馬券になった」

秋穂は武生の顔を見た。武生はにこにこしながら自分で二杯目のワインを注いでいる。笑いがこみ上げる。

秋穂は笑いだし、そのまま止まらなくなった。

秋穂がむせかえって笑い続けるので、武生は心配そうに秋穂の髪に触れた。

「大丈夫？　水、持って来ようか」

秋穂は自分の髪に触れた武生の指先を摑んだ。

「ごめん」

武生は指を引っ込めようとする。秋穂はその指を、唇にくわえた。

「だ、い、て」

指を二本くわえたまま、秋穂は言った。

武生は意味がわからなかったのか、きょとんとしていた。秋穂はゆっくりと繰り返した。武生はどぎまぎした目で瞬きした。

「でも……」

「い、い、の」

秋穂はゆっくりと武生の二本の指を吸い込み、上下の唇で吸いつけながら引っ張り出し、そしてまた吸い込んだ。

武生の睫毛《まつげ》の揺れ方だけで、武生が勃起《ぼっき》して行くのがわかる。


最高の男なんだ。

秋穂は感じた。

やっと、見つけた。

もうあたしは、わけもわからないまま走らなくていい。レースはおしまい。あたしは、あたしのゴールに向かって、武生とゆっくり歩いて行く。

みんなあたし達を追い越していけばいい。

これがあたしにとって、いちばんふさわしい、男。

ふたりで取り残されようよ。みんな先に行ってしまえばいい。そうすれば、この世は二人だけのものになるから。

島根は戻って来なかった。

川瀬は自分の身を守る為に、計画殺人のことは黙っていることにしたらしい。高木が警察に訴えた気配もなかった。和原走馬が何かの咎《とが》めを受けることも勿論なかった。伊藤悦子の店も変わらずに営業を続けている。

5

ただ、香川教子だけは売春防止法違反で逮捕された。彼女のクラブにいた女の子が客の財布から金を抜き取ったとかで捕まったのがきっかけらしい。世の中には、名誉や体面よりも僅《わず》かの金が大事な人間だっていることを計算に入れていなかったのが、香川教子の誤算というわけだ。逮捕されてテレビのワイドショーで取り沙汰《ざた》される香川教子の生活は、ひどく汚されていた。婚約解消したのも教子のせいのように言われ、金遣いが荒くてカード破産寸前だったことも暴かれた。だが誰も、彼女がとても優秀なＯＬで、十数年も会社の為にきちんと働いて来たことを褒めてはくれなかった。

あの女子大生風の女の子はどうなったんだろう。秋穂はふと、思った。やっぱり逮捕されてしまうんだろうか。

彼女が逮捕されてその口からラッキースターの話が出たら……

くよくよ考えても仕方ない。

秋穂は忘れることにした。自分と、武生とのこと以外は総て。

＊

一九八六年十二月二十一日。

晴れ。


皇帝はもうターフにいない。

ミホシンザンが勝っても、メジロラモーヌが来てもおかしくない。サクラユタカオーにだってチャンスはある。四歳は不利と言われて四番人気になっているけど、ダイナガリバーにだって充分に目はある。

秋穂は生まれて初めてじっくり読んだ競馬新聞からそれだけの情報を得ると、赤鉛筆をくわえたまま出走表を睨んでいる武生の横顔を見た。

「変な武生」

秋穂は笑って武生の頬をつついた。

「買う馬は決まってるのに、何を悩んでるのよ」

「二着が見えないんだ」

「二着って、単勝を買うんじゃないの？」

「買うよ。単勝で二番を二十五万一千円、買う」

「何よ、その千円って」

「記念馬券にするんだ。払い戻ししないでとっとくんだよ。そうすると、まだ一万三千円残るんだ、バイトの貯金」

「全部つかっちゃわなくてもいいじゃない。少しとっとけば」

「意味ないよ。もうすぐ、七百万以上儲かるんだぜ。ほら、単勝で二番、三十倍超えてる」

「じゃ、一万三千円、連勝を買うの？」

「うん。だけど難しいよな、二着。どうしようかなぁ。秋穂、どの馬が二着になると思う？」

「あたしに訊かれてもわかんないわよ。あみだくじか何かで決めちゃえば」

「どれでもいいよ。秋穂の好きな馬にするから」

秋穂は出走表を見た。どの馬のこともまるで知らなかったから、ピンと来るはずがない。

だが秋穂は五枠に入っている六番を指さした。

「じゃ、これ」

「ダイナガリバー？」

「うん。武生の好きな馬と名前が少し、似てるじゃない」

武生は笑った。

「同じ牧場の馬なんだよ」

「そうなの？」

「うん。この牧場の馬はみんな、ダイナかシャダイが付くんだ、名前に。でもいいか、ダイナガリバー。悪くないと思うよ。今年のダービー馬だからね。それに引退試合だし。有馬記念は引退する馬を狙えってよく言われるから」

「四歳なのにもう引退しちゃうの」

「エリートなんだ、ダービー馬ってのは。種付け料がすごく高くなるから、走らせて怪我でもされて死なれること考えたら、早めに引退させた方がいいんだろ」

「何だか、可哀想みたい。武生、牡馬《ぼば》に生まれなくて良かったね」

「うん」

秋穂は武生の頬に軽く唇をあてた。

「武生、どうしてギャロップダイナのこと、そんなに好きになったの？」

「ギャロップはね」

武生は微笑んでいた。

「騎手なんかいらないんだ、ほんとは」

「……え？」

「サラブレッドってさ、神経質で気が弱くて、臆病なんだよ。足もあんなに細いだろ、早くは走れるけど、すぐに折れちゃう。人間が、競馬の為にどんどん改良したから、動物として見たら欠陥だらけのいびつな生き物になっちゃったんだ。だから騎手が上に乗ってコントロールしてやってはじめて、まともな動物になれる。サラブレッドは騎手とセットでひとつなんだ、普通はね」

「だから、騎手の技術が重要なのね」

「そう。でもギャロップには騎手はいらなかったんだ。ギャロップはさ、騎手が落馬しちゃったのに、ひとりでレースやって勝ったことがあるんだよ。正式には失格だけど、ちゃんと二番手の馬を引き離して一着でゴールしたんだ。それって凄《すご》いことなんだぜ。確かに騎手が乗ってないと軽いから有利な点もあるけど、でも馬が自分でレースを組み立てて勝つなんて、信じられないことなんだ。ただがむしゃらに本能で走るだけじゃ勝てないように設定されてるんだからね、競馬の距離とかコースとかは」

「……頭が凄くいいのね」

「そうさ。だけど誰もそのことに気付いてないんだ。ギャロップが勝つとフロックだって言う」

「どうしてなのかしら」

「ルドルフに勝ったからさ。ルドルフに勝ったのはみんなフロックだってことにしちゃったんだ、ルドルフが無敵だって信じていたい連中が。だけどルドルフはカツラギエースにも負けてるんだぜ、あの時もみんなはフロックだ、大逃げしたらたまたま勝ったとか言ってた。でもラップから見て、カツラギエースは勝つべくして勝った。ルドルフは無敵なんかじゃないんだ。すごく強いけど、それでも負けることだってある馬だったんだ。当たり前のことなのに、みんなそのことを信じない。無敵の馬なんて、絶対いないよ。だって馬は生きてるんだから、そういつもいつも人間の思い通りなんかならない」

「ギャロップは、人間の思い通りにならない馬の典型ってわけか。だから好きなんだ、武生」

「あいつは自分で考えて、勝てると思った時に頑張るんだ。他の馬と同じように走ることなんか、気にしてない」

秋穂は武生の手を握った。

言葉とは裏腹に、武生はずっと気にしていたのだ、きっと。気にして、おびえて生きていた。自分が他の人間達と同じように生きられないことを、ずっと。

もう心配いらない。あたしが一緒にいるよ、武生。

「二－五」武生は立ち上がった。「よし、決まった！　買いに行こう」

超満員のスタンドが、異様などよめきに包まれている。

数万人の人間達がファンファーレを待っていた。

皇帝が消えたターフに、新しい英雄を探して。

この人波のどこかに島根はいるんだろうか。秋穂は無意識に探している自分に気付いた。

たとえここにはいなくても、島根はこのレースを必ず見ている。秋穂はそのことだけは疑わなかった。島根はどこかできっと祈っているはずだ。武生の愛した馬が奇跡を見せてくれることを。

島根は武生を捨てたのではない。あたしにくれたのだ。あたしに渡すはずだった六百万なんかよりずっと、ほんとは島根にとっても大切だった武生を。

一週間、武生と愛し合って秋穂にはそのことがわかった。

武生は、癒《いや》してくれる。ささくれてしまった心を。

だけど武生は無垢《むく》な天使ではない。善人でもないし、いつも秋穂のことばかり考えていてくれるわけでもない。

あたしはおそらく、この先もずっと、武生の心が今どこにあるのかと心配しながら生きて行かなくてはならないだろう。でも、それでもいいんだ。何一つ約束されない愛だから、信じられるんだもの。

握っていた掌が汗ばんでいた。武生の熱が、秋穂のからだにしみ通る。

「出るぞ」

武生が呟いた。

ファンファーレが鳴り響いた。

人波が一瞬、沈黙する。
ゲートが開く。

馬が走り出した！

秋穂は必死で追った。その馬を。
自分と、武生の未来を。

多分、あたし達はこの時代に取り残されてしまうだろう。世の中はどんどん、手の届かないところへとスピードを上げて向かっている。だけどそんなことは、もうどうでもいい。あたしと武生は、二人で走ろう。二人の速度で、二人だけの為に今、そこに開けた道を。
最後のレースのゴールには、あたし達ふたり、他の誰も知らない、誰にもわからない、誰のとも似ていない、幸せがあるはず。きっと、きっと……

ああ、でも。
ギャロップダイナがいない。秋穂の視界の中に見当たらない。
秋穂は頰に伝う涙を手で払い飛ばしながら、懸命に探した。いた！　いちばん後方に……

ゴールが近づいている。二頭が抜けて前を走っている。

あたし達の未来。あたし達の……あと百メートル……

悲鳴があがった。

異様な騒音が人波の中に生まれた。

「来た！」

武生が叫んだ。

「来た！　来た、来た、来たっ！」

何かが飛ぶようにやって来る。

それはまるで、黒い巨大なローリングストーンだ。

「来たよっ、秋穂っ、来たっ！　行けーっ！　行け、行け、行け、行けーっ！」

最後方から現れたその馬は、あっという間に二番手をかわして、今や先頭をとらえようとしている。

「秋穂ーっ」

武生が叫んだ。

命の限りに、叫んだ。

《作者付記》

第三十一回有馬記念は一九八六年十二月二十一日、中山競馬場にて開催され、優勝はダイナガリバー、二着ギャロップダイナ、三着ミホシンザンであった。連勝複式は二－五、八千百円と高配当となった。

解説

島村洋子

2）泡沫的な投機現象のこと。株や土地などの資産価格が、経済の基礎条件（ファンダメンタルズ）から想定される適正価格を大幅に上回る状況をさす。日本では一九八六年（昭和六一）以降の土地や株が高騰した時期の経済をバブル経済と呼ぶが、九〇年（平成二）以降、地価・株価は急落してバブルは崩壊した。

iモードの三省堂辞書サイトの『大辞林』で「バブル」の項目を引いて見てみるとその二番目の項目にこう書かれている。

日本経済がその「バブル時代」に差しかかる一九八五年に、私は四大証券のひとつのN證券に入社した。

来たる未曾有の時代を見越してというわけではなく、私はどういうわけかこどものころから短波ラジオで経済市況を聞くのが好きだったので、「就職するとなったら金融関係だな」とぼんやり思っていたのがひとつと、「銀行はなんとなく印象として線が細い感じがするが証券会社は骨太で男っぽい感じがした」ので、私のようなガサツな人間には証券会社のほうが向いているのではないか、と思ったからだ。

大阪は北浜の証券取引所から歩いてすぐの支店に私は配属された。当時のことだから場立ちという男性社員がゼスチャーで銘柄を売り買いする活気のある現場も見た。今ではただ端末をたたくだけになってしまったらしいが。ところが世の中はままならぬもので、証券業に興味のあった私が配属されたのは内勤だった。

毎日、支店長室のソファのレースを取り替えたり、支店長が出掛けるときの社用車の配車をしたり、外回りの社員が顧客の家を訪問するときに持って行く手土産の和菓子を買ったり、奥まで入ってこられる一部の重要なお客様にお茶を出したり、こまごまとした女らしい仕事をさせられたのである。

この時代、私は苦しくつらかった。

苦しみの理由は、「与えられた仕事全般がガサツな自分に向いていなかった」ということが大きかったが、一番の理由はいろんな銘柄に高値がついたとき、店頭の電光掲示板の赤い文字を見つめていた人々の口から発せられる「おぉーっ」とも「わぁーっ」ともつかないどよめきを奥で聞いたりすると、自分だけが取り残されたような寂しい気持ちになったからである。

証券外務員試験を受け、店頭でバリバリ中期国債ファンドや転換社債などの金融商品を販売している同期がうらやましかったし、いい銘柄の情報を抱え、顧客まわりをする男子社員がうらやましかった。

北浜中の人々が生き生きしているように見えた。

残業続きの店頭で働いている彼女たちに、定時に帰れる私に向かって、

「ええなぁ、楽な仕事で」

などと言われるたびに私は置いてきぼりをくらったような気になった。

私は社員研修のとき、彼女たちよりそんなに劣っていたのだろうか、と悩んで落ち込んだりもした。

今、考えればその早い帰宅時間を生かしてお稽古事にでも通い、出世頭の証券マンでも見つけて社内恋愛の末に寿退社する手もあったのだろうが、私はその余暇時間を生かして小説を書いた。

初めて原稿用紙に書いた小説がある出版社の賞をもらったので、私はあっさり退職することにしたのである。

こうして書けばたった数行のことだけど、当時の私はどうしてもやはり取り残されているような思いに耐えられなかったので、小説を書いたのだろう、と今になってわかる。

その後、仕事の都合もあってほぼ毎月、大阪から上京するようになった。

時代がちょっとおかしいと私が思い始めたのは、ホテルで読む朝刊の下側にある不動産の広告を見たときからである。

「これは一億なんだなあ」などとはじめは驚いて見ていた不動産広告の数字がどんどん大きくなっていった。

見ているうちにだんだん私もそれに慣れて「四億のマンション」の広告にも驚かなくなったのだが。

それから私は夜の六本木に繰り出すようになり、いろいろな光景を見た。タクシー券を振り回す中年のサラリーマンやソフトスーツを着てうろうろしている若い男、そしてボディコンと呼ばれたピチピチの服を着ている濃い化粧の女の子たち。私自身も六本木のバンドマンたちと付き合い、前髪をカーラーで巻き、ディスコのお立ち台に立っていたこともある。

「いちご(15)世代」と呼ばれた団塊ジュニアたちがたくさん中高生にいて、私の書いていた少女小説というジャンルの文庫も売れていた。

私はそのとき多分、それが永遠に続くと思っていた。自分は永遠に若いのだろうとも多分、思っていた。

その後しばらくして『トゥーリア』というディスコのシャンデリアが落ちた、というニュースを聞いたとき、ああこれでおしまいだ、と感じるまで。

そのときはっきりと、もう浮かれる時代が終わったのがわかったのである。

それがたった四年の私の「バブル」である。

この作品『ラスト・レース　1986冬物語』の主人公である秋穂も、普通のOLである。たった一度の社内恋愛のために社での自分の居場所がなくなってしまうような。

秋穂はそれを奪い取るつもりもなかったのに、ある日、ひょんなことから赤いガーネットの指輪を手に入れる。

そしてその日からいろいろなことが彼女の身の上にふりかかってくる。『メゾン・ド・フレール』というマンションの102号室に住んでいる秋穂はある夜、二人組の男にレイプされてしまう。そのレイプはどうも計画されたもののように彼女は感じる。

すると近所に『メゾン・フレール』という、名前のよく似たマンションがあることがわかり、そこの102号室に秋穂とほとんど年齢が同じ女性が住んでいることがわかる。それがどうしたことだろう、そこに住んでいた彼女がある日、殺されてしまったのだ。

それからの秋穂はいろいろな不思議な出来事に遭遇する。

その謎についてはここでは詳しく書かないが、この作品は謎解きの面白さだけではない。

読んでいるうちに女性は特に秋穂の気持ちが痛いほどわかって、多分、身につまされてくることだろう。

特別なことを望んだわけではなく、「ただ恋がしたい」と思っただけなのに、「ただ男性を好きになっただけ」なのに、何かの道具のように使われてしまう女性たちの気持ち、使い古しのティッシュをゴミ箱に捨てるように女性たちを扱う利己的な男たちの姿がここには描かれている。

会社で目立たない愛妻家の地味な男性が、案外、不倫の達人だったり、モデルをやっているような美男の青年がうまく女性とコミュニケーションが取れなかったり、と意外なようで案外そうかもしれないな、と思われるリアルな描写もここにはたくさんあるのだ。

この作品で柴田よしきは、理不尽で厳しい立場に置かれながらも何かを模索して懸命に生きようとするあの頃の女性たちを温かい視線で書こうとしている。

あのバブルの時代を知っている人たちは、突然、がちゃがちゃしはじめた繁華街の様子、あの喧噪を懐かしく思い出すかも知れない。

六本木でつかまらないタクシーに業を煮やし、深夜、怒りながら乃木坂あたりまで歩いている酔っ払った自分の姿を突然、私が思い出したように。

そしてあの時代を知らない若い世代は、本書を通して新しい経験をすることだろう。

今、日本は未曾有の不況の時代に突入している。

いつ下げ止まるかわからないくらい値を下げ続ける株価、そして土地の値段。

「小説家になるなんて、何をわけのわかれへんことを言うてるの？　こんなええ会社、二度と入られへんよ。あんた、こんなええ仕事に二度とつかれへんよ」

直属の上司である部長は私にそう言った。

言われながら私も、「それはそうだろう」と思った。

不本意ながらもこのまま会社にいれば、封筒が立つくらいのボーナスがもらえることもわかっていた。運が良ければエリート証券マンの妻になって、安泰に暮らしていけるかもしれない。

しかし私はその声を聞きながらなんとなく感じていたのである。

「会社をやめたほうが、私が私自身になれるのではないか」と。

そしてこの作品の主人公である秋穂も、

「自分が自分になれる場所を捜し続けている」のだ。

それはあなたや私、この作品を読む人、皆の姿でもある。

（作家）

初出誌　『週刊小説』一九九七年十一月二十八日号〜九八年五月十五日号
（「皇帝が消えた冬」を改題）
単行本　一九九八年十一月　実業之日本社刊

文春文庫

ラスト・レース　1986冬物語《ふゆものがたり》

定価はカバーに
表示してあります

2001年5月10日　第1刷

著　者　柴田《しばた》よしき

発行者　白川浩司

発行所　株式会社 文藝春秋

東京都千代田区紀尾井町3-23　〒102-8008
TEL 03・3265・1211
文藝春秋ホームページ　http://www.bunshun.co.jp
文春ウェブ文庫　http://www.bunshunplaza.com

落丁、乱丁本は、お手数ですが小社営業部宛お送り下さい。送料小社負担でお取替致します。

印刷・凸版印刷　製本・加藤製本

Printed in Japan
ISBN4-16-720308-1

（　）内は解説者

高村薫
地を這う虫
――人生の大きさは悔しさの大きさで計るんだ。夜警、サラ金とりたて業、代議士のお抱え運転手……。栄光とは無縁に生きる男たちの敗れざるブルース。「愁訴の花」「父が来た道」等四篇。

た-39-1

北村薫
水に眠る
同僚への秘めた想い、途切れてしまった父娘の愛、義兄妹の許されぬ感情…。人の数だけ、愛はある。短篇ミステリーの名手が挑む十篇の愛の物語。山口雅也ら十一人による豪華解説付き。

き-17-1

篠田節子
夏の災厄
東京郊外のニュータウンで日本脳炎発生。撲滅されたはずの伝染病が今頃なぜ？　後手に回る行政と浮び上がる都市生活の脆さを描き日本の危機管理を問うパニック小説の傑作。（瀬名秀明）
し-32-1

乃南アサ
紫蘭の花嫁
謎の男から逃亡を続けるヒロイン、三田村夏季。同じ頃、神奈川県下で連続婦女暴行殺人事件が……。追う者と追われる者の心理が複雑に絡み合う、傑作長篇ミステリー。（谷崎光）
の-7-1

皆川博子
光の廃墟
イスラエルの砦跡で発掘仲間を殺し自殺した日本人青年。姉は真相を探るため、弟のいた志願隊に入り込む。死海の畔で燃え上がる日本とユダヤの悲劇を描ききった傑作長篇。（小梛治宣）
み-13-6

高橋克彦
パンドラ・ケース
よみがえる殺人
雪の温泉宿に大学時代の仲間七人が集まり卒業記念のタイムカプセルが十七年ぶりに開けられた。三日後、仲間の一人の首無し死体が……。名探偵、塔馬双太郎が事件に挑む。（笠井潔）
た-26-1